〈김광순 소장 필사본 고소설 100선〉
이대봉젼

역주 백운용白雲龍

경상남도 영산에서 태어나 대구에서 자랐다. 경북대학교 국어국문학과를 졸업하고 같은 대학교 대학원에서 고전문학을 전공하여 박사과정을 수료하였다. 경북대학교 영남문화연구원 전임연구원으로 일하였으며, 경북대학교, 대구교육대학, 방송통신대학교 등에서 강의를 하였다. 경북의 여러 종가를 조사하여 이를 소개하는 책자를 제작하는 사업을 맡아 진행하다가, 최근에는 지역학 분야에 관심을 가지고 대구지역 문인학자들에 대한 연구와 이를 활용하는 방법 등을 모색하고 있다. 저서로는 『경북의 종가문화』, 『한국무형문화유산자원 ; 불천위제례』, 『경북의 유학과 선비정신』(이상 공저) 등이 있고, 논문으로는 「〈강능추월전〉의 구조와 만남의 의미」, 「〈주생전〉의 비극적 성격 연구」, 「'사제담'의 구성과 의미 지향」, 「경북지역 민속놀이의 특징과 계승 방안」 등이 있다.

택민국학연구원 연구총서 33
〈김광순 소장 필사본 고소설 100선〉

이대봉전

초판 인쇄 2016년 12월 20일
초판 발행 2016년 12월 31일

발행인 비영리법인택민국학연구원장
역주자 백운용
주 소 대구시 동구 아양로 174 금광빌딩 4층
홈페이지 http://www.taekmin.co.kr

발행처 (주)박이정
　　　　대표 박찬익 ▌편집장 권이준 ▌책임편집 정봉선
주 소 서울시 동대문구 천호대로 16가길 4
전 화 02) 922-1192~3 ▌**팩스** 02) 928-4683
홈페이지 www.pjbook.com ▌**이메일** pijbook@naver.com
등 록 2014년 8월 22일 제305-2014-000028호

ISBN 979-11-5848-274-9 (94810)
ISBN 979-11-5848-267-1 (세트)

* 책값은 뒤표지에 있습니다.

택민국학연구원 연구총서 33

김광순 소장 필사본 고소설 100선

이대봉전

백운용 역주

(주)박이정

간행사

　21세기를 '문화 시대'라 한다. 문화와 관련된 정보와 지식이 고부가가치를 지니기 때문에, '문화 시대'라는 말을 과장이라 할 수 없다. 이러한 '문화 시대'에서 빈번히 들을 수 있는 용어가 '문화산업'이다. 문화산업이란 문화 생산물이나 서비스를 상품으로 만드는 산업 형태를 가리키는데, 문화가 산업 형태를 지니는 이상 문화는 상품으로서 생산·판매·유통 과정을 밟게 된다. 경제가 발전하고 삶의 질에 관심을 가질수록 문화 산업화는 가속도가 붙을 것이다.

　문화가 상품의 생산 과정을 밟기 위해서는 참신한 재료가 공급되어야 한다. 지금까지 없었던 것을 만들어낼 수도 있으나, 온고지신溫故知新의 정신으로 오랜 세월에 걸쳐 그 훌륭함이 증명된 고전 작품을 돌아봄으로써 내실부터 다져야 한다. 고전적 가치를 현대적 감각으로 재현하여 대중에게 내놓을 때, 과거의 문화는 살아 있는 문화로 발돋움한다. 조상들이 쌓아온 문화유산을 소중히 여기고 그 속에서 가치를 발굴해야만 문화 산업화는 외국 것의 모방이 아닌 진정한 우리의 것이 될 수 있다.

　이제 고소설에서 그러한 가치를 발굴함으로써 문화 산업화 대열에 합류하고자 한다. 소설은 당대에 창작되고 유통되던 시대의 가치관과 사고 체계를 반드시 담는 법이니, 고소설이라고 해서 그 예외일 수는 없다. 고소설을 스토리텔링, 영화, 드라마, 애니메이션 CD 등 새로운 문화 상품으로 재생산하기 위해서는, 문화생산자들이 쉽게 접하고 이해할 수 있게끔 고소설을 현대어로 번역하는 작업이 선행되어야 한다.

　고소설의 대부분은 필사본 형태로 전한다. 한지韓紙에 필사자가 개성 있는 독특한 흘림체 붓글씨로 썼기 때문에 필사본이라 한다. 필사본 고소설을 현대어로 번역하는 작업은 쉽지가 않다. 필사본 고소설 대부분이 붓으로 흘려 쓴 글자인 데다 띄어쓰기가 없고, 오자誤字와 탈자脫字가 많으며, 보존과 관리 부실로 인해 온전하게 전승되지 못하는 경우가 대부분이다. 그뿐만 아니라, 이미 사라진 옛말은 물론이고, 필사자 거주지역의 방언이 뒤섞여 있고, 고사성어나 유학의 경전 용어와 고도의 소양이 담긴 한자어가 고어체로 적혀 있어서, 전공자조차도 난감할 때가 있다. 이러한 이유로, 고전적 가치가 있는 고소설을 엄선하고 유능한 집필진을 꾸려 고소설 번역 사업에 적극적으로 헌신하고자 한다.

필자는 대학 강단에서 40년 동안 강의하면서 고소설을 수집해 왔다. 고소설이 있는 곳이라면 주저하지 않고 어디든지 찾아가서 발품을 팔았고, 마침내 474종의 고소설을 수집할 수 있게 되었다. 필사본 고소설이 소중하다고 하여 내어놓기를 주저할 때는 그 자리에서 필사筆寫하거나 복사를 하고 소장자에게 돌려주기도 했다. 그렇게라도 하지 않았다면 지금쯤 벽지나 휴지의 재료가 되어 소실되었을 가능성이 크다. 본인이 소장하고 있는 작품 중에는 고소설로서 문학적 수준이 높은 작품이 다수 포함되어 있고 이들 중에는 학계에도 알려지지 않은 유일본과 희귀본도 있다. 필자 소장 474종을 연구원들이 검토하여 100종을 선택하였으니, 이를 〈김광순 소장 필사본 고소설 100선〉이라 이름 한 것이다.

〈김광순 소장 필사본 고소설 100선〉 제1차본 번역서에 대한 학자들의 〈서평〉에서만 보더라도 그 의의가 얼마나 큰지를 알 수 있다. 한국고소설학회 전회장 건국대 명예교수 김현룡박사는 『고소설연구』(한국고소설학회)제39집에서 "이번의 기획에 실로 감격적인 의지가 내포되었다. 아직까지 연구된 적이 없는 작품들이 다수 포함되어 있어서 앞으로 국문학연구에 크게 기여할 것"이라 했고, 국민대 명예교수 조희웅박사는 『고전문학연구』(한국고전문학회)제47집에서 "문학적인 수준이 높거나 학계에 알려지지 않은 유일본과 희귀본 100종만을 골라 번역에 임했다"고 극찬 했다. 고려대 명예교수 설중환박사는 『국학연구론총』(택민국학연구원)제15집에서 "한국문화의 세계화라는 토대를 쌓은 것으로 선구적인 혜안이라 하면서 한국문학에 크게 기여할 것이라"고 했다. 제2차본 번역서에 대한 학자들의 서평을 보면, 한국고소설학회전회장 건국대명예교수 김현룡박사는 『국학연구론총』 제18집 (택민국학연구원)에서 "총서에 실린 새로운 작품들은 우리 고소설 학계의 현실에 커다란 활력소가 될 것이며 그 성과는 감계무량하다." 라고 했고, 고려대 명예교수 설중환박사는 『고소설연구』 제41집 (한국고소설학회)에서 〈숭호상송기〉, 〈양추밀전〉 등은 학계에 처음 소개하는 유일본으로 고전문학에서의 가치는 매우 크다"라고 하였다. 영남대교수 신태수박사는 『동아인문학』(동아인문학회)31집에서 "전통시대의 대중이 향수하던 고소설을 현대의 대중에게 되돌려준다는 점과 학문분야의 지평을 넓히고 활력을 불어 넣는다고 하면서 조상이 물려준 귀중한 문화재를 더 이상 훼손되지 않도록 갈무리 할 수 있는 문학관이나 박물관 건립이 화급하다며 이 과업의 주체는 어느 개인이 아니고 대한민국 전체 국민이 되어야 마땅하다." 고 했다.

보존이 어째서 얼마나 중요한지는 〈금오신화〉 하나만으로도 설명할 수 있다. 〈금오신화〉는 본격적인 한국 최초의 소설로서 역사적 가치뿐만 아니라 문학적 가치가 다른 소설에 견줄 수 없을 정도로 대단하다. 이 〈금오신화〉는 임진왜란 이전까지는 조선 사람들에게 읽히고 유통되었다. 최근 중국 대련도서관 소장 〈금오신화〉가 그 좋은 근거이다. 문제는 임란 이후로 자취를 감추었다는 데 있다. 우암 송시열도 〈금오신화〉를 얻어서 읽을 수 없었다고 할 정도이니, 임란 이후에는 유통이 끊어졌다고 해야 할 것이다. 그럼에도 〈금오신화〉가 잘 알려진 데는 이유가 있다. 작자 김시습이 경주 남산 용장사에서 창작하여 석실에 두었던 〈금오신화〉가 어느 경로를 통해 일본으로 반출되어 몇 차례 출판되었기 때문이다. 육당 최남선이 일본에서 출판된 대총본 〈금오신화〉를 우리나라로 역수입하여

1927년 『계명』 19호에 수록함으로써 비로소 한국에 알려졌다. 〈금오신화〉 권미卷尾에 "서갑집후書甲集後"라는 기록으로 보면 현존 〈금오신화〉가 을집과 병집이 있었으리라 추정되며, 현존 〈금오신화〉 5편이 전부가 아닐 가능성이 높다. 귀중한 문화유산이 방치되다 일부 소실되는 지경에까지 이르렀으니, 한국인으로서 부끄럽기 그지없다.

이런 문제를 해결하기 위해서는 필사본 고소설을 보존하고 문화산업에 활용할 수 있는 고소설 문학관이나 박물관을 건립해야 한다. 고소설 문학관이나 박물관은 한국 작품이 외국으로 유출되지 못하도록 할 뿐 아니라 개인이 소장하면서 훼손되고 있는 필사본 고소설을 체계적으로 관리하는 데 크게 기여할 수 있다. 현재 가사를 보존하는 '한국가사 문학관'은 있지만, 고소설의 경우에는 그와 같은 시설이 전국 어느 곳에도 없으므로, 고소설 문학관이나 박물관 건립은 화급을 다투는 일이다.

고소설 문학관 혹은 박물관은 영남에, 그 중에서도 대구에 건립되어야 한다. 본격적인 한국 최초의 소설은 김시습의 〈금오신화〉로서 경주 남산 용장사에서 창작되었음을 상기할 필요가 있다. 경주는 영남권역이고 영남 권역 문화의 중심지는 대구이기 때문에, 고소설 문학관 혹은 박물관을 대구에 건립하지 않으면 안 된다. 고소설 문학관 혹은 박물관 건립을 통해 대구가 한국 문화 산업의 웅도이며 문화산업을 선도하는 요람이 될 것을 확신하는 바이다.

2016년 11월 1일

경북대명예교수·중국옌벤대겸직교수
택민국학연구원장 문학박사 김 광 순

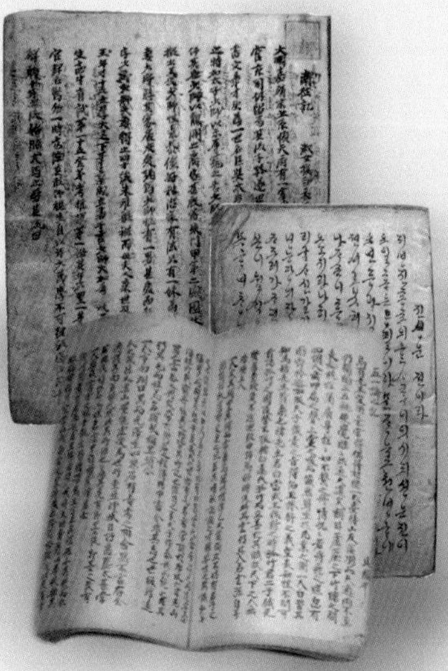

일러두기

1. 해제를 앞에 두어 독자의 이해를 돕도록 하고, 이어서 현대어역과 원문을 차례로 수록하였다.

2. 해제와 현대어역의 제목은 현대어로 옮긴 것으로 하고, 원문의 제목은 원문 그대로 표기하였다.

3. 현대어 번역은 김광순 소장 필사본 한국고소설 474종에서 정선한 〈김광순 소장 필사본 고소설 100선〉을 대본으로 하였다.

4. 현대어역은 독자들이 쉽게 이해할 수 있도록 한글 맞춤법에 맞게 의역하는 것을 원칙으로 하고, 어려운 한자어에는 한자를 병기하였다. 낙장 낙자일 경우 타본을 참조하여 의역하였다.

5. 화제를 돌리어 딴말을 꺼낼 때 쓰는 각설却說·화설話說·차설且說 등은 가능한 적당한 접속어로 변경 또는 한 행을 띄움으로 이를 대신할 수 있도록 하였다.

6. 낙장과 낙자가 있을 경우 다른 이본을 참조하여 원문을 보완하였고, 이본을 참조해도 판독이 어려울 경우 그 사실을 각주로 밝히고, 그래도 원문의 판독이 불가능한 경우에만 □로 표시하였다.

7. 고사성어와 난해한 어휘는 본문에서 풀이하고, 그렇지 않은 경우에는 각주를 달아서 참고하도록 하였다.

8. 원문은 고어 형태대로 옮기되, 연구를 돕기 위해 띄어쓰기만 하고 원문 면수를 숫자로 표기하였다.

9. 각주의 표제어는 현대어로 번역한 본문을 대상으로 하였다.

　예문 1) 이백李白 : 중국 당나라 시인. 자는 태백太白, 호는 청련거사青蓮
　居士. 중국 촉蜀땅 쓰촨[四川] 출생. 두보杜甫와 함께 시종詩宗이라 함.

10. 문장 부호의 사용은 다음과 같다.

　　1) 큰 따옴표(" ") : 직접 인용, 대화, 장명章名.

　　2) 작은 따옴표(' ') : 간접 인용, 인물의 생각, 독백.

　　3) 『 』 : 책명冊名.

　　4) 「 」 : 편명篇名.

　　5) 〈 〉 : 작품명.

　　6) [ ] : 표제어와 그 한자어 음이 다른 경우.

목차

이대봉젼

이대봉전

Ⅰ. 〈이대봉전〉 해제

〈이대봉전〉은 주인공이 전쟁을 통해 영웅적 활약을 전개하는 군담소설이다. 또 주인공인 이대봉과 장애황의 삶이 '영웅의 일생'이라는 서사유형을 근간 구조로 하고 있어 영웅소설이라 할 수 있다. 작품 속에는 나라에 대한 충성, 부모에 대한 효도, 남녀주인공의 변치 않는 정절 등 다양한 주제가 담겨 있다.

〈이대봉전 상이라〉

고소설은 흔히 작자와 창작 연대가 밝혀지지 않고 그 이본도 다양한데 〈이대봉전〉 또한 작자와 창작 연대가 밝혀지지 않았으며, 이십여 종 이상의 이본이 남아 있다. 이렇게 많은 이본 가운데 이 책에서 대본으로 삼은 〈이대봉전〉은 '김광순 소장 필사본 한국고소설 474종'에서 100종을 정선한 〈김광순 소장 필사본 고소설 100선〉 중 하나로, 〈이디봉전 상이라〉 42장본과 〈디봉전 권지하라〉 37장본이다.

〈이디봉전 상이라〉 42장본과 〈디봉전 권지하라〉 37장본은 상·하 관계에 있는 작품인데, 이처럼 〈이디봉전 상이라〉와

〈디봉전 권지히리〉라고 제목을 딜리 한 것은, 필사의 모본母本인 "완판 이대봉전 84장본"의 제목인 〈이디봉전 상이라〉와 〈디봉전 권지하라〉를 그대로 옮겼기 때문이다. 42장본과 37장본은 일제 강점기 때 공문서로 사용한 것으로 보이는 세로 28cm 가로 20cm의 종이에 세필의 한글흘림체로 필사되어 있으며, 각 면은 13행이며 각 행은 평균 23자이다.

〈이대봉전〉의 이본은 판본에 따라 필사본, 방각본, 활판본의 3종으로 나눌 수 있다. 기존 연구에 의하면 방각본은 1908년 안팎에 간행되었으며, 활판본은 1916년 간행한 박문서관본 및 안동서관본 등이 있고, 필사본은 대체로 1906년~1924년 사이의 이본군이 많다고 한다. 그렇다면 필사본이 가장 먼저 출현하였고, 이를 바탕으로 방각본과 활판본이 차례로 출간된 것이라 할 수 있다.

이때 방각본과 활판본은 이야기의 뼈대는 유사하지만 서로 다른 삽화가 많아 서로 다른 필사본을 모본으로 하여 출간한 것으로 보인다. 그런데 현존하는 필사본 가운데 방각본이나 활판본의 모본으로 추정할 수 있는 작품은 아직 없다. 추정컨대 〈이대봉전〉의 필사본은 이야기의 뼈대는 유사하지만 다양한 화소를 가진 여러 종의 이본군 형태로 유통되었고, 이 가운데 일부가 방각본으로 흡수되어 간행되었으며, 또 다른 일부가 활판본으로 출간된 것으로 보인다.

이 책에서 번역한 필사본 〈이대봉전〉은 여러 이본 가운데 방각본인 완판 〈이대봉전〉 84장본을 모본으로 삼아 필사한 작품이다. 이렇게 보는 근거는 첫째, 완판 84장본과 대본으로 삼은 필사본이 몇몇 표기 차이를 제외하고는 대동소이하다는 점이다. 뿐만 아니라 완판 84장본은 이야기가 전환될 때마다 ○표로 표시하였는데, 필사본에도 동일한 곳에 ○표가 있다. 또 표제가 상이한 부분까지 동일하게 필사하였다. 번역에서는 독서의 편이를 위해 ○표를 생략하였다.

둘째, 필사 시기가 완판 84장본의 출간 이후라는 점이다. 유탁일에 의하면 완판 84장본은 1908년 안팎에 출간한 것이라 한다. 이 필사본 〈이대봉전〉의 필사 시기는 "병진 정월 이십사일에 필이라"라는 필사기를 통해 추정할 수 있다. 지질로 보아 필사 시기는 일제강점기로 추정할 수 있는데, 그에 해당하는 병진년丙辰年은 1916년이다. 즉 이 작품은 1908년 전후 방각본이 출간된 후 바로 필사되었다고 할 수 있다.

〈이대봉전〉의 필사본 가운데 방각본을 모본으로 한 필사본은 거의 남아 있지 않다. 성글게 조사해본 결과 김광순 소장 〈이딕봉전 상이라〉 42장본과 〈딕봉전 권지하라〉 37장본이 거의 유일한 것으로 보인다. 필사본 고소설의 가치를 각 편이 유일본이라는 점에서 찾을 수 있다면, 이 작품은 방각본을 모본으로 삼은 거의 유일한 작품이라는 데서 그 의의를 찾을 수 있다.

줄거리는 다음과 같다. 명나라 성화연간, 기주지방에 이익이라는 사람이 있었다. 벼슬이 이부시랑에 이르고 명망이 높았으나 슬하에 자식이 없어 고민하였다. 그러다 천축국 백운암에 시주를 한 뒤 아들 대봉을 낳는다. 마침 같은 날 기주 장미촌 장한림도 무남독녀 애황을 낳았기에 두 사람은 혼약을 정한다.

대봉이 십대가 되었을 때, 조정에서는 승상 왕회가 국권을 마음대로 휘두르고 있었다. 이에 이익이 직간하는 상소를 올렸다가, 왕회의 탄핵을 받아 아들 대봉과 무인절도로 귀양을 가게 된다. 왕회가 뱃사공을 매수하여 이익 부자를 죽이려 하였으나 서해 용왕의 도움으로 이익은 외딴섬에 머무르고, 대봉은 천축국 금화산 백운암으로 가서 도승에게 술법을 배운다. 한편 장한림은 이익 일가의 참변을 듣고 탄식하다 병을 얻어 죽고, 이어 부인마저 세상을 떠난다.

왕회가 애황의 자품姿品이 뛰어나다는 말을 듣고 며느리로 맞고자 구혼한다. 애황이 거절하자 납치하려 하였는데, 애황은 달아나 천태산 마고선녀에게 의탁하여 지내며 무예를 익힌다. 애황이 19세가 되자, 마고선녀가 하산을 명한다. 애황은 이름을 해운으로 고치고 남장하여 산을 내려와 서주 최어사 댁에 머무르다, 과거 소식을 듣고 상경하여 장원급제하고 한림학사가 된다.

이때 남방의 선우가 강성하여 중원을 침공하자, 조정에서 장한림을 대원수로 삼아 선우를 막게 한다. 장원수가 남선우의 대군을 격파하고, 패전하여 달아난 남선우를 쫓아 교지국으로 진군한다.

마침 이때 북방의 흉노도 중원을 침공하였는데, 천자는 막을 방도가 없어 황성을 버리고 달아난다. 이즈음 산사에서 수학하던 대봉이 스승의 지시에 따라 필마단기로 달려와 흉노의 대군을 격파하고 천자를 구한다. 이어 서릉까지 쫓아가 흉노를 격멸하고 돌아오는 길에 해상에서 풍랑을 만나 무인도에 도착한다. 그곳에서 아버지 이익을 만나 함께 돌아오던 중, 서해 용왕의 요청을 받아 남해 용왕의 침범을 물리치고 개선한다.

이때 장원수도 선우를 추격하여 항복 받고 황성으로 돌아왔는데, 천자는 대봉을 초왕에 봉하고 애황은 연왕에 봉한다. 이어 두 공주를 대봉에게 시집보내고자 하니, 애황이 자신이 여자라는 사실과 장한림의 딸이라는 것을 밝힌다. 천자가 대봉과 애황을 혼례시키고, 이어 왕회 일파를 처형한 뒤 두 공주를 다시 대봉에게 시집보낸다.

대봉이 초나라에 부임하여 국정을 정비하니 국태민안하였는데, 남방의 선우와 북방의 흉노가 전날의 분을 풀고자 중원을 다시 침범한다. 이때 애황은 임신한 몸으로 전장에 나가 남선우를 격파하고 개선하고, 대봉은 북흉노를 물리치고 황성으로 돌아온다. 이후 초왕과 왕비는 부귀영화로 일생을 마치고 자자손손 복록을 누린다.

〈이대봉전〉은 창작군담소설로 분류된다. 창작군담소설은 가상적인 인물의 허구적인 전쟁담을 가공적으로 꾸며낸 이야기인데, 그 대결의 대상에 따라 다시 소대성전 유형, 유충렬전 유형, 장백전 유형으로 나눌 수 있다. 소대성전 유형은 외적外敵과의 대결이 주를 이루며 몰락했던 가문을 외적의 침입을 계기로 재건하는 이야기이다. 즉 능력은 있으나 불우했던 한 인물이 사회에서 천대받다가 이인異人의 구원을 받아 출세하는 과정을 보여주는 작품이다. 유충렬전 유형은 내적內賊인 간신과의 대결이 주를 이룬다. 주인공은 정치적 적대 세력의 탄압으로 고난을 당하며, 충신과 간신의 대결이 지속적으로 전개된다. 장백전 유형은 기존의 왕권과 대결하는 이야기이다. 주인공이 창업하는 새 임금을 도와 구왕권을 타도하는 활약을 보이며, 천명을 구실삼아 다른 인물에게 천하를 양보하는 것으로 결말을 이룬다.

이렇게 볼 때, 〈이대봉전〉은 유충렬전 유형에 속한다고 할 수 있다. 대봉의 아버지 이익과 애황의 아버지 장화는 충신으로 설정되어 있다. 여기에 상대하여 왕회와 진택열을 중심으로 한 간신의 당이 조정에 자리잡고 있다. 간신이 조정을 농락하자, 이익은 극렬한 상소를 올린다. 그러나 천자가 왕회의 편을 들어 이익은 귀양 가고 장화는 화병으로 죽는다. 이것이 가족의 몰락으로 이어져, 이익은 무인도로, 아들 이대봉은 천축국으로, 부인 양씨는 고향을 지키다가 전란이 일어나자 타향으로 떠도는 신세가 된다. 장화의 가족도 마찬가지여서 혼자 살아남은 장애황은 왕회가 늑혼勒婚하려 하자 모든 것을 버리고 달아나는 처지가 된다.

충신과 간신의 대결과 그 결과 몰락하는 가족이라는 설정은 조선조 당쟁의 실상과 연관하여 생각해볼 수 있다. 동서 · 노소의 갈등과 그로 인한 당파의 몰락은 관계官界에서의 퇴출로 이어지고, 몰락한 가문의 후손은 조정에 진출할 수 없었던 것이 당시 현실이었다. 이 때문에 조상에 대한 신원운동이 가문을 중심으로 대대로 이어졌고, 혹여 복권하였더라도 다시 당쟁의 희생물이 되어 정계에서 퇴출되곤 하였다.

가공의 설정을 통해 이러한 현실적 구속을 가볍게 뛰어넘을 수 있는 것이 소설이라는 장르이다. 현실의 대봉은 몰락한 집안을 재건할 기회를 가질 수 없지만, 소설 속에서 대봉은 외적의 침입이라는 기회를 타 간신을 물리치고 가문을 수복한다. 급기야 천자의 부마가 되고 초왕에 올라 대대손손 복록을 누린다. 이 때문에 〈이대봉전〉의 작자는 몰락양반층일 것으로 추정하고 있다. 대봉의 성공은 몰락양반층의 실권 회복 의지를 반영한 것이며, 지배층에서 소외되었던 수많은 남성 독자들의 꿈이 투영된 것이었다.

한편 〈이대봉전〉은 영웅소설로 분류되기도 한다. 비범하게 탄생한 주인공이 조력자를 만나 고난을 극복하고 영웅적 활동을 통해 성취를 이룬 이야기이기 때문이다. 영웅소설도 그가 이룬 성취가 무엇인가에 따라 다시 몇 가지로 나눌 수 있다. 체제개혁형 영웅소설, 애정성취형 영웅소설, 인륜수호형 영웅소설이 그것이다. 체제개혁형 영웅소설은 사회개혁, 계급철폐 등 당시 사회적 문제를 개혁하려는 의지를 반영한 작품군이다. 〈옥주호연〉〈홍길동전〉〈장백전〉 등이 여기에 속한다. 애정성취형 영웅소설은 현실에 안주하면서 애정 성취라는 자신의 의지를 실현하는 작품군으로, 〈백학선전〉〈황운전〉〈용문전〉 등이 여기에 속한다. 인륜수호형 영웅소설은 외적이나 간신에 대한 복수를 통해 인륜을 수호하는 것을 목적으로 하는 작품군이다. 여기에는 〈양풍전〉〈유충렬전〉〈조웅전〉 등이 있다.

〈이대봉전〉은 주인공인 이대봉의 이야기이기도 하지만 여주인공인 장애황의 이야기이기도 하다. 집안의 몰락으로 천애고아가 된 장애황은 왕회의 늑혼을 피해 달아난다. 그러다 마고선녀를 만나 무예를 배운 뒤, 하산하여 남장을 하고 과거에 응시하여 장원급제한다. 또 외적이 침입하자 대원수가 되어 적병을 물리쳐 천하의 난리를 해결하는 영웅이 된다. 급기야 남선우의 2차 침입 때에는 잉태한 몸으로 출전하여 다시 나라를 구하는 영웅적 면모를 발휘한다.

이러한 활약은 여성의 사회활동을 부정하였던 조선조 사회에서는 상상하기 어려운 일이다. 그런데 장애황은 입신출세하여 사회적 제약을 극복할 뿐만 아니라 외적의 침입을 격퇴하여 국가를 수호하는 영웅의 면모를 보이고 있으니, 여성영웅이라 할만하다. 이처럼 여성영웅의 활약을 소설 속에서 구현한 것은 당시 남성 중심의 사회를 비판하고 여성도 남성과 대등한 능력이 있음을 보여주려 하였던 생각이 구체화한 것이라 할 수 있다.

하지만 여성영웅의 활약은 소설 속에서나 가능한 일이었으며, 현실은 아직 여성의 사회진출을 용납하지 않았다. 이 때문에 장애황은 자신의 정체를 자발적으로 드러낼 수밖에 없었고, 천자가 이대봉을 부마로 간택한 사건을 계기로 본래의 여성으로 돌아간다. 이는 장애황의 영웅적 활약의 궁극적 지향점이 대봉과의 결연임을 드러내는 것이라 할 수 있다. 장애황의 지향성을 놓고 볼 때, 〈이대봉전〉은 애정성취형 영웅소설이라 할 수 있다.

창작군담소설은 18세기 중엽 이후에 창작되기 시작한 것으로 추정된다. 비교적 초기에 창작된 작품으로는 〈소대성전〉 〈장풍운전〉 등이 있고, 다음으로는 〈조웅전〉 〈유충렬전〉 등이 나타났으며, 그 후 군담소설이 대중의 인기를 얻게 되자 소설의 상업적 출판이 성행하면서 20세기 초까지 많은 작품이 지어진 것으로 보인다. 특히 후기의 작품으로 추정되는 〈정수정전〉 〈홍계월전〉 등의 작품은 여성 주인공이 군담의 주역으로 등장하여 남성보다 우월한 능력을 발휘하는 내용을 담고 있어, 군담소설이 여성층에게까지 애독되었음을 보여준다.

〈이대봉전〉은 이대봉과 장애황이 대등한 위치에서 서로 경쟁하고 협력하면서 영웅적 활약을 펼치고 있다는 점에서 창작군담소설이 남성 주인공 중심에서 여성 주인공 중심으로 넘어가는 과도기적 시기의 작품이라 할 수 있다. 그런데 두 사람의 결연으로 마무리하지 않고 외적의 침입을 다시 설정하여 규중으로 돌아간 여성, 그것도 잉태한 여성을 다시 전장으로 불러내고 있어 여성 영

〈이대봉전 상이라〉

웅의 역할을 다시 한번 강조하고 있다. 이것이 〈이대봉전〉의 여성 주인공이 다른 작품과 차별성을 갖는 부분이다.

　여성 영웅의 활약이 여성 독자들의 기대에 부응하는 것이기는 했지만, 국난을 극복한 뒤 그들은 능력을 모두 버리고 가정으로 회귀하고 만다. 이러한 결말은 여성 독자들에게 오히려 그들의 한계를 절감하게 하는 요소였을지 모른다. 이 한계를 넘어설 때 비로소 여성은 남성과 동등한 능력을 가진 존재이며 사회에 적극적 참여하여 세상을 바꾸는 주체가 될 수 있는 존재라는 사실을 인정받을 수 있다. 이 때문에 〈이대봉전〉에서는 장애황을 규중의 현모양처로 남겨두지 않고 잉태한 몸으로 전장에 참여하게 한 것이다. 이는 여성의 사회적 한계뿐만 아니라 육체적 한계마저 뛰어넘는 설정이며, 이러한 자신감이 여성이 진정

한 주인공인 다음 시기의 여성 영웅소설을 탄생시킨 힘이었다.

필사본의 마지막은 이러하다.

"병진(1916) 정월 24일에 필사하다. 책 주인은 염소저입니다. 글씨가 누추하지만 탓하지 말고 그대로 보시기 바랍니다."

1908년 전후 상업적 목적으로 출간되었던 방각본 〈이대봉전〉이 세상에 유통된 지 불과 몇 년 뒤, 염소저는 158쪽에 이르는 방대한 양의 〈이대봉전〉을 필사하여 세상 사람들에게 한번 읽어 보라고 권한다. 무엇이 그녀에게 이렇게 수고로운 일을 가능하게 만들었을까? 이대봉의 출장입상과 이를 통한 사필귀정의 주제가 그녀를 감동시켰을 것이다. 그러나 무엇보다도 남성과 대등하게 공을 세우고, 잉태한 몸으로도 그 능력을 발휘하여 세상을 구하는 장애황의 영웅적 활약에 감동하였을 것이다. 자신은 비록 사회적 육체적 한계 속에 규중에서 살아가고 있지만, 세상 너머 소설 속에서는 사회적 한계뿐만 아니라 육체적 한계마저 가볍게 넘어서 자신의 능력을 실현해가는 여성이 존재한다는 사실이 그녀를 전율하게 했을 것이다.

〈이대봉전〉은 고소설이 몰락 양반층, 여성 등 주로 소외층의 꿈과 희망을 반영하고 있음을 잘 보여주고 있는 작품이다. 이는 남성과 여성 독자의 요구를 고루 반영한 결과이다. 그들의 요구는 어찌 보면 실로 소박한 것인지도 모른다. 몰락양반이나 소외된 남성의 입장에서는 정권참여의 기회를 균등하게 제공하라는 외침이었고, 여성 독자의 경우에는 여성의 사회적 참여를 허용하라는 함성이었다. 이는 모두 기회의 균등, 평등의 지향이라는 이 시대의 화두와 일맥상통하는 요구이다. 그 옛날 고소설 시대의 희망과 꿈은 여전히 우리 시대에 미완의 과제로 남아 있고, 허구 속에서라도 이루려고 했던 꿈은 오늘의 우리를 만든 자양분이 되었다. 이 때문에 우리는 고소설은 낡아빠진 구시대적 관념을 담고 있는 유물遺物이라는 생각으로 내버려둘 수만은 없는 것이다. 그 속에서 선조들이 꿈꾸었던 세상을 다시 생각하고, 잃어버린 우리의 길을 찾을 수 있을 때, 고소설의 가치는 빛을 발할 수 있다.

Ⅱ. 〈이대봉전〉 현대어역

〈이대봉전〉 상권

　명나라 성화成化[1] 연간 효종 황제 즉위 3년이었다. 기주 땅 모란동에 성姓은 이요 이름은 익이라는 이름난 벼슬아치가 있었다. 그는 좌승상 이영준의 증손자이며 이부상서 이덕연의 아들로, 대대 명문가의 자손이었다. 일찍 청운에 올라 벼슬이 이부시랑에 이르니 명망이 조정에 진동하였다.

　그러나 슬하에 일점혈육一點血肉이 없어 선영先塋의 향화香火가 장차 끊어지게 되었기에 그는 부귀도 귀찮았고 영귀榮貴도 뜻이 없었다. 오직 하늘을 우러러 탄식할 뿐이었다. 부인 양씨도 눈물로 세월을 보내며 자식이 없음을 스스로 한탄하다 이시랑에게 이렇게 말하며 슬퍼하곤 하였다.

　"불효에 해당하는 죄악이 삼천 가지인데 그 가운데 후사後嗣 없음이 가장 크다고 합니다. 상공께서 자식이 없음은 모두 저의 죄악입니다."

---

1) 성화成化 : 중국 명나라 헌종 때(1465~1487)의 연호. 역사적으로 효종의 연호는 홍치弘治이며, 재위는 1488년부터 1505년까지이니, 작품 내용과 일치하지 않는다. 즉 작품에 제시되어 있는 시간은 허구의 시간일 뿐인 것이다. 마찬가지로 공간적 배경도 실제 지리적 위치와는 일치하지 않는 허구이다. 따라서 아래에 등장하는 지명이나 연대는 일일이 고증하거나 밝혀 주석하지 않고 필요한 부분에서만 간략히 언급한다.

이렇게 탄식으로 지새던 어느 날, 검은 베로 만든 장삼長衫을 입고 구절죽장九節竹杖[2]을 집고 팔각의 포건布巾을 쓴 한 노승이 외당에 들어와 이시랑에게 합장하고 절하였다. 이시랑도 답례하고 물었다.

"존사尊師께서는 어느 절에 계시오며, 이렇게 누추한 곳까지 어찌 왕림하셨습니까?"

노승이 답하여 말하였다.

"소승은 천축국 금화산 백운암에 있사옵니다. 절이 퇴락하여 불상이 비바람을 피하지 못하기에 절을 중수重修하고자 권선勸善[3]을 가지고 사해 팔방을 두루 돌아다니고 있사옵니다. 마침 상공댁에 왔사오니 시주하여 주옵소서."

이시랑이 말하였다.

"절을 중수한다고 하시니 얼마가 있으면 고쳐서 다시 지을 수 있습니까?"

노승이 답하여 말하였다.

"시주하는 재물에 많고 적음이 있겠사옵니까? 그저 상공의 처분대로 할 뿐입니다."

그러자 이시랑이 이렇게 말하였다.

"나는 죄악이 지극히 무거워 나이 쉰이 다 되도록 일점혈육도 없어 앞길을 인도하고 뒤를 이을 사람이 없습니다. 그러니 내가

---

2) 구절죽장九節竹杖 : 마디가 아홉인 대나무로 만든, 승려가 짚는 지팡이.
3) 권선勸善 : 불가佛家에서, 승려가 시주에게 보시를 해 달라고 부탁함.

죽은 뒤에 누가 있어 백골이나마 거두어주겠으며 선영의 향화가 끊이지 않게 하겠습니까? 죽어 황천에 돌아가더라도 어찌 선조를 대면하겠으며 무슨 면목으로 부모님을 뵐 수 있겠습니까? 선영에는 죄인이요 지하에서는 악귀일 따름입니다. 재물을 둔들 누구에게 전하겠습니까? 부처님께 시주하여 후생 길이나 닦고자 합니다."

이어 이시랑이 권선을 들어 황금 오백 량과 백미白米 삼백 석, 그리고 황촉黃燭 삼천 자루를 시주하였다. 그러자 노승이 권선을 받아들고 머리를 조아리며 사례하고 말하였다.

"소승이 이렇게 멀리 와서 적지 않은 재물을 얻었으니 이제 불상을 안전하게 보호할 수 있을 듯합니다. 그 은혜는 백골이 되어도 잊지 못할 것이옵니다. 또 상공은 자식이 없을까 근심하지 마옵소서."

이렇게 말하고는 문득 사라져, 간 곳을 알 수 없었다. 이시랑이 그제야 부처님이 몸을 드러내신 줄 알고 마당으로 내려와 공중을 향하여 무수히 사례하며 말하였다.

"바라건대 부처님께서는 자식 하나만 점지해 주옵소서."

이어 이시랑은 내당으로 들어가 부인 양씨와 더불어 이 일을 이야기하며 천행으로나마 자식 하나 점지해주기를 바랐다.

그런데 과연 그 달부터 양씨에게 태기가 있더니, 어느덧 열 달이 흘렀다. 하루는 양씨가 몸이 피곤하여 침석에 기대어 졸고 있었는데, 비몽사몽 사이에 하늘로부터 봉황鳳凰 한 쌍이 날아오는 것이 보였다. 그러더니 암컷인 황凰은 장미동 장한림댁으로 날아가고, 수컷인 봉鳳은 양씨의 품으로 날아들었다. 양씨가 놀라 깨어보니 집안에 향기가 진동하고 오색구름이 영롱하였다. 이어 정신이 흐릿해지면서 한 아이를 낳았는데, 누가 봐도 의젓한 기남자奇男子였다.

이시랑이 크게 기뻐하며 아이를 살펴보니 코는 우뚝하게 솟았으며 눈매는 봉황을 닮았는데 울음소리도 봉황 같았다. 마침 부인 양씨가 꿈 이야기를 하자, 이시랑이 아이의 이름을 대봉이라 하였다.

각설이라.

이때 기주 장미동에 장화라는 사람이 있었다. 일찍 청운에 올라 벼슬이 한림학사에 이르니 명망이 조정에 진동하였다. 부귀가 이처럼 극진하였으나 나이 마흔이 다 되도록 슬하에 자녀가 없어 부인 소씨와 더불어 매일 슬퍼하며 지냈다.

그런데 우연히 소씨에게 태기가 있더니 어느덧 열 달이 지났다. 하루는 소씨가 문득 몸이 고단하여 이부자리에 의지해 몽롱히 누워있는데, 비몽사몽 사이에 하늘에서 봉황 한 쌍이 내려오더니 봉은 모란동 이시랑댁으로 날아가고 황은 자신의 품으로 날아들었다. 이것이 바로 봉이 태어나니 황도 같이 날고, 장군이 태어남에 용마도 함께 난다는 것이다. 이어 향기가 방안을 가득 채우고 채색 빛 구름이 영롱한 가운데 한 아이를 낳으니 마치 아름다운 봉황새 같았다.

아이를 낳은 뒤, 소씨가 장한림에게 꿈 이야기를 하였더니, 장한림이 크게 기뻐하며 이름을 애황이라 하였다. 그러고는 즉시 이시랑의 집으로 가보니, 이시랑댁 부인도 또한 아이를 낳았다고 하였다. 이에 장한림은 마음속으로 이 일이 서로 부합함이 있다고 느껴, 이시랑을 만나 이런 저런 이야기를 하다가 이렇게 물었다.

"시랑은 몇 시에 아이를 낳으셨습니까?"

"어제 사시巳時[4]에 아들을 낳았습니다. 한림은 나와 죽마고우로, 용문에 함께 올라 부귀를 누리고 있습니다. 게다가 황상의 총애가 깊어 함께 사직을 받들고 있으니 세상에 명망이 진동합니다. 서로 자식이 없어 마음속의 한으로 여기다가 저는 이제 천행으로 자식을 낳고 한림은 지금까지 자식이 없으니 제가 심히 민망합니다."

그러자 장한림이 답하여 말하였다.

"저도 어제 딸아이를 낳았으니, 이는 진실로 천행이라 할 만합니다. 우리 서로 정의情誼가 남다른데 또 이런 일이 있으니 기이한 일이라 하겠습니다."

이어 장한림이 부인 소씨의 꿈 이야기를 하였다. 이를 듣고 이시랑도 크게 기뻐하며, 즉시 내당에 들어가 부인 양씨에게

---

4) 사시巳時 : 하루를 열둘로 나누었을 때, 여섯째 시. 오전 9시부터 오전 11시까지.

장한림 부인 소씨의 꿈을 말해 주니, 부인이 다시 꿈 이야기를 하였는데, 두 부인의 꿈이 서로 한 치의 차이도 없었다.

이에 이시랑이 외당에 나와 장한림과 담소하고 즐기다가 다음과 같이 말하였다.

"이것은 반드시 상제上帝께서 인연을 맺어 우리에게 보내주신 것입니다. 연월일시가 한 치도 틀림이 없으니, 두 아이 나이가 차거든 봉과 황으로 짝을 맺어 원앙의 즐거움을 누리게 하고, 우리는 피차 서로 만년의 재미를 보십시다."

이에 장한림도 즐거워하며 하루 종일 취하도록 실컷 마시다가 해가 서산으로 넘어가서야 집으로 돌아왔다. 그러고는 부인 소씨에게 이시랑 부인 양씨의 꿈 이야기를 해주고, 이시랑의 아들 대봉을 취하여 정혼한 이야기도 들려주었다. 이에 부인 소씨도 못내 즐거워하였다.

이때 이시랑도 내당에 들어가 부인 양씨에게 이렇게 말하였다.

"장한림의 딸 애황을 취하여 우리 아들 대봉의 짝으로 정하였으니, 진실로 다행한 일입니다."

그러자 양씨도 또한 못내 즐거워하였다.

이후 두 집은 대봉과 애황이 장차 자라 혼례를 이룰 날을 손꼽아 기다리며 세월을 보냈다.

세월이 물같이 흘러 대봉의 나이 어느덧 열세 살이 되었다. 대봉의 장대한 기골과 늠름한 풍채, 그리고 활달한 거동은 당대에 짝할 사람이 없었고 영걸한 풍모와 호방한 기상은 세상에 보기 드문 기남자였다. 게다가 시서詩書와 백가百家에 통하지 않음이 없었고 육도삼략六韜三略과 손자병법에도 깊이 마음을 두니, 그 총명과 지혜는 관중管仲[5]이나 악의樂毅[6]보다 나았다. 그러나 이시랑은 대봉이 어린 나이에 병서에 깊이 몰두하는 것을 탐탁지 않게 여겨 크게 꾸짖어 말하였다.

"성현의 글이 무수히 많거늘 어찌하여 너는 이런 태평성대에 귀신조차 그 뜻을 자세히 알지 못하는 병서에 힘쓰느냐?"

그러자 대봉이 이시랑에게 아뢰어 말하였다.

"예전에 황제 헌원씨軒轅氏[7]는 만고에 없는 영웅이었지만 치우蚩尤[8]의 난을 만났고, 제요帝堯 도당씨陶唐氏[9]도 만고 없는 성현이었으나 사흉四凶[10]의 변을 당하였습니다. 그러니 어찌

---

5) 관중管仲 : ?~기원전 645. 중국 춘추 시대 제나라의 재상. 이름은 이오夷吾. 환공桓公을 도와 군사력의 강화, 상공업의 육성을 통하여 부국강병을 꾀하였으며, 환공을 패자霸者로 만듦.

6) 악의樂毅 : ?~?. 중국 전국 시대 연나라의 무장. 소왕昭王의 부름을 받고 장군이 되어 제나라를 치고 임치臨淄를 함락하여 창국군昌國君에 봉하여졌으나, 소왕이 죽은 후 혜왕惠王에게 쫓겨서 조나라로 도망하였음.

7) 헌원씨軒轅氏 : 중국 고대 전설상의 제왕. 삼황三皇의 한 사람으로, 처음으로 곡물 재배를 가르치고 문자, 음악, 도량형 따위를 정하였다고 함.

8) 치우蚩尤 : 전설상의 인물. 81명의 형제가 있었는데, 모두가 동銅으로 된 머리와 철로 된 이마에 긴 뿔을 가셨고, 성실은 사나웠다고 함. 황세 헌원씨와 탁록涿鹿에서 싸웠으나 패하였음.

9) 도당씨陶唐氏 : 중국 오제五帝의 한 사람인 '요堯'를 이르는 말. 처음 당후唐侯에 봉해졌다가 나중에 천자가 되어 도陶에 도읍한 데서 도당씨라 함.

10) 사흉四凶 : 순임금에 의해 중원의 사방으로 쫓겨난 흉악한 무리. 『서경書經』에 의하면 공공共工, 환두驩兜, 곤鯀, 삼묘三苗라 함.

태평시절이 오래 지속되리라 믿을 수 있겠습니까? 이 때문에 대장부는 세상에 태어나서 시서와 백가뿐 아니라 마음속으로 육도삼략에도 통달해야 하는 것입니다. 그리하여 용문에 올라 요순 같은 임금을 섬기다가 혹 나라의 운세가 불행하여 난세를 맞게 되면, 허리에는 대장의 절월節鉞[11]을 띠고 황금색 인수印綬[12]를 비스듬히 차고, 머리에는 백금 투구를 쓰고, 몸에는 엄신갑掩身甲을 입고, 오른손에는 보검을 잡고 왼손에는 홀기를 듭니다. 이어 백모白旄[13]와 황월黃鉞[14]을 앞세우고 용정龍旌과 봉기鳳旗를 나부끼며 긴 창과 날카로운 칼을 벌여두고서 대병을 몰아 전장으로 나아가 반적反賊을 소멸시키고 사해를 평정합니다. 그리하면 공적이 죽백竹帛[15]에 오르고 이름이 기린각麒麟閣[16]에 걸려 만종萬鍾의 녹[17]을 누리게 될 것이니, 이것이 나라

---

11) 절월節鉞 : 조선 시대, 지방에 관찰사, 유수留守, 병사兵使, 수사水使, 대장, 통제사 등이 부임할 때 임금이 내주던 절節과 부월斧鉞. 절은 수기手旗처럼, 부월은 도끼처럼 만든 것으로 군령을 어긴 자에 대한 생살권生殺權을 상징함.

12) 인수印綬 : 예전에, 관인官印 따위를 몸에 찰 수 있도록 인끈꼭지에 단 끈을 이르던 말.

13) 백모白旄 : 털이 긴 소의 꼬리를 장대 끝에 매달아 놓은 기. 천자의 명령을 상징함.

14) 황월黃鉞 : 황금으로 장식한 도끼. 천자가 다른 나라나 적을 정벌할 때에 지니던 것.

15) 죽백竹帛 : 종이가 발명되기 전에 대쪽이나 명주에 글을 적던 데서, 서적이나 사기史記를 이르는 말. 공명功名이 죽백에 드리운다는 것은 이름이 후세에 남는다는 의미이다.

16) 기린각麒麟閣 : 중국 한나라의 무제武帝가 장안의 궁중에 세운 누각. 선제宣帝가 여기에 곽광霍光, 장안세張安世, 소무蘇武 등 공신 11명의 화상畵

의 충신이 되는 길이며 또 성군의 은택과 부모의 은덕을 갚고 종신토록 부귀를 누리는 길입니다. 어찌 성현의 서책만 읽으며 유정한 세월을 무정히 보낼 수 있겠습니까?"

이에 이시랑이 크게 기뻐하고 칭찬하면서,

"네 말은 반드시 옛사람의 뜻을 본받은 것이로다! 나란 사람은 조정에 몸을 의탁하고 있으나 임금을 모시고 그저 녹만 축내고 있을 뿐이로구나."

하며, 사랑해 마지않았다.

각설이라.

이때 황제가 유약柔弱하여 법령이 느슨하고 또 고르지 않았다. 이런 가운데 우승상 왕회가 국권을 잡아 나랏일을 처결하니, 조정의 백관과 각 지방의 수령이 모두 왕회의 당파가 되었다. 이렇게 온 나라의 권세가 왕회의 손바닥 안에 놓여 있고 또 만인의 생사가 그의 손끝에 달리니, 권세의 지중함이 한나라의 왕망王莽[18]이나 진나라의 왕돈王敦[19]보다 더하였다. 게다가 왕

象을 그려 그 공적을 기림.

17) 만종萬鍾의 녹 : 매우 많은 녹봉祿俸. 종鍾은 용량의 단위로, 6곡斛 4두斗, 8곡, 10곡 등 너러 실이 있음.

18) 왕망王莽 : 기원전 45~기원후 23. 중국 전한前漢 말의 정치가이며 '신新나라(8~24)'의 건국자. 갖가지 권모술수를 써서 선양혁명禪讓革命에 의하여 전한의 황제권력을 찬탈함. 이상적인 나라를 세우기 위해 개혁정책을 펼친 인물로 평가되기도 함.

19) 왕돈王敦 : 266~324. 진晉나라 사람. 왕도王導의 종형從兄으로 무제武帝

회가 군자는 참소하여 조정에서 멀어지게 하고 소인과는 비위를 맞추며 함께 무리를 이루니 국사國事가 점점 어지러워졌다. 국사가 이처럼 어지러워졌는데도 황제가 알지 못하고 소인 왕회에게 천하의 대사를 모두 맡기니, 슬프다 명나라여, 사직이 아침에 망할지 저녁에 망할지 위태롭게 되었구나.

이때 이시랑이 국사가 어지러워짐을 보고, 상소를 올려 말하였다.

"조정의 일과 형세를 살펴보니 한심하기 그지없습니다. 폐하께서 군자를 등용하시면 소인은 저절로 멀어질 것이옵니다. 군자를 가까이하고 소인을 멀리함은 나라가 흥할 바탕이옵고 군자를 멀리하고 소인을 가까이함은 나라가 망할 바탕이옵니다. 지금 폐하께서는 깊숙한 궁궐에 거처하시어 국사가 어지러워졌음을 알지 못하고 계십니다. 우승상 왕회는 나라를 해치는 간악한 소인인지라 폐하의 성덕을 가리옵고 폐하에게 아첨하여 폐하의 총명을 가리고 있사옵니다. 그런데도 폐하께서는 지금까지 깨닫지 못하시니 애달플 따름입니다.

지금 조정은 왕회와 그 붕당이 함께 도모하여 모반한 것과 다를 바가 없습니다. 폐하께서는 이를 살피시어 먼저 저를 베어 위엄을 보이시고 이어 한낱 왕회를 급히 베어 반적의 흉계를

의 딸 양성공주襄城公主와 결혼했음. 원제元帝 때 강동江東을 진압하여 정남대장군征南大將軍이 되었는데, 공을 믿고 권력을 전횡하다가 무창武昌의 난을 일으킴.

깨트리십시오. 진나라의 재상 조고趙高[20])와 송나라 재상 진회秦檜[21])도 만종의 녹을 받으면서 나라의 은혜를 모르고 나랏일을 어지럽혔으니 소인이라 할 만합니다. 예로부터 소인에게는 국록이 부당하옵니다."

황제가 상소를 다 본 뒤, 우승상 왕회를 돌아보았다. 이때 병부상서 진택열이 앞으로 나와 황제께 여쭈어 말하였다.

"이부시랑 이익이 녹봉만 받아먹는 일개 신하로서 조정을 비방하고 대신을 모함하고 있으니 죽어도 그 죄를 용서받을 수 없을 것입니다. 한나라 곽광霍光[22])은 권세가 지중하였사오나 선제宣帝를 즉위하게 한 충신이었으며, 진나라 왕준王濬[23])은 강동의 인물로 지혜가 높았사옵니다. 하오니 엎드려 바라건대 폐하께옵서는 잘잘못을 살피시어, 허위를 사실인 양 꾸며서 임금을 속인 죄를 다스려 이부시랑 이익을 베옵시고 이로써

---

20) 조고趙高 : ?~기원전 207(?). 진시황의 환관宦官. 진시황이 5차 천하 순행 도중 병사하자, 가짜 유언장을 만들어 황위를 찬탈함. 제2세 호해 황제를 마음대로 조종해 결국 진나라를 멸망케 함.

21) 진회秦檜 : 1090~1155. 남송 초기의 정치가. 남침을 거듭하는 금군金軍에 대처하여 금과 중국을 남북으로 나누어 영유하기로 합의하였으며, 금나라에 대하여 신하의 예를 취하고, 세폐歲幣를 바침. 24년간 재상직을 지냈으며, 정권유지를 위해 '문자의 옥'을 일으킴.

22) 곽광霍光 : ?~기원전 68. 전한前漢의 정치가. 무제 사후 소제를 보필, 정사를 집행하다가 소제의 형인 연왕 단의 반란을 기회로 상관걸 등 정적을 타도하고 실권을 장악함. 소제 사후 창읍왕의 제위를 박탈하고, 선제宣帝를 즉위하게 함.

23) 왕준王濬 : 206~286. 자는 사치士治. 무제武帝 때 용양장군龍讓將軍으로 황명을 받들어 오나라를 침공하여 오나라를 멸망시킴.

소인들에게 경계할 바를 보이소서."

황제가 이 말을 듣고 옳게 여겨 이렇게 말하였다.

"이익은 삭탈관직하여 3만 리 머나먼 무인절도無人絶島에 위리안치圍籬安置[24]하고, 그 가족은 신분을 면탈免脫하여 서인으로 삼으라. 또 그 아들 대봉은 5천 리 떨어진 백설도에 귀양보내라."

그리하여 이시랑 부자가 졸지에 유배가게 되었으니 어찌 원통하고 분하지 않겠는가. 이에 이시랑이 배소配所로 갈 적에 승상부에 들어가 눈을 부릅뜨고 크게 소리치며 말하였다.

"나라의 운수가 불행하여 소인이 조정에 가득하구나. 마치 한나라 왕실이 미약하니 동탁董卓[25]이 난을 일으킨 듯하고 왕망이 정사를 좌우하니 충신이 죽어나가는 듯하도다. 우승상 왕회는 한나라의 역신인 왕망의 자손인지라 간악함을 대대로 전해 내려와 위로는 황상을 속이고 아래로는 충신을 물리치며 밖으로는 소인들과 작당하여 나랏일을 어지럽게 하였다. 이에 내가 곧은 말로 직간하였는데, 뜻밖에도 소인의 참소를 입어 수만 리 절도로 유배가게 되었노라. 그러나 내 아들 대봉은 아직 어린 아이인데, 무슨 죄가 있어 수천 리 백설도로 귀양을 보내느냐!"

---

24) 위리안치圍籬安置 : 귀양살이하는 곳에서 달아나지 못하도록 가시로 울타리를 만들고 그 안에 가두어 둠.

25) 동탁董卓 : 139~192. 중국 후한 말기의 무장이자 정치가. 소제少帝를 강제로 폐위시키고 헌제獻帝를 옹립한 뒤에 공포정치를 행해 후한後漢의 멸망을 가속화함.

이시랑이 이렇게 소리치고 땅을 치며 분통을 터뜨리니 왕회가 크게 노하여 서안書案을 두드리고 고성을 지르며 말하였다.

"황상의 명이 이와 같거늘 너는 무슨 잔말이 이리 많은가! 만일 더 이상 잔말하다가는 죽음을 면치 못할 것이니 빨리 적소謫所로 떠나라."

그러고는 영거사領去使26)에게 호통을 치며 데려가라 명령하니 이시랑이 어쩔 수 없어 집으로 돌아와 적소로 떠날 채비를 하였다. 이때 온 집안이 이루 말할 수 없이 크게 슬퍼하여 곡소리가 진동하니, 날짐승과 길짐승도 함께 슬퍼하는 듯하였고 해와 달도 그 빛을 잃은 듯하였으니 주변의 사람이야 누군들 슬퍼하지 않았으랴.

이날 강가에서 이시랑 부자가 적소로 떠날 때 이시랑이 부인의 손을 잡고 하늘을 우러러 통곡하며 말하였다.

"이 몸은 하늘이 미워하고 귀신이 해를 끼쳐 나라에 바른 간언을 올렸다가 소인의 참소를 만나 사지死地에 가거니와, 우리 대봉은 무슨 죄인고? 또 우리 부인은 무슨 죄로 서인庶人이 되어 남편과 자식을 이별하며, 친척은 무슨 죄로 하루아침에 서인이 되었는고?"

이렇게 목 놓아 크게 우니, 그 부인의 애통한 심정은 붓으로 형용하기 어렵도다. 서로 부둥켜안고 통곡하다가, 다시 이시랑

---

26) 영거사領去使 : 죄인을 데리고 가는 관리.

이 말하였다.

"우리 대봉이 아비의 죄로 말미암아 오천 리 백설도에 안치되니 천지도 무심하고 귀신도 어리석도다. 광대한 천지 사이에 나 이익처럼 야속하고 불측한 팔자를 타고난 사람이 또 있으랴. 대봉아, 서로 만 리나 떨어진 적소로 나누어지게 되었으니 다시 보기를 바랄 수 있겠느냐? 만 리 변방 인적조차 없는 곳에서 어린 네가 어찌 살아남겠으며 삼만 리 절도에서 난들 어찌 살아날 수 있겠느냐? 우리 죽으면 혼백이나마 서로 찾아가서 바로 부자 상봉하자꾸나."

대봉도 눈물을 흘리면서 모친을 위로하며 말하였다.

"모친 신세를 생각하면 천지가 아득해지고 해와 달이 빛을 잃은 듯합니다. 가련하고 원통한 마음을 어찌 다 말로 하겠습니까마는 사지에 가시는 부친 심정만 하시겠습니까? 저희 부자가 이제 적소로 떠났다가 천행으로 살아오면 모친 얼굴을 다시 보려니와 죽는다면 언제 다시 만나 뵙겠습니까? 역적 왕회와 소인 진택열을 죽이지 못하고 도리어 해를 입어 적소로 가게 되었으니, 이제 국가 사직이 아침에 무너질지 저녁에 무너질지 모를 지경에 이르렀습니다. 천행으로 제가 살아나게 된다면, 칼을 쥐고 우리의 원수 왕회, 진택열 두 놈을 사로잡아 앞뒤의 죄목을 물은 뒤, 그 죄에 따라 배를 가르고 간을 꺼내어 황상께 올리겠습니다. 이어 부친의 혼백을 충효당에 모시고 석전제釋奠祭27)를 지내겠습니다."

이렇게 세차고 꿋꿋한 기상을 드날리며 통곡하니 초목과 금수도 모두 다 눈물을 흘리는 듯하였다. 차마 손을 놓지 못하며 악수하고 서로 이별할 때 그 가련하고 슬픈 거동은 차마 볼 수 없었다.

이때 호송하는 관리가 길을 재촉하니 사공이 강가에 배를 대었다. 이시랑과 대봉이 애연히 부인과 이별하고 배에 오르자, 사공들이 백설도라는 절도로 가는 역노役奴라 하였다. 마침 앞을 막던 흰 구름이 흩어지고 순풍이 일어나니 배는 화살처럼 빨리 떠나갔다.

이에 앞서, 우승상 왕회가 사공들을 불러 넉넉하게 사례하고 이시랑 부자를 결박하여 파도 속에 던져버리라고 지시하였는데, 이시랑 부자가 어찌 이런 흉계를 알 수 있으리오.

배를 저어 나아가니 만경창파 깊은 물에 풍랑이 도도하였고, 때는 가을이라 밤 달빛은 길어만 가고 물속은 잠잠하였다. 십리나 되는 긴 모래밭에 놀던 흰 갈매기가 동남쪽에서 날아오르니 이시랑 부자는 더욱 고향 소식이 궁금하였다. 또 바닷물이 잔잔하고 달빛이 삼경三更에 저무는 때에는 배 안에 앉아 있던 이시랑의 마음에 고향 생각이 절로 일어 잠들 길이 아득하였다. 하지만 이시랑은 어찌할 수 없었기에 '꾸른 하늘에 뜬 기러기야,

---

27) 석전제釋奠祭 : 전통 사회에서 산천山川 · 묘사廟社에 올리던 제사, 또는 학교에서 선성선사先聖先師를 추모하기 위하여 올리던 의식. 여기서는 묘사의 의미로 쓰임.

두견새 소리와 함께 나그네의 설움을 돋우는구나. 선창의 희미한 등불이 깊어가는 이 밤에 저 원망하는 소리가 강천에 낭자하구나.' 하고 탄식할 뿐이었다.

여러 날 만에 한 곳에 당도하니 사방을 둘러보아도 사람 그림자조차 없는 망망한 푸른 바다였고, 언제인지 시간조차 분별할 수 없었다. 바다 한 복판에 이르렀을 때, 갑자기 사공 십여 명이 달려들어 이시랑 부자를 결박하여 바다 속에 던지려 하였다. 이에 이시랑이 크게 성내며 사공들을 꾸짖어 말하였다.

"나는 지금 황상의 명을 받아 유배지로 가는 길이거늘 너희들은 무슨 까닭으로 이렇게 결박하려 하느냐?"

사공들이 말하였다.

"우리 사정은 너희 부자가 알 바 아니로다."

이렇게 대답하고는 사공들이 다시 이시랑과 대봉을 결박하고 푸른 바다에 던지려 하였다.

이에 이시랑이 다시 말하였다.

"우리 부자가 유배지로 가는 것도 석연치 않은데, 너희들이 또 이렇게 하다니. 이것은 모두 반적 왕회와 진택열이 시킨 것이로구나."

이어 이시랑이 다시 소리쳤다.

"너희들이 우리 부자를 해치고자 하면서 어찌하여 결박까지 하려 하느냐? 죽는 것도 원통한데 사지를 결박하면 어찌 혼백인들 무사히 하늘로 갈 수 있겠느냐? 그 옛날 물에 빠져 귀신이 된 초나라 삼려대부 굴원屈原[28]과 오나라 충신 오자서伍子胥[29]의 충혼을 어찌 찾을 수 있었단 말이냐?"

그러자 뱃사공 가운데 한 늙은 사공이 앞으로 나와 다른 사공들을 달래어 말하였다.

"옛말에 이르기를, '나랏일에도 사정 봐줌이 있고 난리 속에서도 체면이 있어야 한다.'고 하였으니, 이시랑 부자의 죄가 석연치 않음을 너희도 알지 않느냐? 또 결박을 풀고 물속에 넣은들 몸에 날개가 없으니 어찌 살기를 바랄 수 있겠느냐?"

그러고는 결박을 풀고 이시랑을 파도 속으로 밀어 넣었다. 그러자 해와 달이 빛을 잃었고 강신江神과 하백河伯이 모두 슬퍼하였으며 초목과 금수도 눈물을 흘렸으니 하물며 사람이야 말해 무엇하리오. 그러나 무지한 뱃놈들은 금수만도 못하였으니 눈물조차 흘리지 않았다.

대봉이 부친이 물에 빠지는 것을 보고 천지가 아득해지고 정신이 혼미해졌다. 이윽고 겨우 진정하고서는 사공을 크게 꾸짖어 말하였다.

---

28) 굴원屈原 : 기원전 343(?)~기원전 277(?). 중국 전국 시대 초나라의 정치가, 시인. 초 회왕懷王의 좌도左徒 및 삼려대부三閭大夫의 직책에 있었음. 모함을 입어 자신의 뜻을 펴지 못하다가 마침내 멱라수汨羅水에 빠져 죽음.

29) 오자서伍子胥 : ?~기원전 485. 중국 춘추 시대 오나라의 정치가로, 자서子胥는 자이며, 이름은 운員. 본래 초나라 출신이나 아버지와 형이 평왕平王의 노여움을 사 처형된 뒤 초나라를 떠남. 그 뒤 오나라의 약진에 크게 공헌하였으나, 오나라 왕 부차夫差와 사이가 점점 벌어져 목숨을 잃고 시신이 오강에 버려짐.

"살아 있으면 사람이요 흩어지면 귀신이라 하였으니, 삼강수三江水[30] 깊은 물에는 삼려대부 굴원의 충혼이 잠겨 있고 오강吳江 맑은 물에는 오자서의 충혼이 깃들어 있도다. 예로부터 충신 열사 가운데 수중고혼水中孤魂 된 사람이 이처럼 많으니 나처럼 얼마 남지 않은 쇠잔한 목숨쯤이야 아까울 것이 있겠느냐? 그러나 구중궁궐은 깊고 깊은데 조정에는 간신만 가득하여 나랏일을 마음대로 처결하면서 충신을 멀리 귀양 보내니, 이제 소인이 번성할 때로다. 하지만 백옥처럼 무죄한 우리 부자가 푸른 바다 속의 외로운 혼백이 된다면 삼려대부 굴원, 오나라 충신 오자서의 충혼과 반갑게 만나리니, 그리하면 아아, 우리 황상께서는 만 년이 지난 뒤에라도 우리 부자의 충혼을 모아 나라의 위엄으로 삼으리라. 또 부친이 백옥처럼 무죄함을 알아주실 것이고 어린 대봉의 원통한 영혼에 맺힌 한을 풀어주실 것이며 죄 있는 자들은 징치懲治할 것이다. 우리 부자가 죄 없음은 푸른 하늘은 물론이거니와 귀신들도 아는데, 이처럼 우리 부자의 귀한 몸이 물고기 뱃속에 장사를 지내게 되었으니 이는 삼려대부 굴원과 같도다. 대명천지 밝은 하늘 아래 대봉의 목숨이 하늘에 달렸지 너희에게 달렸겠느냐? 내 스스로 죽음을 택할지언정 너희에게 목숨을 구걸하겠느냐?"

---

30) 삼강수三江水 : 중국 강소성江蘇省의 태호太湖에서 흘러나가는 세 개의 강. 곧 송강松江·누강婁江·동강東江을 아울러 이르는 말. 〈봉산탈춤〉 사설 가운데 "명라수 맑은 물은 굴삼려의 충혼이요, 삼강수 얼크러진 비는 오자서의 정령이라."라는 말이 있다.

이렇게 큰 목소리로 소리치니 목에서 피가 솟아나 바다에 떨어졌다. 그러나 부친이 이미 수중고혼이 되었으니 어찌 할 수 없는지라, 대봉이 나도 또한 죽으리라, 하고 풍랑이 요란한 만경창파 깊은 물에 하늘을 우러러 부친을 부르면서 풍덩실 뛰어드니 열세 살 대봉의 어린 영혼이 가련코 가련토다.

이어 사공들이 배를 돌려 황성으로 올라가서 이 사연을 왕회에게 아뢰니, 왕회가 크게 기뻐하였다.

각설이라.

이때 한림학사 장화가 애황의 혼사를 이루기 전에 대봉 부자가 적소로 가는 것을 보고는 분한 마음이 하늘을 찌를 듯이 격렬하게 솟구쳐 오르고 울울한 마음이 이는 것을 참지 못하여 이 때문에 병이 들고 말았다. 병석에 누워 일어나지 못하니, 장화가 세상에 오래 머무르지 못할 줄 이미 알고 왼손으로 부인의 손을 잡고 오른손으로 애황의 손을 잡고 슬피 울며 눈물을 뚝뚝 흘리며 말하였다.

"사람의 목숨이 하늘에 달려 있으니 어길 길이 없도다. 동냥자루를 매고 구걸하는 걸인일지라도 제명대로 다 살고 편안히 사리에 누워 죽음을 맞기도 하는네, 이시랑 부사는 세명내로 죽지 못하고 수중고혼이 될 터이니 가련하고 또 원통하구나. 또 이 때문에 딸아이의 일생이 더욱 가련하고 한심하게 되었구나. 애황이 남자라면 이제 황천에 돌아갈 아비의 원통한 분을 풀어줄 수 있으련만, 네 몸이 아녀자이니 내 가슴에 맺힌 분을 어느 때나 씻을 수 있을꼬?"

이어 부인에게 당부하며 말하였다.

"딸아이를 생각하여 선영 향화를 봉행하시고, 매사에 마음을 선하게 가져 딸아이를 선으로 인도하여 선영을 욕되게 하지 마시오."

다시 애황의 손을 잡고 눈물을 흘리며 애황아 너를 두고 어찌 눈을 감고 떠나랴, 하고는 이윽고 세상을 떠나니, 부인 소씨 또한 정신을 잃어 목숨이 위태로울 지경이었다. 결국 부인 소씨마저 애황아 네 신세를 어찌 하리오, 하고는 잇따라 세상을 떠나고 말았다.

불쌍하구나, 애황은 하루 사이에 부모를 모두 잃고 말았으니 일신이 의탁할 곳이 없도다. 슬픔이 지극하여 끝내 기절하고 말았는데 비복들이 와서 구완하였다. 이에 애황이 정신을 차리고는 초상부터 졸곡까지 예법을 갖추어 장례를 치르고 선산에 안장하니 비록 규중의 아녀자였지만 대장부의 일을 감당할 만하였다.

세월이 물처럼 흘러 애황 소저小姐의 나이가 어느덧 열여섯에 이르니, 옥 같은 얼굴 구름 같은 머리칼, 눈처럼 하얀 피부와 꽃 같은 얼굴이 당세에 짝할 사람이 없었다. 비록 아녀자였으나 면목이 웅장하여 단산丹山의 봉황 같은 눈이 두 귀밑을 돌아보

앉고, 성음도 웅장하여 마치 산호 채찍을 들어 옥쟁반을 깨뜨리는 듯하였다. 게다가 골격이 청수淸秀하고 지혜마저 활달하니 그 총명한 자색을 누군들 칭찬하지 않으리오? 가히 상대할 사람이 없어 온 나라에 이름이 진동하였다.

이때 우승상 왕회가 아들 하나를 두었는데 이름이 석연이었다. 풍채가 늠름하고 문필이 보통사람들보다 뛰어나 온 나라에 이름이 가득하였다. 왕승상이 이에 각별히 사랑하여 혼처를 구하였으나 걸맞은 짝이 없어 뜻을 이루지 못하였다. 그러다가 애황의 부덕婦德과 자색을 여러 차례 듣고는, 장한림의 육촌인 장준을 청하여 대접한 뒤 이렇게 말하였다.

"육촌형 장화가 일찍 세상을 떠난 뒤, 아마 그대가 집안의 모든 일을 주재하고 있을 듯하도다. 나를 위해 중매가 되어 우리 아들 석연과 그대의 종질녀從姪女가 혼사를 이루도록 주선해 주게."

장준이 이를 기뻐하여 허락하고, 집으로 돌아와 그 처 진씨를 애황에게 보내었다. 진씨가 애황을 만나 몇 마디 인사를 주고받은 뒤 왕승장의 자제와 혼사를 이루자는 사연을 전하니 애황이 조용히 응하여 말하였다.

"숙모께서 저를 위하여 감격스러운 말씀으로 깨우쳐 주시니 감사합니다. 하오나 저는 부모님이 살아계실 적에 모란동 이 시랑의 아들과 정혼을 하였으니, 이 일을 거행하지 못하겠사옵니다."

이에 진씨가 부끄러워하며 집으로 돌아와 애황의 말을 장준에게 전하였다. 그러자 장준이 친히 애황에게 나아갔다. 애황이 맞이하여 대접하였더니 장준이 이렇게 말하였다.

"슬프다, 인생이여. 사람의 일이란 변화가 심하여 내일을 알 수 없도다. 조물주가 시기하여 형님이 일찍 세상을 떠났으니 친척이라고는 이제 너와 나뿐이구나. 부부유별은 인륜의 떳떳한 일인지라 내가 너를 위하여 그동안 봉황의 짝을 구하고 있었노라. 그러던 차에 우승상 왕회의 아들 석연을 보니 문필을 겸전하였고, 그 영걸스런 풍모와 호방한 인물이 거의 네 짝이 될 만하더구나. 하니 너는 고집 부리지 말고 하늘이 정한 인연을 어기지 마라라. 또 이시랑 부자는 만 리나 떨어진 유배지로 갔으니 사생을 어찌 알 수 있으랴? 사지에 간 사람을 생각하여 세월을 보내다가 청춘 세월이 늙어간다면, 먼 훗날 아마 너는 '무정한 세월이 흐르는 물결 같구나.'라며 탄식하고 말 것이다. 홍안紅顔이 수척해지고 백발이 어지러이 헝클어지면 영화로울 것이 무엇이 있겠느냐?"

이처럼 여러 가지 말로 타이르니 애황이 대답하여 말하였다.

"저는 팔자가 기박하여 일찍 부모를 여의었습니다. 이런 어린 아이가 부모의 가르침을 따르지 않고 혹 옳지 않은 행실을 한다면 옳은 일로써 인도하는 것이 옳을 것입니다. 하물며 왕회는 저와 더불어 원수지간이거늘 숙부께서 소인배처럼 왕회에게 아부하여 고단한 조카를 유인하고자 하시니 참으로 한심한 일입니다. 이후부터는 제 집에 발걸음 하지 마십시오."

이에 장준이 애황의 빙설 같은 절개에 탄복하고, 돌아와 왕승상에게 전후의 수말을 전하였더니, 왕승상이 이렇게 말하였다.

"그렇다 하더라도 아무쪼록 혼사를 주선하도록 하라."

이에 장준이 한 꾀를 생각하여 왕회와 의논하였는데, 왕회가 크게 기뻐하며 길일을 정하고 이어 장준과 더불어 이리이리 하자고 언약을 정하였다.

각설이라.

대봉 부자가 바다에 빠졌을 때, 서해 용왕이 두 동자를 불러 말하였다.

"대명국 충신 이익과 그 아들 만고영웅 대봉이 소인의 참소를 만나 유배지로 가다 물에 빠져 죽게 되었으니 급히 가서 구하라."

이에 두 동자가 일엽편주를 타고 서남쪽으로 나아갔다. 이때 이시랑은 바다에 빠진 채 물결에 밀려다니다가 어떤 곳에 다다랐는데, 이미 삼경이 지난 한밤중이었다. 혼미한 가운데 동남쪽을 바라보니 바다 위로 한 동자가 일엽편주를 타고 바람처럼 급히 오는 것이 보이더니, 이윽고 이시랑을 건져 배 위에 싣고 위로하였다. 이에 이시랑이 정신을 진성하고 동사에게 사례하였더니 동자가 답하여 말하였다.

"소자는 서해 용왕의 명을 받아 상공을 구하러 왔사온데, 이렇게 상공을 구하게 되었으니 다행이라 하겠습니다."

그러고는 순식간에 한 곳에 배를 대고 이시랑에게 내리라고 하였다. 이시랑이 좌우를 살펴보니 만경창파가 도도한 곳에 홀로 떨어진 한 섬이었다. 이시랑이 동자에게 물었다.

"여기서 황성은 얼마만큼 떨어져 있습니까?"

동자가 대답하였다.

"여기서 중원까지는 삼천 리입니다."

이시랑이 배에서 내리자, 동자가 하직 인사를 하고는 다시 화살처럼 빨리 떠나갔다. 하는 수 없이 이시랑이 섬에 들어가 살펴보니 과일 나무가 울창하였다. 이에 이시랑은 과일로 양식을 삼고 죽어서 떠밀려 온 고기를 주워 먹으며, 망망대해 위의 한 무인도에서 세월을 보냈다. 그러나 찬바람이 소슬하게 불 때에는 더욱 처자식이 생각나 온 밤을 울음으로 지새우곤 하였다. 이때 이시랑의 부인도 가군과 대봉을 생각하며 하늘을 우러러 신세를 탄식하고 눈물로 세월을 보내고 있었으니, 그 참혹한 형상은 이루 다 말할 수 없을 지경이었다.

한편 대봉도 물에 빠져, 정신을 차리지 못하고 풍랑에 밀려 떠다녔으니 목숨이 경각에 달려 있었다. 그때 바다 남쪽으로부터 난데없이 일엽편주가 화살처럼 다가오더니 급히 대봉을 물에서 건져 올렸다. 이윽고 대봉이 진정하고 살펴보니 한 동자가 푸른 소매에 청의를 입고 있었는데, 허리에는 월패月佩[31]를 찼으며 왼손에는 금빛 옥결玉玦[32]을 쥐고 오른손으로는 계수나무로 만든 노와 난초무늬 삿대를 움직이고 있었다. 대봉이 겨우 일어나 동자에게 사례하며 말하였다.

"동자는 누구시기에 죽을 목숨을 구하셨습니까?"

동자가 답하여 말하였다.

"저는 서해 용궁에 살고 있사온데, 용왕님의 명을 받아 공자를 구하러 왔습니다."

대봉이 다시 노고에 사례하며 말하였다.

"용왕님의 덕택과 동자의 은덕은 백골이 되더라도 잊을 수 없을 것입니다. 어느 때에나 만분의 일이나마 갚을 수 있겠습니까?"

이어서 대봉이 다시 물었다.

"여기가 어딘지 알지 못하겠사옵니다. 동자께서 알려주십시오."

동자가 답하여 말하였다.

"이 땅은 천축국이라 합니다."

이렇게 말하고 배가 육지에 닿자, 동자는 대봉에게 내리기를 청하였다. 대봉이 배에서 내리며 다시 물었다.

"어디로 가야 저의 미약한 목숨이나마 보존할 수 있겠습니까?"

동자가 답하였다.

"저 산은 금화산이라 합니다. 그 안에 절이 있는데 이름이 백운암입니다. 그 절에 가면 구해줄 사람이 있을 것이니 그리로

---

31) 월패月佩 : 벼슬아치의 금관조복金冠朝服의 좌우에 늘여 차는 옥의 하나.
32) 옥결玉玦 : 옥으로 만들어 허리에 차는 고리.

가십시오."

이렇게 말하고는 배를 저어 다시 떠나갔다.

대봉이 이에 동자가 가르쳐준 길로 금화산을 찾아가니, 흰 구름이 아름다운 산을 감싸고 있었다. 또 물은 별천지를 잔잔히 흐르고 있었으며 나무마다 피는 꽃은 가지마다 봄빛을 머금고 있었다. 동구에 푸른 시냇물이 흐르니 극락세계인 듯하였는데, 반공半空에 층암절벽이 솟은 사이로 청학과 백학이 이리저리 쌍쌍이 나르고 있었고 두견새 소리가 슬픔을 자아내고 있었다. 이렇게 산수 경치가 좋았지만 대봉은 부모님 생각에 좋은 풍경이 오히려 그리움으로 변하여 눈물을 금치 못하였다.

구름을 따라 한 곳에 이르니, 완연한 신선의 세계가 눈앞에 펼쳐졌고 은은한 풍경 소리가 바람결에 들렸다. 대봉이 반가운 마음에 앞으로 나아가니 황홀한 단청을 입힌 그린 듯한 누각이 구름 속에 보였다. 더 나아가 산문에 이르니 황금색으로 크고 뚜렷하게 '금화산 백운암'이라 쓰여 있었다.

대봉이 저문 날 갈 길 바쁜 나그네처럼 다급하게 주인을 찾으니, 한 노승이 아홉 폭 가사를 입고 팔각건을 쓰고 구절죽장을 짚고 나와 대봉을 맞이하였다. 서로 예의를 갖추어 인사를 나눈 뒤 노승이 말하였다.

"존객이 누추한 곳에 왕림하셨는데 소승이 다리 힘이 부족하여 멀리 나아가 맞이하지 못하였습니다. 무례함을 용서하시기 바랍니다."

대봉이 다시 절하고 예를 갖추어 말하였다.

"지나가는 나그네를 이다지 너그럽게 맞이해주시니 도리어 마음이 편치 않습니다."

노승이 답례하며 말하였다.

"오늘 여기에 오신 것은 하늘이 지시하신 바입니다. 공자와 저희 절은 인연이 있사오니 여기 머묾을 불편하게 여기지 마옵소서."

대봉이 감격하여 다시 일어나 재배하고 말하였다.

"소자 같은 미미한 목숨을 사랑하시고 또 이처럼 아껴주시니 감격스럽습니다."

그러자 노승이 미소를 띠며 말하였다.

"공자는 기주 땅 모란동 이시랑댁 공자 대봉이 아닙니까?"

이에 대봉이 크게 놀라 말하였다.

"존사께서 어찌 소자의 거주하는 곳과 이름을 아시나이까?"

노승이 말하였다.

"저희 절과 공자의 댁이 왕래한 지 10여 년입니다. 상공께서 황금 오백 량과 백미 삼백 석, 황촉 삼천 자루를 시주하셨기에 비바람에 퇴락하여 무너질 번한 절을 중수하여 불상을 안전하게 보존할 수 있었습니다. 그 은덕을 어찌 잊을 수 있겠습니까?"

대봉이 말하였다.

"존사의 말씀을 듣사오니 적은 것으로 큰 인사를 받은 듯합니다. 감사하옵니다."

노승이 다시 말하였다.

"공자께서 아직 나이가 많지 않으니 어찌 전의 일을 아시겠습니까?"

이어서 노승이 동자에게 명하여 저녁밥을 올리게 하였는데, 대봉이 받아보니 정갈한 것이 세속의 음식과는 달랐다.

각설이라.

이때 왕석연이 장준과 약속한 날에 노복과 가마를 거느리고 장미동에 이르렀다. 이미 삼경이 지난 한밤중이었는데, 왕석연은 장한림 집을 급습하여 애황 소저를 겁탈하고자 하였던 것이다.

소저는 이때 등불을 밝히고 앉아 『예기』〈내칙편〉을 읽고 있었는데, 외당에서 난데없는 인마人馬 소리가 들렸다. 급히 시비 난향을 불러 그 까닭을 물었더니, 난향이 황급히 들어와 여쭙기를, 왕승상댁 노복들이 말과 가마를 거느리고 외당에 들어와 오락가락한다고 하였다. 이에 소저가 몹시 놀라 얼굴빛이 하얗게 질려 말하였다.

"저들이 이처럼 심야 삼경에 들이닥친 것은 분명히 강제로 혼사를 이루고자 해서일 것이다. 이렇게 들이닥쳐 억지로 이루려고 하니 장차 어찌 해야 좋단 말이냐?"

그러고는 갑자기 수건을 꺼내 목을 매어 자결하고자 하였다. 난향이 이를 말리며 위로하여 말하였다.

"아씨께서는 잠시 진정하옵소서. 아씨께서 만일 자결하여 돌아가신다면 누가 부모님과 낭군의 원수를 갚겠사옵니까? 제가 아씨의 의복을 입고 여기 앉아 있다가 아씨의 환란을 대신 감당하겠사옵니다. 아씨께서는 급히 남자의 옷으로 바꾸어 입으시고 담장을 넘어 멀리 달아나 이 환란을 피하십시오."

소저가 말하였다.

"나는 그렇게 하면 되겠지만, 너는 나 때문에 아름다운 청춘, 꽃다운 삶을 보존하지 못할 것이니 어찌 하랴."

이렇게 말하고 소저는 즉시 남자의 옷으로 갈아입고 사당에 하직 인사를 드린 뒤 후원의 담을 넘어 집을 떠났다. 얼마 후 동산에 올라섰으나 창망한 달빛 아래 갈 바를 알지 못하여, 그저 서남쪽을 바라보며 정처 없이 길을 나서니 그 신세는 마치 푸른 하늘에 외기러기가 짝을 찾아 소상강을 향하는 듯 가련하고 슬펐다. 장한림댁 무남독녀가 이런 신세가 될 줄 누가 알았으리오.

한편 난향은 소저와 애연히 이별을 나누고, 소저의 의복으로 갈아입고 침방에 들어가 소저인 것처럼 천연덕스럽게 앉아있었다. 그러자 왕회 집의 시비가 소저의 침실로 들어와 자질구레한 말로 이리저리 달래면서 가마를 대령하였다. 이어 시비들이 소저께서는 하늘이 정한 인연을 어기려고 하지 마시옵소서, 하며 가마에 오르라고 간청하였다. 이에 난향이 등불이 밝히고 시비를 꾸짖어 말하였다.

"너희들이 심야 삼경에 사대부댁의 내정에 늘어섰으니 누구를 해치고자 함이냐? 깊은 규중에서 자란 내가 어디로 가겠는 가? 너희들이 돌아가지 않는다면 내 너희의 눈앞에서 자결하여 너희와 원수를 맺으리라."

그러고는 수건으로 목을 매고자 하니, 왕회의 비복들이 수건을 빼앗고는 억지로 가마에 태웠다. 난향이 홀몸으로 억센 노복에 맞서지 못하여 결국 가마에 실려 황성으로 떠나게 되었다.

장미동을 떠나 백화정까지 20여 리를 지났을 때에 동방이 차츰 밝아왔다. 마침 길가에 나왔던 노소 백성들이 이를 보고 장한림댁 애황 소저가 왕승상댁 며느리가 되어 신행을 가는 가마라며 쑥덕거렸다.

난향이 승상댁에 이르러 좌우를 둘러보니, 큰 잔치를 배설한 가운데 잔과 쟁반이 어지러이 흩어져 있었다. 젊은 아낙과 나이든 부인네들이 모두 난향을 보고, 애황 소저는 짐짓 왕공자의 짝이로다라며 칭찬하였고, 또 아름답다고 입을 모았다. 이때 난향이 갑자기 잔치자리로 나아갔다. 그랬더니 일가친척들이 모두 크게 놀랐고, 손님들도 모두 뜻밖의 일에 놀라 들썩거렸다. 난향이 이윽고 왕회를 돌아보고 말하였다.

"저는 소저의 시비 난향이라 합니다. 외람되게도 소저의 이름을 빌려 승상을 속였으니, 그 죄는 죽어도 용서받지 못할 것입니다. 승상께서는 부귀가 천하에 으뜸이시니 혼사를 맺으려 하신다면 중매를 보내 순리대로 인연을 맺어 육례를 갖추는 것이 마땅할 것입니다. 그런데 심야 삼경 야심한 밤에 무도한 행실로 사대부댁 내정에 들어서서 남의 집 종을 데려다가 무엇 하려 하셨습니까? 우리 소저는 지난 밤 오경 깊은 밤에 집을 나가셨는데, 어디로 가셨는지 모르옵니다. 아마 반드시 원혼이 되었을 것입니다."

이렇게 말하며 통곡하니 승상이 크게 놀랐으나, 다시 위로하여 말하였다.

"소저의 빙설 같은 몸을 천한 계집종 난향에 견주니 소저의 절행節行을 가히 알 만하구나."

그러고는 장준을 데려와 소저가 맞는지 아닌지를 물어보았다. 장준이 난향이라 하니, 그제야 승상이 크게 노하여 난향을 죽이려 하였다. 그러자 좌우의 손님들이 말하였다.

"난향은 진실로 충비忠婢라 할 만합니다. 한낱 모기를 잡는데 칼을 뽑아서야 되겠습니까? 용서하오소서."

이에 승상이 장준을 꾸짖고는 난향을 다시 돌려보냈다.

한편 애황은 집을 떠나 남쪽을 향하여 정처 없이 가다가 여러 날 만에 여남 땅에 이르렀다. 한 곳에 다다르니 산천이 수려하였다. 만 길이나 되는 높은 절벽이 반공에 솟아 있었고 산 그림자가 엄숙히 드리워진 가운데 수목이 빽빽이 들어서 있었는데 그 가운데 온갖 꽃들이 만발하였다. 점점 들어가니 경개가 더욱 뛰어났고 풍광이 마음을 흔들었다. 꽃가지에 앉은 새는 봄빛을 더욱 빛내고 있었고, 노란 벌과 흰 나비 왕나비는 향기를 찾아

이리저리 날고 있었다. 비취새와 공작은 쌍쌍이 날아갔다 날아왔으며 수양버들 천만 가지는 동구에 늘어져 있었다. 또 금의공자金衣公子라 불리는 꾀꼬리는 푸른 숲속을 왕래하며 지저귀고 그 사이로 석간수가 졸졸 흐르니 완연한 거문고 소리 같았다. 점점 들어가니 사방에 사람이 없어 더욱 적막하였는데 마침 석양은 서쪽으로 넘어가고 새들은 둥지를 찾아 숲속으로 날아들었다. 이렇게 해가 함지咸池33)로 들어가니 동쪽 고개에 달이 떠올라 그 빛이 어리어 강산에 금빛 수를 놓은 듯하였다.

점점 밤이 깊어 삼경이 되자, 애황은 갈 바를 알지 못해 수풀에 의지하여 몸을 숨기고 앉아 있었다. 마침 빈산에 달빛이 부서지고 깊은 밤에 두견새 소리가 슬피 들리니, 애황은 애간장이 녹는 듯하였다. 저 멀리 십 리 백사장에서 흰 갈매기가 짝을 찾아 이리저리 날아다니며 애원하는 듯 울어대자 수심이 깊어졌고 강촌에서 피리 소리 들리니 더욱 시름이 깊어만 갔다.

이런 가운데 기갈은 더욱 심해져 조는 듯 자는 듯 앉아 있었는데, 비몽사몽 사이에 거친 베옷에 검은 띠를 매고 청려장을 짚고 유건을 쓴 한 노인이 은빛 머리칼을 휘날리며 휘이휘이 산 위에서 내려와 이렇게 말하였다.

"애황아, 잠을 깨어 저 묘를 넘어가거라. 거기에 한 집이 있을 것이니 거기가 바로 너의 공부처니라. 어서 급히 가거라. 거기

---

33) 함지咸池 : 해가 진다고 하는, 서쪽에 있는 큰 못.

에 너의 선생이 있느니라."

소슬한 바람결에 언뜻 잠을 깨니 너무나 뚜렷한 꿈이었다. 이에 애황은 노인이 가르쳐준 대로 묘를 넘어 수십 보를 더 내려가니 몇 채 초가집이 보였다. 급히 내달아 문 앞에 당도하니 한 여자 노인이 나와 손을 이끌어 반겨주며 방안으로 인도하여 자리를 내어주고 앉으라 하였다. 애황이 일어나 두 번 절하고 물었다.

"부인은 누구십니까? 미미한 저의 목숨을 구제해 주시니 감사하옵니다."

그 부인이 미소를 지으며 대답하였다.

"나는 본래 정한 곳이 없는데, 근래에는 천태산에 머무르고 있었노라. 그런데 백운암 세존께서 이곳으로 가라 지시하며 이르기를, 오늘밤 오경 즈음에 장미동 장애황이 그곳으로 갈 것이니 어여삐 여겨 구하라, 하시기에 기다린 지 오래되었노라."

그러고는 여자 아이를 재촉하여 저녁밥을 차리게 하였다. 애황이 보니 음식이 정갈하였는데 먹으니 향기가 뱃속에 가득하였다.

이 여도인은 마고선녀로, 다음 날부터 애황을 데리고 도학을 가르쳤다. 애황의 총명함이 짝할 사람이 없었기에 마고선녀가 더욱 사랑하여 뽕나무 밭을 푸른 바다로 만드는 술법 등 온갖 법술과 천문 지리, 둔갑장신술遁甲藏身術 등을 익히게 하였다. 또 병서를 숙독하게 하였는데, 애황이 3년 사이에 위로는 천문

에 통달하고 아래로는 지리를 꿰뚫었으며 그 사이에 인사에도
막힘이 없었으니, 관중과 악의라 해도 당하지 못할 정도였다.
이처럼 지혜가 활달하니 마음속에 두려워 할 것이 없었다.

이럭저럭 세월이 흘러 애황이 열아홉 살이 되었다. 하루는
마고선녀가 애황을 불러 말하였다.

"이제 네 나이가 장성하였고, 또 좋은 시절이 다가오고 있으
니, 산중을 떠나 평생의 소원을 이루어라. 또 본래 기한으로
정했던 방년芳年34)에 가깝도다. 산을 내려가면 네가 비록 여자
의 몸이지만 용문에 올라 귀인이 되어라. 그리하여 대장의 절월
을 띠고 허리에 황금 인수印綬를 두르고 백만 군병을 거느려
사해를 평정하고 이름을 기린각에 올려 천추千秋에 전하여라."

이렇게 말한 뒤, 마고선녀는 간 곳을 알 수 없었다. 애황이
허전하고 황망함을 이기지 못하여 공중을 향하여 무수히 사례
한 뒤, 남자의 복식을 하고 그 곳을 떠나 속세로 내려갔다.

한 곳에 이르러 주인을 찾아 요기를 청하니, 그 집은 서주
최어사댁이었다. 최어사는 일찍 세상을 떠났고 슬하에 딸 하나
를 두었는데, 용모가 비범하였다. 또 임사任姒35)의 덕과 이비二
妃36)의 절행과 태사太姒37)의 화순和順한 마음과 장강莊姜38)의

---

34) 방년芳年 : 이십 세 전후의 한창 젊은 꽃다운 나이.
35) 임사任姒 : 주나라 문왕文王의 모친 태임太任과 무왕의 모친 태사太姒를
   합쳐서 부른 말. 현숙한 후비后妃의 전형으로 꼽힘.

자색을 지니고 있었다. 부인 호씨는 항상 딸아이에 걸맞은 봉황 같은 짝을 찾아 딸아이의 평생을 맡기고자 하였다.

이때 마침 애황이 산속에서 내려오니, 호씨가 애황을 보고 내심 기뻐하여 외당에 안내하고 이렇게 물었다.

"수재秀才39)는 어디 사시며, 성과 이름을 무엇이라 합니까?"

애황이 산을 내려올 때 이름을 해운이라 고쳤기 때문이 이렇게 대답하였다.

"소자는 장해운이라 하옵는데 일찍이 부모를 여의었기에 정처 없이 떠돌고 있사옵니다."

그러자 호씨 부인이 말하였다.

"마침 우리 집에 남자가 없으니, 초당에 거처하면서 나를 위로함이 어떠합니까?"

해운이 말하였다.

"의지할 데 없는 저를 이처럼 아껴주시니 어찌 사양할 수

---

36) 이비二妃 : 순임금의 두 비妃인 아황娥皇과 여영女英. 순임금이 창오蒼梧의 들판에서 세상을 떠나자, 창오산으로 가려 했으나 뜻을 이루지 못하고 상수湘水에 몸을 던졌다고 함.

37) 태사太姒 : 주나라 문왕文王의 후비后妃. 유신씨有莘氏의 딸로 문왕의 후비가 되어 어진 덕을 베풂.

38) 장강莊姜 : 춘추 때 위나라 장공莊公의 비妃. 용모가 매우 아름다웠으나 불행히도 아들을 낳지 못했는데, 장공에게 시집온 대규戴嬀가 낳은 완完을 친아들처럼 길렀다고 함.

39) 수재秀才 : 관리 등용 시험의 하나로, 여기에 응시하는 머리가 좋고 재주가 뛰어난 사람을 일컫는 말이었으나 후에 미혼 남자를 높여 이르던 말로 전용됨.

있겠습니까?"

이렇게 말하고 이날부터 초당에 거처하였다.

하루는 호씨 부인이 만 권이나 되는 서책을 내어주었는데, 해운이 자세히 살펴보니 그 가운데 육도삼략과 손무孫武[40]와 오기吳起[41]의 병서가 있었다. 이에 해운은 병서를 읽으며 세월을 보내었다.

한편 대봉은 본래 지혜가 출중한 가운데 생불 같은 스승을 만났으니 일취월장하여 신통한 술법과 신묘한 재주가 당대의 최고로, 오자서를 넘어설 정도였다.

각설이라.

이때는 성화 19년 정해丁亥 춘삼월 15일이었다. 황제께서 교서를 내려 다음과 같이 말하였다.

"왕으로는 주나라 문왕文王보다 훌륭한 이가 없고, 패자霸者로는 제나라 환공桓公보다 훌륭한 이가 없다 하였으니, 천하에는 현명한 신하가 많으면 많을수록 더욱 좋은 법이다. 이에 장차 과거를 시행하여 인재를 뽑고자 하노라"

이에 천하의 선비가 모두 황성으로 모여들었다.

---

40) 손무孫武 : ?~?. 중국 춘추시대 제齊나라 사람. 자는 장경長卿. 「병법」 13편을 오왕吳王 합려闔閭에게 보이고 그의 장군이 되었음. 『손자병법』을 저술.
41) 오기吳起 : ?~기원전 381. 중국 전국시대의 군사 지도자이며 정치가. 위나라 사람. 『오자병법吳子兵法』을 저술.

이때 해운도 과거 소식을 듣고 호씨에게 고하여 말하였다.

"황성에서 태평과太平科를 거행한다고 하니 한번 나아가 구경이나 하고자 합니다."

호씨 부인이 이에 허락하고, 지필묵과 금은, 그리고 옥촉玉燭을 많이 내어주며 말하였다.

"내 신세가 박명하여 남편을 일찍 여이어 다른 자식은 없고 오직 슬하에 딸아이 하나를 두었노라. 부덕과 자색은 변변치 못하지만 족히 건즐巾櫛[42]을 받들 만하니 공자의 뜻이 어떠한지 궁금하도다."

이에 공자가 기뻐하며 허락하니, 부인이 또한 크게 기뻐하며 속히 돌아오기를 당부하였다.

해운이 그날 바로 출발하여 여러 날 만에 기주에 다다르니, 옛 일이 생각나 눈물을 금할 수 없었다. 곧바로 장미동에 들어가 좌우를 살펴보니 옛날 보던 좌우의 푸른 산이 어제 본듯 반가웠고, 전날에 봤던 푸른 대나무와 소나무가 군자의 절개를 일깨우는 듯하였다. 살던 집을 찾아 들어가니 절로 쓸쓸한 한숨이 났는데 사방을 둘러보니 왕석연의 환란을 피해 간신히 넘었던 담장이 잡초에 쌓여 반이나 무너져 있었다.

이때 난향이 홀로 집을 지키고 있었는데 한 공자가 내당의 뜰로 들어오는 것을 보고 크게 놀라 급히 몸을 피하였다. 그런데

---

42) 건즐巾櫛 : 원래 뜻은 수건과 빗. 수건과 빗을 들고 남편을 옆에서 모신다는 뜻.

그 공자가 곧바로 침방으로 따라 들어와서는 난향의 손을 잡고 통곡하며 말하였다.

"난향아, 네가 나를 몰라보겠느냐?"

난향이 그제야 자세히 보니, 옛날 보았던 얼굴이 은은히 남아 있고 목소리가 익숙한 것이 화용월태 우리 애황 소저가 분명하였다. 이에 소저의 목을 안고 실성통곡하며 말하였다.

"우리 아씨께서 육신으로 와 계신가, 영혼이 와 계신가? 아니면 바람에 싸여 오셨는가? 반갑고 반갑도다. 더디도다, 더디도다, 아씨 행차 더디도다. 어이 그리 더디던고? 소상강 반죽斑竹43)이 되어 이비二妃를 위로하러 가셨던가? 한나라 땅을 지나다가 왕소군王昭君44)을 위로하러 가셨던가? 아니면 해성垓城45) 달 밝은 밤에 우미인虞美人46)을 위로하러 가셨던가? 은하수 건너 오작교에 이르러 견우와 직녀를 만나셨던가? 그도 아니면 신선이 되려던 진시황처럼 불사약을 구하러 다녔던가? 천태산

---

43) 반죽斑竹 : 순 임금의 두 비妃인 아황娥皇과 여영女英이 순 임금이 붕어崩御했다는 소식을 듣고 슬피 울며 눈물을 소수瀟水와 상수湘水가에 자라던 대나무에 뿌렸더니, 대에 얼룩이 생겼다고 하며, 이를 소상반죽瀟湘斑竹이라고 함.

44) 왕소군王昭君 : 한나라 원제元帝의 궁녀. 뛰어난 미모를 가지고 있으면서도 황제의 총애를 입지 못하다가 궁중 화가의 농간에 의해 흉노의 선우에게 시집감.

45) 해성垓城 : 한나라 유방劉邦과 초나라 항우項羽가 싸우던 곳. 해하垓下에 있는 성.

46) 우미인虞美人 : 항우項羽의 애첩愛妾. 항우가 해하에서 유방劉邦에게 패하여 진중에서 주연을 베풀고 우미인에게 석별의 노래를 부르게 하자, 우미인이 이에 노래로 대답하고 자결하였다고 함.

마고선녀를 따라 뽕나무 밭이 푸른 바다가 되는 것을 몸소 보려 하셨던가? 북해 바닷가에 유폐 되었던 소무蘇武[47]를 따라 높은 절개를 본받으려 하셨던가? 수양산에 은거했던 백이伯夷 숙제叔齊[48]를 따라 고사리를 캐셨던가? 채석강採石江 추야월에 이태백을 따라 달을 건지려 가셨던가? 재상의 벼슬을 마다하고 동강桐江 칠리탄七里灘에서 오뉴월에도 양가죽 옷을 걸치고 낚시하던 엄광嚴光[49]이 되셨던가? 진나라 자객 예양豫讓[50]처럼 비수를 들고 다리 아래에 숨었던가? 장량張良[51]처럼 철퇴를 들고 박랑사博浪沙에 떠돌아다니셨나? 진나라의 사슴이 되어 세상의 형편을 살펴셨던가? 위수 가에 낚시하던 태공망 여상呂尙[52]처럼 밤

---

47) 소무蘇武 : 전한 경조京兆 두릉杜陵 사람. 무제武帝 때 중랑장으로 흉노 지역에 사신으로 갔다가 선우에게 붙잡혀 항복할 것을 강요했지만 이에 굴하지 않아 북해에 19년 동안 유폐됨. 흉노에게 항복한 옛 동료 이릉李陵 이 설득했지만 굴복하지 않고 절개를 지킴.

48) 백이伯夷 · 숙제叔齊 : 주나라 무왕이 은나라 주왕을 멸하자 신하가 천자를 토벌함을 반대하여 주나라의 곡식 먹기를 거부하고 수양산에 들어가 고사 리를 캐서 연명하다 굶어 죽음.

49) 엄광嚴光 : 후한 회계會稽 여요餘姚 사람. 자는 자릉子陵. 후한의 광무제 光武帝와 함께 공부하였으며, 광무제가 간의대부諫議大夫를 제수하려고 했지만 사양하고 부춘산富春山에 들어가 오월에 양가죽 옷을 떨쳐입고서 농사를 지으며 절강의 지류인 칠리탄七里灘에서 고기를 낚으며 세월을 보냄.

50) 예양豫讓 : 중국 전국시대의 진晉나라 의사義士. 지백智伯의 신하로, 지백 을 죽인 조양자趙襄子에게 보복을 하려다 발각되어 칼로 자결함.

51) 장량張良 : 한나라 고조 유방의 공신. 자객 여홍성을 시켜 동쪽을 순행중인 진시황을 박랑사博浪沙에서 습격하게 하였으나, 철퇴가 빗나가 실패함.

52) 여상呂尙 : 주周나라 초기의 정치가이자 공신. 무왕을 도와 은나라를 멸망 시켜 천하를 평정하였으며 제齊나라 시조가 되었음. 본명은 강상姜尙이며

안개 속에 고기밥을 주러 가셨던가? 어이 그리 오심이 이처럼 더디었던가? 박명한 난향은, 그동안 홀로 이끼 덮인 무덤 속에 들어간 듯 지냈도다. 옥 같은 얼굴 구름 같은 머리결의 우리 아씨께서 아녀자가 변하여 남자의 옷을 입으셨으니, 천고에 없는 영웅 같은 모습과 엄숙하고 위엄 있는 풍모를 그 누가 알아보았겠는가? 우리 아씨와 이별한 뒤, 밤낮으로 생각이 끊이지 않아 마치 미친 듯하고 취한 듯하였더니, 밝고 밝은 하늘이 도우셔서 존귀하신 우리 아씨를 오늘날 뵙게 하니 당연히 반갑지만, 한편으로는 도리어 슬프기 그지없네."

두 사람이 통곡하다 겨우 정신을 차려 앞뒤의 일을 말하니, 서로 애틋해서 흐르는 눈물을 주체할 수 없었다. 이어 소저가 사당에 들어가 통곡하며 재배하고 물러나와 난향을 보고 이렇게 말하였다.

"내가 본래대로 여자인 모습을 지키며 깊숙한 규중에서 늙어간다면 누가 나의 원통함을 풀어줄 수 있겠느냐? 마침 지금 과거가 있으니, 과장에 들어가 천행으로 용문에 오른다면 평생의 한을 풀 수 있을 것이다. 하니 너는 나의 자취를 발설하지 말고 집을 지키면서 기일忌日마다 선영의 향불을 받들며 나를 기다려라."

이어 난향과 작별하고 이날 장미동을 떠나 황성에 바로 당도

그의 선조가 여呂나라에 봉하여졌으므로 여상呂尙이라 불림.

하니 이때는 4월 초8일이었다. 며칠이 지나 과것날이 되자, 황제께서 황극전에 나와 앉으셨고 모든 선비들은 그 앞에 모여 앉아 글제를 기다렸다. 어악御樂의 맑고 아름다운 소리에 앵무새가 춤을 출 때, 황제가 자리를 가득 채우고 모시고 앉은 문무백관 가운데 대제학을 불러 어제御題를 내렸다. 세 당상관이 어제를 받아 용문龍門에 높이 거니, 그 글제에 '성화 년간 봄, 과장에서 인재를 뽑노라'라 적혀 있었다.

이때 해운이 글제를 살핀 뒤 잠시 생각타가 옥 같은 손을 뻗어 산호로 만든 붓을 쥐고 한 폭 짜리 화선지에 일필휘지 적어내니 그 글씨는 마치 용이 나르고 뱀이 뛰어 오르는 듯하였다. 숨 한번 쉴 정도의 짧은 순간 만에 가장 먼저 답안을 제출하니 상시관上試官[53]이 이 글을 보고 황제에게 올렸는데, 글귀가 너무 좋아 한 마디도 가필加筆한 곳이 없었고 글자마다 비점批點[54]을 찍고 글귀마다 관주貫珠[55]를 더하였다. 이에 황제가 크게 칭찬하여 말하였다.

"짐이 어진 재주를 보려고 과거를 열었더니, 과연 어진 인재를 얻었도다."

이어 봉내封內[56] 열어 보니 '여남 장미동 장해운'이라 하였다.

---

53) 상시관上試官 : 과거 시험의 시관試官 가운데 우두머리를 이르던 말.
54) 비점批點 : 시가나 문장 따위를 비평하여 아주 잘된 곳에 찍는 둥근 점.
55) 관주貫珠 : 글이나 시문詩文을 하나하나 따져 보면서 잘된 곳에 치던 동그라미.
56) 봉내封內 : 봉미封彌. 과거를 볼 때에 답안지 오른편 끝에 응시자의 성명,

모시던 예관이 곧바로 전각 아래로 내려가 당일 급제자의 이름을 부르니, 해운이 들어가 계단 아래 엎드렸다. 그러자 황제가 친히 해운을 불러 전상에 오르게 하여 그 손을 잡고 어주御酒 석 잔을 권하고 등을 어루만지며 말하였다.

"전일 한림학사 장화는 짐에게 나라의 기둥 같은 신하였도다. 이제 경이 그의 아들이라 하니 어찌 기쁘지 아니 하리오."

그러고는 즉시 한림학사를 제수하시니, 장한림이 성은에 감사드리며 공손하고 경건하게 절을 올렸다.

장한림이 대궐문을 나올 때, 머리에는 어사화를 꽂고 몸에는 앵삼鸎衫57)을 입고 허리에는 푸른 실로 수를 놓은 금빛 대를 차고서 금안장으로 치장한 준마에 높이 앉아 장안대도를 느릿느릿 나왔다. 이때 비단 옷을 입은 화동이 쌍쌍이 전배前陪58)가 되어 푸른 비단으로 만든 일산을 받들었고, 권마성勸馬聲59)이 반공에 높이 떠 성동城東에 진동하니 장안의 모든 집에서 환호성을 질렀으며 구경하는 사람들이 모두 칭찬하였다. 또 옥 같은 얼굴 신선 같은 풍모 고운 자태에 위풍이 늠름하였고, 푸른 산 빛을 띠는 두 눈썹 사이에는 온갖 조화가 가득한 듯하였으며

생년월일, 주소, 사조四祖 따위를 쓰고 봉하던 일.

57) 앵삼鸎衫 : 과거 급제와 관례의 삼가三加 때 착용하던 예복.

58) 전배前陪 : 벼슬아치가 행차할 때나 상관을 배견할 때에 앞을 인도하던 관리나 하인.

59) 권마성勸馬聲 : 말이나 가마가 지나갈 때 위세를 더하기 위하여 그 앞에서 하졸들이 목청을 길게 빼어 부르는 소리.

두 눈은 단산의 봉황처럼 빛났으니, 참으로 금세의 영웅이라 할 만하였다.

이렇게 삼일유가三日遊街를 마친 뒤 장한림은 황제께 하직 인사를 아뢰고 기주 고향땅으로 돌아왔다. 먼저 사당에 배알하고 이어서 산소에 나아가 소분掃墳[60]하며 한편으로는 기뻐하고 또 한편으로는 슬퍼하니, 그 누가 이 사람이 애황 소저인 줄 알겠는가. 오직 난향만이 함께 슬퍼하고 또 함께 기뻐하였다. 이어 장한림은 사당과 묘소에 하직 인사를 드리고 다시 난향을 불러 가사家事를 당부한 뒤 여남으로 떠났다.

이때 우승상 왕회가 황제께 아뢰어 말하였다.

"전 한림학사 장화는 아들이 없사온데 여남 장해운이 자칭 장화의 아들이라 하고 이제 한림학사에 제수되었습니다. 엎드려 바라건대 폐하께서는 장해운을 국문하시어 임금을 속인 죄를 엄중히 문책하시고, 이를 통해 조정의 기강을 바로잡으소서."

이를 듣고 황제가 크게 노하여 말하였다.

"아버지와 아들 사이는 사람들이 쉽게 말할 수 없는 바라 하였는데, 경이 어찌 그런 사정을 자세히 알아 해운을 해치고자 하는가?"

이 말을 듣고 왕회가 너무 놀라 땀이 흘러 등을 적실 지경이었나.

---

60) 소분掃墳 : 경사로운 일이 있을 때 조상의 산소를 찾아가 돌보고 제사를 지내는 일.

각설이라.

이때 장한림이 여남 최어사댁에 이르러 부인 호씨를 뵈었더니, 부인이 한림의 손을 잡고 못내 사랑하며 즐거워하였으니 그 정상을 이루 다 말할 수 없었다. 이어 호씨 부인이 딸과의 혼사를 이루려고 하였는데, 마침 황제가 장한림을 총애하시어 사자를 보내 패초牌招[61]하였다. 이에 장한림이 그 명에 따라 급히 행차를 준비하였는데, 호씨 부인은 빨리 돌아와 혼사 이루기를 당부하였다.

장한림이 황성에 도착하여 황제 앞에 나아가 인사를 드리니 황제가 이렇게 말하였다.

"경은 짐의 주석 같은 신하이니 내 슬하를 떠나지 말지어다. 또 짐이 현명하지 못함이 있거든 즉시 간언을 올리도록 하라."

그러고는 곧 벼슬의 품직을 높여 예부시랑 겸 간의대부諫議大夫를 제수하니, 명망이 조정에 진동하였다.

각설이라.

이때는 성화 22년 10월 19일이었다. 황제가 어양궁에 자리를 잡고 모든 관원을 모와 잔치를 배설하고 나랏일을 의논하고 있었는데, 해남 절도사 이서태가 장계를 올렸다. 즉시 장계를 열어 펼쳐보니 이렇게 적혀 있었다.

---

61) 패초牌招 : 임금이 승지를 시켜 신하를 부르던 일. '命' 자를 쓴 나무패에 신하의 이름을 써서 원례院隷를 시켜 보냈음.

남선우가 강성하더니 역모의 뜻을 두고 철기鐵騎 십만과 정병精兵 팔십만을 조발調發하고 장수 천여 명을 거느리고 촉 담과 걸인태를 선봉으로 삼아 지경地境을 범하였는데, 이미 여남 칠십 성이 항복하였습니다. 지나는 길에 백성을 노략하 여 창고의 곡식이 하나도 남지 않았으며 이르는 곳마다 백성의 주검이 산을 이루었습니다. 지금 여남 태수 정모를 죽이고 해남 지경으로 침범해오고 있사온데 입술이 없어 곧 이가 시린 형국 같사옵니다. 엎드려 바라건대 폐하께옵서는 군병을 총괄 하시어 적병을 막으소서.

황제가 다 보고나서 크게 놀라 대신들과 적을 막을 계책을 의논하고 있었는데, 다시 풍태수 설만취가 장계를 올렸다. 즉시 장계를 열어 펼쳐보니 이렇게 적혀 있었다.

남선우가 여남을 공격하여 함몰시키고 해남 지경을 범하였 사온데, 이미 남관을 쳐서 항복 받았사옵니다. 이어 관중에 웅거하여 군사들을 위로하며 쉬게 하였다가 지금은 황성을 향하여 진군하고 있사옵니다. 적병이 철기 백만인지라 나아가 는 곳마다 대적할 자가 없사오니, 엎드려 바라건대 폐하께서 는 명장을 택출擇出하시어 적병의 대세를 막으소서.

황제가 다 보고나서 놀라 얼굴빛이 달라지며 좌우를 돌아보 았으나, 뾰족한 대책이 없어 조정은 의논만 분분하였다. 또 장안 백성들도 우왕좌왕하니 신하와 백성 모두가 어찌할 줄을 몰랐다.

이때 좌승상 유원진과 병부상서 진택열이 책임을 모면하고자 조정 대신을 부추겨서 함께 아뢰려고 하였다. 그런데 황제가 평소 장해운을 총애하여 아끼심을 시기하여 여러 신하들과 함께 이렇게 아뢰었다.

"충신은 나라의 근본이고 난적亂賊은 나라의 근심입니다. 강포한 도적의 선봉장인 촉담과 걸인태는 지금 세상에서 가장 이름난 장수이니, 이 두 장수를 누가 능히 감당할 수 있겠습니까? 예부시랑 장해운은 지략이 뭇사람보다 뛰어나고 문무를 겸전하여 짐짓 적장의 적수가 될 만하니, 바라옵건대 폐하께서는 해운을 패초하여 적병을 물리치게 하시고, 또 만백성이 실망하여 탄식하는 일이 없게 하옵소서."

이에 황제가 말하였다.

"해운의 영걸스러운 풍모와 뛰어난 지략을 짐이 알지만, 만 리 전장에 나아갈 만큼 아직 연륜이 쌓이지 않았음을 근심하노라."

이때 해운이 앞으로 나아가 땅에 엎드려 아뢰었다.

"소신이 하방遐方의 미천한 신하임에도 천은을 입어 용문에 올라 벼슬이 높사온데, 나라의 운수가 망극한 지경에 이르렀습니다. 이때를 당하여 폐하께서 베풀어 주신 두터운 은혜의 만분의 일이나마 갚고자 하옵니다. 엎드려 바라건대 폐하께서 군병을 주신다면 한번 북을 울려 전장에 나아가 적병을 물리치고 난신적자를 베어 천하를 평정하고자 하옵니다."

황제가 크게 기뻐하여 즉시 해운을 상장군으로 삼고 대원수를 봉하였다. 또 황금 인수印綬와 대장의 절월을 주며, 만일 군중에 태만한 자가 있거든 바로 참수하고 군병을 모두 총괄하라, 하였다. 이에 해운이 정병 팔십만을 조발하여 군대의 위엄을 갖추었다.

이때 장원수는 하루에 천 리를 달리는 준총마에 비스듬히 올라타고 있었는데, 머리에는 북두칠성을 새긴 투구를 쓰고 있었으며 몸에는 용무늬 전포戰袍[62]를 입고 허리에는 황금 인수를 비껴 차고 절월을 꽂았다. 또 오른손에는 천사검天賜劍을 잡고 왼손에는 홀기를 들고서 군사들을 호령하여 황성 밖 수십 리 되는 백사장에 진을 치게 하였다. 이어 군대를 점검하니, 백모와 황월이 추상秋霜처럼 번득이고 용정龍旌과 봉기鳳旗가 나부끼는 가운데 긴 창과 날카로운 칼마다 섬광이 번득여 햇빛을 가릴 지경이었다. 또 한 치의 흐트러짐 없이 군령이 백 리에 이어지고 각 방위의 군대가 자리를 잡으니, 중앙의 황기를 본진 깃발로 삼아 남쪽의 주작기, 북쪽의 현무기, 동쪽의 청룡기, 서쪽의 백호기가 서로 응하였다. 이어서 여러 장수를 택하여 임무를 정하였는데, 한능을 선봉장으로 삼고 황신[63]을 좌익장을 삼았으며 장관을 우익장으로 삼고 조선을 후군장으로 삼았다. 또 호신으로 하여금 남주작을 맡게 하였으며 한통으로 하여

---

62) 전포戰袍 : 장수가 입던 긴 웃옷.
63) 원문에는 황시, 황신 등으로 표기되어 있는데, 황신으로 통일하였음.

금 북현무를 맡게 하였고, 한주는 사마장군을 삼고 마맹덕은 포기장군을 삼았으며, 남주는 군사軍師[64])에 임명하였다. 마침내 해운이 탑전榻前에 나아가 하직을 고하니 황제가 친히 진문까지 따라왔다. 이에 장원수가 남주를 불러 진문을 크게 열게 하고, 황제를 모셔 장대將臺[65])에 좌정하시게 한 뒤 진법을 구경하옵소서, 하였다. 그러고 나서 장원수가 황제에게 이렇게 아뢰었다.

"북두칠성 일곱 별이 하늘 가운데 자리하오나 그 아래 이십팔수가 있어 4계절의 절후를 관장하고 있사옵니다. 한 나라의 신하도 이 이십팔수와 같아야 하거늘 이른바 조정 대신이란 자들이 수신제가修身齊家만 알고 치국평천하治國平天下를 아는 신하가 적사오니 안타까울 따름입니다. 그 가운데 병부상서 진택열은 문무를 겸전하였고 사람됨이 엄숙하고 씩씩하오니, 군대의 어려운 일을 가히 맡길 만하옵니다. 엎드려 바라건대 폐하께서는 진택열을 소장에게 맡겨주시옵소서."

황제가 말하였다.

"짐이 덕이 없어 도적이 강성하였도다. 이 때문에 부득이 원수를 만 리 머나먼 전장에 보내게 되었으니, 어찌 일개 신하를 허락하지 않으리오."

---

64) 군사軍師 : 사령관 밑에서 군기軍機를 장악하고 군대를 운용하며 군사 작전을 짜던 사람.
65) 장대將臺 : 장수가 올라서서 명령·지휘하던 대.

황제가 즉시 허락하고 궁으로 돌아가자, 장원수가 바로 사통私通[66]을 만들어 선봉장 한능에게 주며 진택열에게 전하라고 하였다. 한능이 명을 받고서 바로 진부에 들어가 진택열에게 편지를 올렸다. 진택열이 마음속으로 무척 괴이쩍게 여겼지만 어쩔 수가 없어 편지를 열어보니 이렇게 적혀 있었다.

한림학사 겸 예부시랑 대원수 병마상장군 해운은 병부상서 진택열의 휘하에 부치노라. 나라의 운명이 불행하여 외적이 난을 일으켜 시절을 요란케 하였기에 나라의 지극한 은혜에 보답코자 상장군의 절월과 대원수의 인수印綬를 받아 만 리 전장으로 가게 되었노라. 군의신충君義臣忠은 장부가 해야 할 바이기에 그대를 군량관軍糧官 겸 총독장으로 정하였으니, 사통을 보는 즉시 대령하라. 만일 이를 태만히 하면 군법으로 다스리겠노라.

진택열이 사통을 보고 분한 마음이 하늘을 찌를 듯 북받쳐 올라 바로 황제에게 나아가 사통을 올리고 사연을 고하며 분함을 하소연하였다. 황제가 잠잠히 듣고 있다가 이윽고 이렇게 말하였다.

"조정의 여러 신하들 가운데 누가 해운의 위엄을 당할 수 있겠느냐? 어쩔 수 없노라. 그대가 직접 가서 모면하라."

이 말을 듣고 조정의 모든 신하들이 두려워하지 않는 이가 없었다.

진택열이 어쩔 수 없어 가족들과 작별의 인사를 나누고 즉시 갑옷을 갖추어 입고 한능을 따라갔다. 진문에 이르러 진택열이 도착하였다고 이름을 올리자, 장원수가 장대에 높이 앉아 포기 장군 마맹덕을 불러, 오방의 기치를 방위에 따라 펼쳐 놓고 군대의 위엄을 크게 갖추라, 하였다. 이어 좌익장 조선에게 명하여 진문을 크게 열고 진택열을 잡아들이라고 추상처럼 호령하였다. 이에 조선이 명을 받아 진택열을 잡아들여 장하杖下[67]에 꿇어앉혔는데, 장원수가 크게 노하며 말하였다.

"네 전일은 병권을 잡고 교만함이 심하더니, 이제 내가 황제의 명을 받아 대병을 총독하여 군령을 세우는 데 네가 어찌 이처럼 거만하게 구느냐? 이제야 들어오는 것을 보니 네가 군율을 가소롭게 여기고 나를 능멸하는 것이로다. 너를 베어 제장과 여러 군사들로 하여금 군법에 복종하게 하리라."

이어 장원수가 좌우에 시립한 여러 장수들에게 이렇게 호령하였다.

"진택열을 진문 밖에서 데리고 나가 목을 베어라. 만약 이 영을 어기는 자가 있다면 마땅히 함께 벨 것이니라."

이처럼 호령하니 여러 장수와 모든 군사들이 두려워하지 않는

---

67) 장하杖下 : 곤장으로 매를 맞는 자리.

자가 없었다. 그러자 진택열이 땅에 엎드려 아뢰어 말하였다.

"소장은 지금 나이 쉰이 되었사옵니다. 늙은 몸을 어디에 쓸 수 있겠습니까? 하오나 엎드려 바라건대 원수께서 용서하시어 하나라도 소임을 맡겨주신다면 진심을 다해 이를 감당하겠사옵니다. 미미한 목숨이나마 아껴주옵소서."

이렇게 애걸하니 여러 장수들도 일시에 애걸하며 말하였다.

"엎드려 바라건대 원수께서는 깊이 생각하시옵소서. 도적을 맞아 아직 싸우지도 아니하였사오니 용서하시옵소서."

여러 장수들이 일일이 나서서 애걸하자, 장원수가 분노를 참고 말하였다.

"너를 베어 군율을 세우려 하였으나, 여러 장수가 간청하므로 용서하거니와 네가 만일 죄를 범한다면 이 죄와 아울러 용서치 않으리라. 또 군령을 이유 없이 거두지 못하니 곤장 열 대를 쳐 내보내도록 하라."

진택열이 곤장을 맞은 뒤, 다시 들어와 예를 갖추어 인사하자, 장원수가 그제야 군량관을 삼았다. 다시 설원으로 총독장을 삼아 대군을 총괄케 하고, 이어 장원수가 대군을 이끌고 행군하여 길밖에 이르렀다.

황제에게 하직을 고하니, 황제가 친히 조정의 백관을 모두 거느리고 나와 10리 밖까지 전송하였다. 전별에 앞서 황제가 장원수의 손을 잡고 친히 잔을 들어 석 잔을 권하며, 만 리 머나먼 전장에 나아가 큰 공을 세우고 무사히 돌아와 짐의 근심을 들게 하라고 위로하였다.

　황제가 군대의 위세를 살펴보니 진의 형세가 웅장하였고 장수와 군사의 출입하고 진퇴하는 법이 엄정하여 예전 한나라의 명장 한신韓信[68]도 당하지 못할 듯하였다. 또 백모와 황월, 용정과 봉기가 나부끼는 가운데 긴 창과 날카로운 칼이 늘어서 있어 해와 달을 가릴 듯하였고 징소리 북소리 함성소리에 천지가 진동하였으며 목탁과 나팔 소리에 강산이 서로 응하는 듯하였다. 그 사이에 대원수가 갑옷을 갖추어 입고, 오른손에는 7척 천사검을 쥐고 왼손에는 홀기를 들고서 천 리를 달리는 준총마에 비스듬히 앉아 모든 장수를 호령하고 있었다.

　마침내 군대가 황성을 떠나 행군을 재촉하여 여러 날 만에 양무에 다다랐다. 양성에서 군사를 위로하며 쉬게 한 뒤, 대원수의 군대는 다시 발행하여 능무를 지나 해하에 이르렀다. 이날 군사를 쉬게 하고 다음 날 행군하여 하남 지경에 이르러 적군의 형세를 탐지하니, 정탐병이 이르기를, 적병이 하남을 마음대로 유린하고 여남관에 웅거하다가 성주로 갔다고 고하였다. 이에 장원수가 여러 장수를 불러, 군사를 재촉하여 성주로 행군하되 3일 내로 이르게 하라 하였더니, 여러 장수들이 그 명을 듣고 밤낮으로 행군하여 3일 만에 성주에 도착하였다.

---

68) 한신韓信 : 중국 전한의 무장武將. 기원전? ~ 기원전196. 고조 유방을 도와 조趙·위魏·연燕·제齊나라를 멸망시키고 항우를 공격하여 큰 공을 세움.

성주에 이르러 적군의 형세를 탐지하고 있었는데, 이때 남선우는 성안에 머무르며 군사를 쉬게 하고 명군이 당도하기를 기다리고 있었다. 마침 장원수의 대군이 성 밖에 이르자 남선우가 명나라 진영에 격서를 보내 싸우기를 재촉하였다. 장원수가 이 격서를 보고 좌익장 한능을 불러 이렇게 외치라고 하였다.

"반적은 들어라. 네가 천자의 위엄을 거슬러 감히 황제의 군대에 항거하고자 하니 죽어도 죄를 용서받지 못하리라. 오늘은 날이 이미 서산에 기울고 있으니 내일 너희를 격파하리라."

이어 장원수가 백사장에 영채營寨를 세우고 총독장 설원을 불러, 이경에 밥을 지어 삼경 초에 밥을 먹이고 사경 초에 나의 명을 기다리라 하였다. 이때 남선우가 명나라의 진영을 살펴보고는 여러 장수를 불러 모아 군사를 정비하게 하고, 성문을 굳게 닫고 밤을 지냈다.

한편 장원수는 장대에 들어가 성주의 지도를 유심히 살핀 뒤, 사경이 되자 친히 장대에서 내려와 여러 장수를 모와 군사를 정비하고 전략을 지시하였다.

"선봉장 한능은 갑군甲軍 5천을 거느리고 북쪽으로 10리를 가 금산의 작은 길에 매복하였다가 적병이 그리로 지나가거든 이리이리 하라. 또 좌익장 황신은 철기鐵騎 5천을 거느리고 북편의 10리 대로大路를 막아 이리이리 하라. 우익장 장관은 동문 10리 되는 곳에 산이 있으니 궁노수弓弩手 5천을 거느리고 산골짜기에 매복하였다가 도적이 그리로 몰리거든 일제히 활을 쏘

아라. 사마장군 한주는 정병精兵 5천을 거느리고 동문 좌측에 매복하였다가 이리이리 하고 포기장군 마맹덕은 봉노군鳳弩軍 5천을 거느리고 서문 남쪽에 매복하고 있다가 북소리가 나거든 즉시 서문을 취하라. 또 총독장 설원은 정병 5천을 거느리고 서문 북쪽에 매복하고 있다가 마맹덕의 군사와 합세하여 응전하라. 그리고 후군장 조선은 본진을 지켜라. 모두 분발하고 나머지 장수들은 나의 명을 기다려라."

이윽고 날이 밝아오자 군사들에게 아침밥을 먹였다. 이어 장원수는 갑주를 갖추어 입고 오른손에는 천사검을 쥐고 왼손에는 철퇴를 들고 몸을 날려 말에 올라 진문을 크게 열고 진 앞에 나섰다. 그리고 좌우 남주작과 북현무의 군사에게 호령에 응하라 명하고, 긴 뱀의 형상을 한 일자진一字陣을 펼치며 머리와 꼬리가 서로 합심하게 하였다. 그리고 나서 장원수가 높은 소리로 크게 소리쳐 말하였다.

"반적 오랑캐들아! 천시를 거슬러 시절을 요란하게 하니 황상께서 크게 노하시어 나로 하여금 반적을 쇠멸시키고 사해를 평정하라 하시었다. 이에 내가 황상의 명을 받아 여기 왔노라. 이제 내 칼이 처음 전장에 나섰기에 너희의 머리를 베어 그 피로 이 칼을 씻으리라."

이렇게 천둥처럼 호통 치니 강산이 무너지 듯 천지가 진동하였다. 이에 남선우가 선봉장 촉담을 불러 대적하라 하니, 촉담이 갑옷을 입고 성문을 나와 응전하였다.

이에 장원수가 말을 달려 촉담과 더불어 서로 맞서 싸우니 두 장수의 고함 소리가 천지를 진동시켰으며, 말굽은 어지러이 교차하여 피차를 구분할 수 없었다. 이때 후군장 조선이 장대에 들어가 북을 치니, 갑자기 서문 좌우에서 북을 치고 나팔을 불며 아우성치는 소리가 크게 일어나더니 두 장수가 서문을 부수고 일만 군사를 몰아 남선우의 군사를 엄살掩殺하였다. 그것을 보고 장원수가 남주작과 북현무 군사를 몰아 갑자기 남선우를 습격하니 남선우가 촉담, 걸인태 등 여러 장수를 몰아 죽기를 각오하고 막았다. 장원수가 이에 맞서 십여 합을 싸웠지만 막아서는 촉담은 당대의 명장이었기에 승부를 결정할 수 없었다. 이에 장원수가 좌우에 호령하여 동으로 부딪치고 서로 맞서게 하니, 남주작을 맡은 호산이 3만 군병을 몰아 장원수의 왼쪽에서 접응하였고 북현무를 맡은 한통이 3만 정병을 몰아 장원수의 오른쪽에서 접응하였다. 촉담이 아무리 명장이라 해도 이런 기세와 장원수의 용맹을 당할 수 없었다.

　이때 남선우가 서편을 바라보니 함성이 크게 일어나면서 어떤 두 장수가 짓쳐들어오고 있었다. 이는 포기장군 마맹덕과 충독장 설원이었는데, 남선우가 몇몇 장수를 데리고 나아가 두 장수를 막아보려 하였으나 당해낼 수 없었다. 이렇게 남쪽에서는 장원수가 날랜 용장을 좌우에 대동하고 몰아치고 서쪽에서는 두 장수가 몰아치니 얼마 지나지 않아 군사의 주검이 산을 이루었고 피가 흘러 내를 이루어 남선우의 군세가 점점 위태로워졌다.

장원수는 가는 곳마다 승전하여 동으로 가는 듯하다 서쪽의 장수를 베었고, 남으로 가는 듯하다 북쪽의 장수를 베었다. 또 서쪽에서 번쩍하는가 하면 어느새 동쪽의 장수를 치고 북에서 번쩍하다가도 남쪽의 장수를 찌르고, 좌충우돌하며 중앙의 장수마저 베어 들고 촉담의 앞으로 몰아쳐 들어갔다. 그러면서 울지 못하는 닭 같고 짖지 못하는 개 같은 신세의 오랑캐야 어서 나와 빨리 항복하라, 하며 소리치니 그 호통소리가 뇌성과 벽력처럼 천지에 진동하였다. 이렇게 좌충우돌하며 여기저기 제멋대로 몰아치니 사람은 천신 같았고 말은 비룡 같아 누구도 대적할 수 없었다.

적장 걸인태가 장원수에 대적하였으니 반 합이 못 되어 호통소리에 목이 떨어졌으며, 총독장 설원과 포기장군 마맹덕마저 장원수와 합세하니 기세가 더욱 등등하였다. 여기에 남주작 호산과 북현무 한통이 합세하여 네 장수가 소리를 지르니 강산이 여기에 호응하여 웅웅거렸으며, 장원수의 웅장한 위세와 풍모는 단산의 맹호가 휩쓸고 지나가는 듯하였다. 남선우의 선봉장 촉담이 장원수의 앞을 막아서며 대항해보았으나 당해내지 못하였으며, 남선우의 80만 대군이 항오를 갖추지 못하였다.

이에 남선우가 장대에 들어가 북을 울리고 기를 휘둘러 군사들에게 장원수를 에워싸게 하였다. 그러자 장원수가 마맹덕 등 네 장수에게 우선 촉담을 에워싸고 공격하라 하였다. 그러자 촉담이 네 장수를 맞아 싸울 수밖에 없었고 그들을 대적하느라 경황이 없었다. 이때 장원수가 남선우의 후군으로 달려 들어가 필마단검으로 군사를 무찌르며 마음대로 내달았다. 가련쿠나, 선우의 장졸들이여. 장원수의 천사검이 햇빛처럼 빛나고 달빛처럼 번득하자, 추팔월 공산空山에 누렇던 초목이 구시월 서리를 만난 것처럼 홀연히 사라지고 추풍낙엽에 불이 붓듯 쓰러져 주검이 산을 이루고 그 피가 흘러 내를 이루었다. 원수의 전포戰袍에도 피가 묻어 색이 변하였으며 비룡처럼 내닫던 말굽에도 피가 어리어 모란처럼 붉게 물들었다.

이렇게 후군을 다 물리치고 장원수가 중군으로 달려가니, 촉담이 네 장수를 맞아 싸우다가 장원수가 중군으로 내달려가는 것을 보았다. 이에 촉담이 네 장수를 버려두고 중군으로 달려가 장원수와 자웅을 겨루고자 하였다. 촉담이 먼저 철궁鐵弓에 봉노시鳳弩矢를 매겨 원수의 가슴으로 향해 쏘았는데, 장원수가 날아오는 화살을 철퇴로 막으면서 봉 같은 눈을 부릅뜨고 꾸짖으며 말하였다.

"개 같은 적장 놈아, 빨리 나와 항복하라. 네 만일 항복함이 뎌디면 사정없는 내 칼이 너의 목에 빛나리라."

한편 남선우는 장원수가 걸인태를 한 칼에 베는 것을 보고 장원수를 당해 내지 못할 줄 알고 도망하고자 하였다. 이에 달아날 곳을 찾아보니 서남쪽에서는 마맹덕 등 네 장수가 막으며 치닫고 있었고, 장원수는 중군을 휘젓고 있어 갈 곳이 없었다. 마침 동북쪽이 비어 있었는데, 남선우가 이에 북문을 열고 달아나며, 걸륜과 총마에게 뒤를 막으라 하였다. 한편 촉담도 장원수와 대적할 수 없음을 깨닫고 장졸을 거느리고 동문을 열고 달아났다. 촉담과 싸운 지 80여 합에 결국 촉담이 달아나자, 장원수는 포기장군 총독장 현무장 세 장수에게 선우를 쫓아가 엄살掩殺하라고 명을 내린 뒤, 군사마 남주를 데리고 바로 촉담을 뒤쫓았다.

촉담이 달아나다 힘이 다하여 한 곳에 이르러 잠시 쉬었는데 문득 한 무리의 군마가 내달아왔으니, 이는 사마장군 한주였다. 한주가 쌍봉 투구를 쓰고 녹운갑綠雲甲을 입고 왼손에는 방패를 들고 오른손에는 장창을 들고 내달아 오면서 크게 꾸짖으며 말하였다.

"무지한 도적놈이 어디로 달아나려 하는가? 목숨이 아깝다면 말에서 내려 항복하라."

촉담이 이 말을 듣고 크게 성이 나 한주와 더불어 접전하였는데, 몇 합 싸우지 않아 한주가 거짓으로 달아나니 촉담이 분을 이기지 못하여 한주를 추격하였다. 한 곳에 이르자, 문득 산등성이에서 북 치는 소리와 사람들의 고함 소리가 천지를 진동하더니 한 장수가 나타났다. 이는 우익장 장관이었는데 그는 봉천 투구를 쓰고 백운갑白雲甲을 입고 왼손에는 홀을 들고 오른손에는 장팔사모를 들고 있었다. 말 위에 높이 앉아 궁노수를 재촉하여 화살을 쏘게 하니, 촉담이 놀라 어찌 할 바를 몰랐다. 이렇게 놀라고 당황하는 사이 한주가 다시 합세하여 두 장수가 촉담의 앞을 막으며 항복하라 재촉하였다.

이때 뒤에서 갑자기 고함 소리가 천지를 진동시키니 촉담이 나아가지도 물러서지도 못하며 뒤를 돌아보니 한 장수가 달려오고 있었다. 자세히 보니 장원수였는데, 거센 비바람처럼 세차게 달려오면서, 적장은 달아나지 말고 말에서 내려 항복하여 죽음을 면하라며 소리치고 있었다. 이런 지경에 놓이니 제 아무리 명장이라 한들 견딜 수가 있겠는가. 촉담은 군사를 거의 다 잃은 상황에서도 장원수를 상대하려 했으나, 사방에서 화살과 돌멩이가 날아드니 정신이 없어 갈 바를 알 수가 없었다. 이때 천둥 같은 소리가 언뜻 들리는가 싶더니 7척 천사검이 번쩍하며 촉담의 머리가 칼 빛을 따라 떨어지고 말았다. 장원수가 그 머리를 칼끝에 꿰어 들고 호령하니 적군이 일시에 항복하였다. 이에 적장 10여 명과 군사 천여 명을 사로잡고 군기를 빼앗아 본진에 돌아오니 후군장 조선이 진문을 크게 열고 나와 장원수를 맞이하였다. 이어 장원수가 장대에 들어가니 여러 장수들이 모두 축하 인사를 하였는데, 장원수가 이는 모두 황상의 은덕이라 하였다.

한편 북문으로 도망한 남선우는 한 곳에 이르러 군사를 점고하고 있었는데, 갑자기 사나운 북소리와 나팔소리가 나더니 한 장수가 황금 투구를 쓰고 녹포운갑을 입고 5천의 갑군을 이끌고 와 습격하니 이는 선봉장 한능이었다. 그는 검을 높이 들고 네가 어디로 가려 하느냐, 어서 나와 항복하라 하며 뇌성처럼 높이 소리치며 달려왔다. 또 문득 북쪽에서 함성이 천지를 진동시키더니 용봉 투구를 쓰고 흑운갑을 입고 오른손에 청강검을 들고 왼손에 철퇴를 쥐고 5천의 철기를 몰고 성화처럼 내달려오는 장수가 있었다. 그 뒤로 북소리 나팔소리 함성소리가 진동하였다. 남선우가 바라보니 세 장수가 대군을 거느리고 물밀듯이 달려오고 있었다. 남선우가 황급하여 어쩔 줄을 몰라 우선 촉마와 결운 등 십여 명의 장수로 하여금 뒤를 막게 하고 자신은 한 무리의 군사를 거느리고 동쪽으로 달아났다.

그러자 한능 등 다섯 장수가 합세하여 남선우의 후군을 몰아쳐 함몰시키고, 군량과 기계를 다 취하고 장수 일곱과 군졸 천여 명을 사로잡아 모두 결박하였다. 다섯 장수가 군사를 재촉하여 본진으로 돌아와 장원수의 휘하에 바치니 장원수가 크게 기뻐하였다. 장원수가 장대에서 내려가 모든 장수를 위로하며 선봉장을 불러 장졸을 점고하게 하였더니 한 명도 상한 자가 없었다. 이에 모든 군사들이 장원수의 덕을 치하하였다. 장원수가 후군장을 불러 기치를 정렬하고 나열하게 하여 군사의 위엄을 갖춘 뒤, 장대에 높이 앉아 적장 수십 명을 끌어들이라고 하니, 좌우의 장수들이 명에 따라 적장을 끌고 나왔다. 원수가 크게 노하여 말하였다.

"너희 왕이 외람되게도 굳세고 포악함을 믿고서 천자의 위엄을 범하였으니, 네 왕은 이제 곧 잡으려니와 너희 등도 다 죽일 것이로다. 그러나 사람의 목숨이 귀함을 생각하여 특별히 놓아주노라."

이어 곤장 서른 대씩을 힘껏 때린 뒤 다시는 범람한 마음을 먹지 말고 집에 돌아가 농사에 힘쓰라고 당부한 뒤 풀어주었다. 또 사로잡은 군사를 모두 끌고 나와 좋은 말로 깨우친 뒤 내보내니, 적진 장졸이 장원수의 덕을 칭송하며 하늘을 우러러 부르짖고 땅을 치며 환호하였다. 또 두 손을 치켜들고 만세를 부르며 원수는 천세 만세 유전遺傳하옵소서 하고 떠나갔다.

이때 장원수가 성 안에 들어가 큰 잔치를 베풀어 모든 군중을 위로하고 백성을 진무하니 백성들은 배부르도록 마시고 즐기며 만세를 불렀고 군사들도 즐거워하며 원수의 은덕을 칭송하였다.

이레를 묵은 뒤 원수가 군사를 몰아 행군하니 그 위의가 굉장하였고 승전의 북소리와 행군의 북소리가 천지에 진동하였다. 또 용봉을 수놓은 깃발이 나부끼는 가운데 날카로운 창검, 백모와 황월은 서리처럼 빛났으며 그 가운데 열 자나 되는 붉은 베로 만든 사명기司命旗[69]가 펄럭이고 있었다. 명나라 장수들이 조금씩 행진해 나아가니 갑옷은 선명하여 햇빛을 희롱할 정도였고 나팔소리와 북소리에 충심이 절로 솟는 듯하였다. 대원수 병마상장군 장해운이 천리마 위에 비스듬히 앉았으니 그 맹렬한 기세와 화려한 풍모와 높은 재주는 사해에 그 위엄이 떨칠

---

69) 사명기司命旗 : 조선시대 각 군영의 대장, 유수留守, 순찰사, 통제사가 휘하의 군대를 지휘하는 데에 쓰던 군기軍旗.

듯하였다. 이렇게 위엄을 떨치며 장원수는 남선우를 잡으러 그 뒤를 따라갔다.

이때 남선우는 겨우 목숨을 부지하여 남해에 이르렀다. 이어 패잔병을 점고하니 화살과 돌에 상처를 입은 장졸 3만에 불과하였다. 남선우의 백만 대군이 명나라 진영에서 거의 다 죽고 명장 백여 명과 수족 같았던 촉담과 걸인태마저 죽었으니 남선우가 어찌 분하지 않겠는가? 이에 남선우는 다시 병사를 일으키고 천하의 명장을 얻어 명나라를 격파한 뒤, 상장군 장해운을 사로잡아 간을 내어 씹고 남은 고기는 포를 떠 죽은 장졸을 위로하는 수륙재水陸齋70)를 지내겠다고 다짐하며 이를 갈면서 본국으로 돌아갔다.

장원수가 대군을 거느리고 남해에 다다라 적의 형세를 탐지하니 이미 본국으로 돌아간 뒤였다. 원수가 여러 장수를 모아놓고 의논하며 말하였다.

"이제 선우가 본국으로 돌아갔으나 그냥 놔두고 군사를 돌린다면 이후에 반드시 후환이 있을 것이다."

그러자 모든 장수들이 하나같이 맞습니다라고 하였다. 이에 장원수는, 교지국에 들어가 선우를 사로잡아 남적을 항복시키고, 또 남만南蠻의 다섯 나라를 동시에 정벌하여 천자의 위엄을 떨쳐 다시는 반역할 마음이 일어나지 않게 하겠습니다, 하고

---

70) 수륙재水陸齋 : 나라와 민족을 위하여 목숨을 바친 고혼이나 바다와 육지를 헤매고 있는 고혼들을 위하여 나라에서 올린 일종의 굿.

황제에게 장계를 올렸다. 그러고는 남해로 물러나와 교지국으로 갈 배를 준비하였다.

각설이라.

황제가 원수를 전장에 보낸 뒤 소식을 알지 못하여 침식이 불편하던 차에 원수의 장계가 이르렀다. 즉시 열어보니 이렇게 적혀 있었다.

대원수 겸 상장군 도총독 장해운, 신은 금월金鉞[71] 앞에 머리를 조아리고 재배하옵니다. 선우를 쳐 적군을 깨트렸사옵니다. 촉담, 걸인태 등을 포함하여 장수 백여 명을 벤 뒤 선우를 죽이고자 찾았더니 도망하여 제 나라로 들어갔사옵니다. 뒤를 따라가 선우를 잡고 아울러 남만의 다섯 나라를 평정하여 천자의 위엄을 떨쳐 감히 요동하지 못하게 하고 차차 회군할 것이니, 엎드려 바라건대 폐하께서는 근심치 마옵소서.

황제가 다 읽고 크게 칭찬하기를 마지않으며 원수가 속히 돌아올 날을 기다렸다.

삭설이라.

이때 북방의 흉노가 강성하더니 마침내 역모의 뜻을 품었다.

---

71) 금월金鉞 : 도끼 모양의 나무에 금칠을 하여 긴 장대에 꽂은 의장儀仗. 금월부보다는 작으며, 임금이 거동할 때 두 개를 들고 따라갔음.

중원을 탈취하고자 자주 상황을 엿보았는데 마침 남방의 선우가 병사를 일으켜 중원을 침범하였다는 소식을 들었다. 이에 흉노가 크게 기뻐하며 말하였다.

"마침내 때가 왔구나, 때가 왔구나. 급히 공격하여 때를 놓치지 말지어다."

이어 명장을 선택하여 선봉을 삼고, 장수 천여 명과 군사 130만을 조발하여 명나라로 행군하였다.

"내 한번 북을 울리며 진군하여 유약한 명나라 황제에게 항복 받고 또 쇠약하고 힘을 다한 남방의 선우를 잡아 내 땅을 넓히리라."

흉노왕이 이렇게 의기양양하게 말하며 친히 중군이 되어 밤낮으로 행군하니, 그 군세가 너무나 웅장하여 한 마디로 이루 다 말할 수가 없었다. 기치旗幟와 창검은 가을 서리 같았고 징소리 북소리 함성소리는 천지를 흔드는 듯하였으며 장수들의 갑옷이 햇빛보다 찬란하였으니 누가 능히 당해낼 수 있겠는가? 가는 곳마다 적수가 없어 여러 날 만에 중원 지경에 이르렀다. 흉노가 중원에 들어와 거병擧兵하였음을 널리 알리니, 명나라가 변방의 군대를 동원하여 막았다. 그러나 접전하는 곳마다 주검이 무덤처럼 쌓이니 항복하지 않을 수 없었다. 연경 60여 주와 정남72) 70여 성을 항복 받고 의기 등등하여 백성을 노략하니 창고의 곡식은 싹 다 비었고 곳곳이 힘을 다하였다. 드디어

---

72) 원문에는 '정군' '경남' '정남' 등으로 표기되어 있는데, '정남'으로 통일하였다.

정남관에 이르러 여기에 웅거하며 군사를 위로하고 장졸을 쉬게 하였다.

이때 황제가 해운의 장계를 보고 근심이 들었더니 뜻밖에 정남절도사가 장계를 올렸다.

북흉노가 강성하더니 정병과 철기 130만을 조발하여 지경을 범하였사옵니다. 벌써 연경 60여 성을 빼앗고 정남 70여 성을 항복 받아 지금 정남관에 웅거하고 있사옵니다. 그 세력이 웅장하여 당하지 못하옵기에 갈팡질팡 어찌 할 바를 몰라 이렇게 장계를 올립니다. 엎드려 바라건대 폐하께서는 군사를 조발하여 도적을 막으소서.

황제가 다 보고 나서 대경실색大驚失色하여 즉시 공부상서 곽태호를 불러 원수를 삼고 군병 30만을 조발하여 북으로 행군하라 명하였다.

이때 흉노는 목탁과 묵특을 좌우 선봉장으로 삼고 통달로 후군장을 삼아 하북으로 행군해 왔는데, 가는 곳마다 대적할 자가 없어 순식간에 30여 성을 쳐들어가니 누가 능히 당할 수 있었겠는가?

각설이라.

이때는 기축년 10월 보름께였다. 나랏일이 안으로는 소인이 작당하여 분분하였고 밖으로는 전쟁이 끊이지 않아 조정은 진동하고 백성은 요동하였다. 이에 조정에서도 나랏일을 의논하며 정신이 없었는데 문득 하북절도사 이동식이 장계를 올렸다. 장계를 열어 읽어보니 이렇게 적혀 있었다.

북흉노가 130만 대군을 조발하여 우리 지경을 범한 뒤, 연경 30여 주와 정남 70여 성을 항복 받았습니다. 게다가 하북을 침범하여 30여 성을 빼앗았으니 그 형세는 감당할 수가 없고 저희의 힘으로는 미칠 수 없사옵니다. 얼마 지나지 않아 황성 지경을 범할 것이오니 급히 적을 막으시옵소서.

황제가 다 보고나서 크게 놀랐으며 조정 대신도 어찌할 줄 몰라 떠들썩하고 뒤숭숭해 하였다. 이에 황제가 황성을 지키던 장수와 남아 있던 장수 등을 모아 군사를 총괄하게 하였다.

한편 원수 곽태호는 상군에 이르러 군사를 쉬게 하고 있었는데, 이때 마침 흉노가 군대를 거느려 상군에 이르렀다. 이어 곽태호가 격서를 전달하고 싸움을 청하자, 흉노가 통달에게 명하여 나가 싸우게 하였다. 두 장수가 교전하자마자 통달이 북 소리 한 번 울릴 즈음 만에 곽태호를 사로잡은 뒤, 성 안으로 들어가 좌충우돌하니 명나라 진영의 장졸이 일시에 항복하였다. 이렇게 흉노가 상군을 얻고 다음날에는 건주를 쳐서 얻고 또 그 다음날에는 황주를 쳐들어가니 절도사 이동식이 군사를 이끌고 나와 대적하였으나 당해내지 못하여 패주하였다. 이어 흉노가 하북을 얻고 옥문관을 취해서 바로 동정북문을 깨고 기주로 들어가 자칭 황제라 칭하고 노략을 일삼으니 백성들이 난리를 만나 사방으로 흩어졌다.

흉노가 기주에 이르렀을 때 이시랑의 부인 양씨도 백성들과 도망하여 한 곳에 이르렀는데, 그곳에서 마침 장미동 장한림댁 시비 난향을 만났다. 이에 둘이 서로 의지하여 달아나 천축 땅에 이르렀다. 낯선 땅에서 어찌할 바를 알지 못하고 있을 때 길가에서 한 노승을 만났는데, 노승이 길을 인도하여 여승들만 기거하는 봉명암이라는 암자에 이르게 되었다. 부인과 난향이 노승에게 사례하며 말하였다.

"난세를 당하여 가족을 잃고 갈 바를 알지 못해 죽게 된 목숨을 이렇게 구제해주신 은덕을 어찌 갚을 길이 있겠습니까?"

이렇게 무수히 인사를 하고 여승을 따라 봉명암에 들어가 부인과 난향이 스승과 상좌가 되어 머리를 깎고 스님이 되었는데, 부인의 승명은 망자라 하고 난향의 승명은 애원이라 하였다. 망자는 이시랑과 대봉을 생각하고 애원은 장소저를 생각하여 밤낮으로 부처님 앞에 축원하며 눈물로 세월을 보냈다.

각설이라.

이때 대봉은 노승과 함께 금화산 백운암에 있으면서 각종 술법과 육도삼략, 천문도 등을 익혀 통달하였고 신묘한 병서에 잠심하여 지모와 장략이 당세에 겨룰 자가 없었다. 대봉이 이처럼 뛰어난 재주와 원대한 지략을 가지고 산중에서 세월을 보내고 있었는데, 하루는 화산도사가 대봉에게 이렇게 말하였다.

"공자는 급히 세상에 나아가라. 우리가 원래 약속하였던 방년芳年의 기한이 가까워서 급히 나아가야 하기도 하지만, 내가 간밤에 천기를 살피니 여러 별들의 방위가 두서를 정하지 못하는 가운데 북방 호성胡星이 중원을 범하였으니 이는 시절이 크게 어지러울 징조로다. 급히 세상에 나가 중원에 빨리 이르러 황상을 도와 대공을 이루고 이로 인하여 부모를 만나고 또 인연을 찾아 백년가약을 이루어라. 이리 하면 그대 심중에 맺힌 한도 풀릴 것이니 지체하지 말고 떠나거라."

이렇게 애틋하게 말하고, 또 장부의 좋은 때를 어찌 미루리오 하고 재촉하였다. 이에 대봉이 물어 말하였다.

"황성이 여기서 얼마나 떨어져 있사옵니까?"

도사가 답하였다.

"중원이 여기서 일만 팔천 육백 리인데, 농서는 일천 칠백 리이다. 우선 농서로 급히 가거라. 거기 가면 절로 중원에 이를 방법이 있을 것이니라."

또 바랑에 여러 가지 과일을 넣어주며 말하였다.

"가는 길에 혹 몸이 피곤하거든 이 과일로 요기하여라."

이렇게 이별을 나누며 서로 손을 잡고 못내 슬퍼하였다. 훗날 서로 다시 만날 기약을 당부하며 애틋하게 이별하고 대봉이 행장을 꾸려 떠날 때, 서로 나누는 석별의 정은 비할 데가 없었다. 대봉이 이날 산문山門을 내려와 농서를 향하여 조금씩 길을 떠나 길에서 자며 밤에도 쉬지 않고 걸었다.

각설이라.

이때 흉노가 대병을 몰아 황성으로 거세게 쳐들어가니 징소리 북소리 함성소리가 천지에 진동하고 기치와 검극劍戟은 해와 달을 압도하였다. 또 큰 소리로 높이 소리쳐 이렇게 말하였다.

"명나라 황제는 빨리 옥새를 바쳐 잔약한 목숨이나마 보존하고, 아까운 인생을 부질없이 상하게 하지 말라. 네가 만일 빨리 옥새를 바치지 않는다면 죽음을 면치 못할 것이로다."

흉노가 기세를 몰아 이렇게 물밀 듯 들어오니 감히 대적할 자가 없었다. 황제가 황급하여 황성에 남아 있는 장수를 조발하여 막으라고 명하였으나 반 합이 채 못 되어 패하고 말았다. 또 병부시랑 진여에게 명하여 막으라 하였으나 역시 술자리에 낭자하게 흩어져 있는 술병처럼 쓰러지고 말았다. 게다가 조정에 있는 신하들은 저들의 처자만을 지키는 데 힘을 쓰고 황제는 안중에도 없었다. 충신은 전혀 없고 소인만 가까이 하던 조정에 누가 있어 사직을 받들 수 있었겠는가?

황성의 형세가 이처럼 너무나 급박해지자, 황제는 약간의 군사만을 거느리고 남성으로 도망하여 금릉으로 달아났다. 이날 흉노가 황성 안으로 들어가 종묘와 사직에 불을 놓고 흉노왕이 전상殿上에 높이 앉아 추상 같이 호령하니, 통달이 군사를 몰아 금릉으로 천자의 뒤를 쫓아갔다. 슬프다, 대명이 억만년 치세하던 사직을 하루아침에 개돼지 같은 흉노에게 잃었으니 어찌 분하지 않을쏘냐? 누가 강적을 소멸시키고 중원의 사직을 회복하리오?

이때 황제가 금릉으로 피했더니, 호병胡兵이 뒤를 쫓아 따라와 약간 남은 군사마저 습격하여 모조리 죽이니 누가 능히 막을 수 있겠는가. 백성을 막무가내로 죽이며 황제를 찾아 여기저기 좌충우돌하니 사방에 보이는 것이 모두 오랑캐였다. 이날 황제가 삼경에 다시 도망하여 양성으로 떠났는데, 따르는 군사가 백여 명에 불과하였다. 한심하구나, 대명 천자여. 갈 곳 없는 신세가 되었으니, 밝은 하늘도 무심하고 강산의 신령도 쓸데가 없구나.

겨우 달아나 양성에 들어가 쉬노라니, 양성 태수 장원이 군사 3천을 거느리고 황제를 지키며 모셨다. 이에 황제가 크게 기뻐하여 양성태수 장원을 선봉장으로 삼고 자신은 친히 중군을 거느려 참전하고자 하였다. 그런데 이날 밤이 아직 다 새기도 전에 문득 군마 소리가 요란하게 들렸다. 황제가 호적이 왔는가 하여 크게 놀라며 바라보니 해남절도사 황연이 정병 3만을 거느리고 성 밖에 도달한 것이었다. 황제가 크게 기뻐하여 황연을 중군장으로 삼고 이어 적의 형세를 탐지하게 하였다.

곧 정탐병이 보고하기를, 오랑캐가 양성 지경에 이르렀습니다, 하거늘 모든 군사들이 크게 놀랐다. 이에 황제는 다시 양성을 버리고 능주로 떠났다. 능주성 아래 이르니 능주자사가 한 무리의 군대를 이끌고 성 밖까지 나와 황제를 성중으로 모시고 들어가 관사에 묵게 하였다. 이어 성문을 굳게 닫고 철통같이 지켰다.

이때 호적이 양성 아래에 이르러 천자를 찾았으나 성 안이 고요하고 사람 소리조차 없는지라, 성 안에 들어가 탐지하니 능주로 갔다고 하였다. 이에 묵특이 철기 3천을 거느리고 능주로 쫓아가 성 아래 이르러 소리를 질러 말하였다.

"명나라 황제는 부질없이 시절을 요란하게 하지 말고 항서降書를 쓰고 옥새를 바쳐 목숨을 보전하고 이로써 백성을 편안하게 하라. 우리 대왕께서는 하늘의 명을 받아 사해를 평정하고 억조창생에게 덕을 베풀어 만승의 천자가 되었으니 천고에 없는 영웅은 우리 대왕뿐이로다. 그러니 지체 말고 항복하라."

호적이 이렇게 의기양양하였지만, 황제는 적장에 대적할 만한 장수가 없어 성문을 굳게 지켜 호적이 성 안에 들어오지 못하게 하라 하고 분부할 뿐이었다. 이때 문득 사방에서 하늘을 찌를 듯한 소리가 나면서 흉노군이 앞뒤로 나아오며 달려들더니, 성을 에워싸고 싸움을 재촉하였다. 그러나 황제에게는 대적하여 접전할 만한 장수가 없어 사방의 포위를 벗어날 길이 전혀 없었다.

이에 흉노왕이 여러 장수에게 이렇게 분부하였다.

"능주성을 에워싸고 화약과 염초焰硝를 준비하여 사방 여덟 문에 쟁여두고 또 성 주위에 일척 오촌의 깊이로 땅을 파서 돌을 치우고 거기에 화약과 염초를 묻어라. 여기에 불을 붙여 성을 부수고 명나라 황제를 사로잡으라."

황제와 모든 백성이 이 말을 듣고 갈팡질팡 어쩔 줄을 몰라 곡하는 소리가 푸른 하늘에 가득하였다. 이에 황제가 식음을 모두 폐하고 스스로 목숨을 끊고자 하였는데 모시고 있던 여러 장수가 위로하고 달래어 겨우 목숨은 보존하였으나 사태는 지극히 위태하였다.

이때 우승상 왕회가 간언을 올려 말하였다.

"하늘의 운수가 불행하고 폐하의 인덕이 적어 도적이 자주 강성함에 종묘와 사직을 받들기 어렵사옵니다. 엎드려 바라건대 폐하께서는 널리 생각하시어 항서를 쓰시고 옥새를 전하여 존귀한 목숨을 보존하시고 억조창생을 도탄塗炭에서 건지십시오."

여기에 병부시랑 진여도 합세하여 같이 아뢰었다. 황제가 아무리 생각해봐도 원수 장해운은 수만 리 먼 곳으로 남방의 선우를 잡으러 떠났고 지금의 사세는 위급한지라 짐이 덕이 없어 하늘이 짐을 망하게 하는 것이구나, 하고 하늘을 우러러 탄식할 뿐이었다. 마침내 이날 왕회를 불러 항복의 문서를 쓰라고 분부하였다.

그러고는 옥새를 목에 걸고 왼손에는 항서를 들고 오른손으로는 가슴을 두드리며 황후와 태자를 어루만지며, 이 몸은 하늘에 죄를 얻어 죽을 자리에 들어가지만 황후는 태자를 생각하여 귀체를 보존하소서, 하고 서로 목을 끌어안고 통곡하니 천지신명이 어찌 무심하겠는가.

각설이라.

이때 대봉이 여러 날 만에 능성에 이르니, 해는 저물어 서산으로 넘어가고 검은 구름은 먼 하늘에 가득하여 지척을 분별할 수 없었다. 게다가 나른하고 피곤함이 심하여 바위에 의지하여 졸면서 날이 새기를 기다렸는데, 삼경이 지나자 구름과 안개가 흩어지고 동쪽 언덕으로 달이 뜨면서 천지가 밝고 환해졌다.

무심히 앉아 있었는데, 한 여인이 앞으로 다가왔다. 자세히 살펴보니 그녀가 입은 녹의홍상綠衣紅裳은 달빛에 황홀하게 빛나고 있었고, 백설 같은 피부와 꽃 같은 얼굴은 백옥이 비추고 있는 듯하였다. 이처럼 아무렇지 않은 듯 무심한 태도와 그 사이로 풍기는 황홀한 자색이 사람의 정신을 어지럽게 하였는데, 대봉은 동요하지 않은 체 봉 같은 눈을 부릅뜨고 크게 꾸짖어 말하였다.

"너는 어떤 계집이건대 심야 삼경에 남자를 찾아왔느냐?"

그러자 그 여인이 대답하였다.

"공자님의 행차 쓸쓸함을 위로하고자 찾아왔나이다."

이에 대봉이 귀신이 분명하다고 생각하여 눈을 부릅뜨고 벼락처럼 호통을 치니 문득 간 곳이 없었다.

조금 있으니 어떤 선비가 푸른 색 실로 수놓은 금색 도포에 흑대를 두르고 훌쩍 나타나 앞으로 다가왔다. 대봉이 자세히 살펴보니 천연한 그 얼굴은 양무陽武 출신 진평陳平[73]과 한나라 때 등통鄧通[74]보다 나았다. 대봉이 이 또한 귀신인 줄 알고 꾸짖어 말하였다.

"너는 어떤 요망한 귀신이건대 대장부의 자리 앞으로 감히 들어오느냐?"

그랬더니 무슨 소리가 나면서 간 곳이 없었다.

이윽고 천지에 빛이 사라지고 어두워지더니 천둥소리가 울리고 벼락이 치면서 하늘과 땅이 진동하였다. 이어 나무를 꺾고 지붕을 날릴 듯이 비바람이 크게 일어나 모래가 날리고 돌들이 굴러다녔다. 그 사이로 한 대장이 앞으로 나아오거늘 대봉이 살펴보니 월각 투구를 쓰고 용인갑龍鱗甲을 입고 긴 창과 큰 칼을 들었는데 우레 같은 소리를 천둥처럼 지르며 바람을 따라 거리낌 없이 다가와 대봉을 해치고자 하였다. 그러나 대봉은 정신을 진정하여 낯빛 하나 변하지 않고 단정히 앉아 오히려 호령하며 말하였다.

"사악한 것은 바른 것을 범하지 못하거늘 너는 어떠한 흉악스런 귀신이기에 요망한 행실로 장부의 절개를 굽히려 하느냐?"

---

73) 진평陳平 : ?~기원전178. 중국 한나라의 정치가. 한나라 양무陽武 호유戶牖 사람. 한고조를 도와 천하 통일을 이루었으며, 여씨의 난을 평정하였음.

74) 등통鄧通 : 한나라 문제文帝가 총애하던 신하. 문제의 총애를 받아 벼슬이 상대부에 이르렀으나 후에 경제景帝에게 원망을 사서 면직되었음.

그 장수가 답하여 말하였다.

"소장은 한나라 때의 장수 이릉李陵[75]이옵니다. 당시에 천자께 자원하여 군사 5천을 이끌고 전장에 나아가 흉노와 대적하였사오나, 오히려 흉노에게 속절없이 잡혀 황양지객黃壤之客[76]이 되었습니다. 이 때문에 평생토록 그 한이 몸 안에 쌓여 병이 되어 심장과 간 사이에 가득하였으나 하소연 할 곳이 없었는데, 마침 공자를 만나 뵈니 곧 나의 원한을 씻을 수 있을 듯합니다. 바라옵건대 공자께서는 소장의 갑옷을 가지고 가셔서 흉노를 베어 큰 공을 세우시어 소장의 수천 년 원혼을 위로해주옵소서."

그러고는 월각 투구와 용인갑을 주며, 이 갑옷을 잘 간수하여 급히 떠나십시오, 하고는 간 곳이 없었다.

대봉이 즉시 길을 떠나 3일 만에 평사에 이르렀는데, 사방을 둘러보아도 인적이 없고 적막하였다. 그런데 갑자기 벼락같은 소리가 나기에 자세히 살펴보니 강변에 난데없이 오추마烏騅馬[77]가 내달아 네 발굽을 내두르며 번개 같이 뛰어다니고 있었다. 오추마가 대봉을 보고는 반기는 듯하였기에 대봉이 행장을

---

75) 이릉李陵 : 중국 진한前漢의 무장. 무제武帝 때 기도위騎都尉에 임명되자, 보기步騎 5천을 거느리고 흉노를 치겠다고 자청함. 적을 만나 힘을 다해 싸웠으나 화살이 다 떨어져 항복하니, 흉노가 그를 우교쌍右校土으로 삼고, 공주와 결혼시켰음. 이릉은 큰 욕을 참고 뒷날을 기약하기 위해 항복하였으나, 한나라에서는 이러한 사실을 모르고 이릉의 어미와 처를 죽였음.
76) 황양지객黃壤之客 : 황양黃壤, 즉 저승으로 간 나그네라는 뜻으로, 죽은 사람을 이르는 말.
77) 오추마烏騅馬 : 검은 털에 흰 털이 섞인 말로, 항우가 탔다고 함.

길가에 벗어놓고 평사에 나아가 정답게 이야기하며 말하였다.

"오추마야, 네가 대봉을 아는가? 알거든 피하지 말라."

그러고 나서 대봉이 오추마의 목을 안고 강변에 이르니 황금으로 만든 굴레와 은으로 만든 안장이 놓여 있었다. 대봉이 반갑게 여겨 굴레를 씌우고 안장을 갖춘 뒤 행장을 수습하여 오추마 위에 번득 올라탔다. 이어 천기를 살펴보니 북방의 익성翼星[78]이 황성에 비쳐 있고 천자의 자미성紫微星[79]은 도성을 떠나 능주에 잠겨 있었다. 이에 대봉이 탄식하며 말에게 정답게 말하였다.

"명천은 대봉을 낳으시고 용왕은 너를 내주었으니 이는 천자의 급한 때를 구하려 하신 것이로다. 지금 도적이 황성에 들어왔으니 황상의 위급함이 경각에 달렸구나. 이런 때를 저버린다면 대명천지에 이 대봉이 살 곳이 전혀 없으리라. 비룡 같은 조화를 부리는 용맹한 너를 세상에 내신 것은 사직을 위한 것이니, 때를 잃어 쓸모없이 되어버리면 어디에 쓸 수 있겠느냐? 내가 이제껏 품고 있던 뜻을 너로 인해 이룰 수 있게 되었으니 어찌 반갑지 아니 하랴? 항우가 타던 용총마가 오강에 들어갔다가 명나라에 대봉이 태어나니 나를 도와 나왔구나."

---

78) 익성翼星 : 이십팔수의 스물일곱째 별자리에 있는 별들. 본래 남방 7수에 해당하지만, 북방 칠수로 오인하여, 뒤에 팔진도를 배열할 때도 북방에 위치시키고 있다. 여기서는 북방의 흉노를 상징한 것이다.

79) 자미성紫微星 : 큰곰자리 부근에 있는 자미원의 별 이름. 북두칠성의 동북쪽에 있는 열다섯 개의 별 가운데 하나로, 중국 천자의 운명과 관련된다고 함.

이렇게 서로 기뻐하며 황성으로 올라가니 사람은 천신天神 같고 말은 정녕 비룡과 같았다. 이날 칠백 리를 가서 산군을 지났고 이튿날 이천 삼백 리를 달려 하서를 지나니 황성이 점점 가까워왔다.

여러 날 만에 화용도華容道80)에 다다르니 이미 삼경이 지났다. 한 곳에 이르니 갑자기 천지가 아득해지더니 비바람이 거세게 일어 지척을 분간할 수 없었다. 이리저리 헤매다가 살펴보니 길가에 빈 집이 있기에 대봉이 그 집으로 들어가 잠깐 쉬고 있었다. 그런데 문득 수많은 군사와 병마들이 나오더니 그 집을 에워싸고 진을 쳤다. 대봉이 자세히 살펴보니 제갈공명이 만든 팔진도八陣圖였다. 그 속에서 한 대장이 나오고 있었는데, 얼굴 빛은 잘 익은 대추 같았고 눈썹은 눈을 덮을 듯하였으며 봉 같은 눈매에 삼각 수염을 휘날리고 있었다. 그 장수는 황금 투구에 녹포운갑을 입고 청룡도를 비스듬히 들고 적토마를 빨리 몰아 집으로 달려왔다. 대봉이 정신을 진정하고 팔괘를 베풀어 놓고 단정하게 앉아 있었더니 그 장수가 옆에 와서 크게 외치며 말하였다.

"대봉아, 네가 난세를 평정하고 대공을 이루려면 지혜와 도략을 써야 하거늘 한갓 담대함을 꾸미고 있구나. 또 남의 집에 있으면서 주인이 누군지도 모르고 유유자적 앉았느냐?"

---

80) 화용도華容道 : 『삼국지연의』에 등장하는 지명. 조조가 적벽의 전투에서 패한 후 여기로 도망하였다고 함.

이에 대봉이 일어나 다시 땅에 엎드리며 인사를 드리고 말하였다.

"장군의 존호는 뉘시옵니까? 소자는 나이가 어려 이 집의 주인을 알지 못하였기에 손님의 예의를 다하지 못하였사옵니다. 엎드려 바라건대 장군께서는 용서하시어 대봉이 난세를 평정하고자 하는 뜻을 이룰 수 있도록 도와주십시오."

그러자 장군이 말하였다.

"나는 한나라 수정후壽亭侯 관운장[81]이로다. 삼국 시절에 조조와 손권을 잡아 우리 현주賢主의 은덕을 갚고자 하였는데, 천운이 불행하여 천하를 평정하지 못하고 여몽呂蒙[82]의 흉계에 빠져 속절없이 되었도다. 이에 원통하게도 청룡도는 쓸 데가 없게 되었고, 슬프게도 적토마도 한중왕이셨던 우리 현주에게 복종하지 않았도다. 천추에 지친 원혼이 이 집에 의지하여 옛날 경개를 지키고 있었는데, 오늘 너를 보니 당세의 영웅인지라 내가 쓰던 청룡도를 주노라. 급히 능주로 가 사직을 안전하게 보호하고 흉노의 피로 청룡도를 씻어 영웅의 원혼을 위로해주기 바라노라."

이렇게 말하고 청룡도를 주거늘 대봉이 받아들고 사례하였더

---

81) 관우關羽. 중국 삼국시대 촉나라의 장수. 자는 운장雲長, 시호는 장목후壯穆侯. 조조의 포로가 되어 공을 세우자 조조가 관우를 한수정후漢壽亭侯에 봉함.

82) 여몽呂蒙 : 삼국시대 오나라 명장. 손책孫策의 장수가 되어 관우가 지켰던 형주를 탈취하였음.

니 문득 간 곳이 없었다.

대봉의 급한 마음은 일각一刻이 여삼추如三秋인지라 즉시 월각 투구를 쓰고 용인갑을 입고 청룡도를 비스듬히 차고 만 리를 달리는 준총마에 비스듬히 올라타고는 비바람처럼 거세게 능주로 달려갔다. 이때 대봉이 말에게 당부하며 이렇게 말하였다.

"오추마야, 너는 알고 있을 것이다. 천자의 급하심과 대장부의 급한 마음을 네가 어찌 알지 못하겠느냐? 하늘과 땅이 감동하여 너와 나를 내셨으니 빨리 능주에 도착하여 대봉과 용총마의 날랜 용맹과 청룡도 날카로운 칼로 도적을 물리쳐 사직의 충신이 되자꾸나. 이리 되면 천추에 전할 빛난 이름을 기린각 제1층에 새길 테니, 내 이름 새긴 뒤에 오추마 네 행적도 나를 따라 빛나리라. 오추마야, 지체 말고 가자꾸나."

오추마가 이 말을 은근히 듣더니 만 리나 머나먼 능주로 쏜살처럼 달려갔는데, 용맹스러운 오추마의 샛별 같은 두 눈에는 풍운조화가 어려 있는 듯하였고, 뚜렷한 네 발굽에는 강산의 정기가 모여 있는 듯하였다.

대운산을 넘어 양주를 지나 운주 역참에서 말을 먹이고 서천강을 건너 앵무주를 지나 봉황대에 이르니 해가 거의 저물어 서산을 넘어가고 있었다. 마침내 여산 능주에 이르러 산상에 높이 올라 적의 형세를 살펴보니, 중원의 장수는 보이지 않고 십 리나 되는 긴 모래밭에 오랑캐의 병사만 가득하였다. 오랑캐들의 승기勝氣가 등등하며 살기가 가득한 가운데 큰 함성이

터지더니, 흉노의 장수 묵특이 북문을 깨뜨리고 철기를 몰아 성 안으로 달려 들어가는 것이 보였다. 곧이어 묵특이 명나라 군사들을 닥치는 대로 죽이면서 명나라 황제는 항복하라고 외치는 강산이 무너질 듯한 함성이 들렸다. 이윽고 오랑캐의 위세를 감당하지 못하여 형세가 자못 위태로워지자, 황제가 어찌할 수 없어 옥새를 목에 걸고 왼손에 항복의 문서를 들고 항복하러 나오고 있었다.

〈이대봉전〉 하권

　각설이라.

　이때 산 위에서 이 모습을 보고 대봉은 분한 마음이 하늘을 찌를 듯이 북받쳐 올랐다. 이에 월각 투구에 용인갑을 입고 청룡도를 높이 들고 비룡 같은 오추마 위에 훨쩍 올라서 봉의 눈을 부릅뜨고 천둥처럼 소리를 지르며, 반적 묵특은 빨리 나와 내 날카로운 칼을 받아라, 하고 외쳤다. 이 소리에 적진의 장졸이 모두 놀라 넋을 잃었고 항오를 분별하지 못하였다.

　묵특이 이 말을 듣고 저도 분한 마음이 치솟아 이렇게 말하였다.

　"너 이름 없는 장수야! 하늘의 위엄을 알지 못하고 큰 소리를 치는구나."

　이렇게 소리치며 달려 나와 서로 싸운 지 일 합이 채 못 되어 대봉의 청룡도 날카로운 칼날이 허공에 번쩍하더니 검광을 따라 묵특의 머리가 말 아래로 떨어졌다. 이에 대봉이 크게 소리 지르며 묵특의 머리를 칼끝에 꿰어 들고 적진을 마음대로 치달리며 좌충우돌하다 본진으로 돌아왔다.

　이때 황제는 형세가 궁박하고 힘도 다하여 항복하자고 마음먹고, 옥새를 목에 걸고 항서를 손에 들고 용포를 빗고 미복 차림으로 나오던 중이었다. 그런데 난데없이 한 대장이 나타나 묵특의 머리를 베어들고 날듯이 본진으로 달려 들어왔다. 그러더니 말에서 내려 황제 앞에서 하늘을 우러러 부르짖으며 큰 소리로 슬피 울더니 곧 땅에 엎드려 아뢰어 말하였다.

"소신小臣은 기주 땅 모란동에 살던 전 이부시랑 이익의 아들 대봉이옵니다. 운수가 불행하여 폐하께 죄를 얻어 멀리 무인고도로 유배를 갔사온데, 가는 길에 바다 위에서 사공들이 우리 부자를 물에 빠뜨리는 바람에 아비는 바다에 빠져 죽사옵고 소신은 천행으로 살아나 천축국 금화산 백운암의 부처님과 스님을 만났사옵니다. 이후 7년을 의지하여 약간의 지략을 배우며 세월을 보내고 있었는데, 이렇게 도적이 중원을 침범하는 일을 당하였습니다. 이에 폐하를 도와 사직을 안보하고 간신을 물리치며, 소신의 아비를 모해하였던 간신을 잡아 평생의 원수를 갚고 조정을 바로잡아 사해를 평정하고자 하산하였사옵니다. 엎드려 바라건대 폐하께서는 너무 슬퍼하지 마옵소서."

황제가 이 말을 듣고 대봉의 손을 잡고 말하였다.

"짐이 사리에 어두워 소인의 말만 듣고 충효대신을 멀리 유배 보내고 소인들을 가까이 하였기에 나라가 어지러워도 사직을 받들 신하가 없었노라. 이에 태평과를 열었더니 마침 장해운을 얻어 짐의 뜻을 이루었노라. 그러나 나라의 운수가 불행하고 짐이 덕이 없어 각처에서 도적이 강성하더니 끝내 남방의 선우가 모반하여 백만 대병을 거느리고 변방을 범하여 백성을 노략하였도다. 이에 장해운을 상장군으로 삼아 군병을 거느리게 하여 수만 리 남방의 선우에게 보냈더니 장해운이 승전하고는 달아난 선우를 사로잡으러 교지국에 갔노라. 하여 지금 조정에는 명장도 없고 지모가 뛰어난 재사도 없어 근심하던 가운데 또 북방의 흉노가 강성하더니 강병을 거느려 중원을 치는데도 능히 대적할 사람이 없도다. 결국 도적에게 사직을 빼앗기고 장안을 탈출하여 금릉으로 피하였더니 적병이 금릉을 습격하여 치달아 오기에 양성으로 피하였노라. 하지만 양성마저 적들이 범하여 쳐들어옴에 견디지 못하여 이곳으로 피하였더니, 각처의 제후 가운데 해남절도사만이 한 무리의 군사를 이끌고 왔고 양성 태수가 3천의 군사를 거느려 능주로 왔으며 능주 자사가 약간의 군사를 가지고 이들과 합세하였노라. 이에 성 안으로 들어와 성문을 굳게 닫고 군사들과 함께 성을 지키고 있었노라. 그런데 흉노가 대군을 몰아 황성에 들어와 종묘에 불을 지르고 스스로 천자라 칭하며 백관을 호령하더니, 다시 대군을 보내 능주성을 에워쌓도다. 그러고는 화약과 염초를 준비하여 성을 부수고자 하였으니 그 세력을 당하지 못할 지경이었다. 불쌍한 생명들이 가련하였기에 항서를 쓰고 옥새를 전하여 억만 백성을 건지려 짐이 성을 나왔던 것이다. 그런데 명천이 도와 그대를 우리 명나라에 보내시어 이처럼 급한 때를 당하여 짐의 쇠진한 목숨을 구완하게 하였으니 천지가 다시 밝고 환해졌도다.”

황제가 대봉의 손을 이끌어 장대에 늘어가 앉히고 다시 말하였다.

“장군이 짐을 도와 천하를 평정한 뒤에 아뢸 사정이 더 많을 것이로다.”

이렇게 위로하며 어루만지기를 그치지 아니하니, 대봉이 다시 땅에 엎드려 아뢰었다.

"지금 사세가 위급하오니 폐하께서는 진정하시옵소서. 소장이 비록 재주는 없사오나 힘을 다해 폐하를 도와 난리를 평정하고 사직을 안보한 뒤에 소장의 원한을 풀고자 하옵니다. 하오니 엎드려 바라건대 폐하께서는 옥체를 보중하시어 소장의 지략과 기량을 구경하시옵소서."

황제가 못내 기뻐하며 중군에 분부하여 칠성단七星壇[1]을 높이 쌓고 방위를 정제하라 하였다. 이어 천자가 대봉의 손을 잡고 단 위에 올라가 하늘에 제사 드리고 대봉을 대명국 대원수 겸 충의대장 병마도총독 겸 충의행원후 상장군에 봉작하였다. 그리고 황금으로 만든 인수와 대장 절월과 봉작 첩지를 동봉하여 전해주었다. 그리고 이렇게 말하였다.

"짐이 사리에 어두웠음을 책망하지 말고 충성을 다하여 사해를 평정하라. 그 후 천하를 반분하여 주리라."

이원수가 이에 천자의 은덕에 하례하여 머리를 조아리며 인사를 드리고 장대에 올라와 군졸을 점고하니, 부상을 입지 않은 멀쩡한 병졸은 300여 명에 불과하였다. 이원수가 중군장 장원을 불러 이렇게 분부하였다.

---

1) 칠성단七星壇 : 인간의 수명과 탄생, 재물과 재능을 관장하는 칠성신에게 제사를 지내려고 별도로 만들어 놓은 단. 제갈공명이 칠성단을 쌓아 동남풍을 빈 일이 있음.

"진중에 장수는 없고 군사는 잔약하니 너희들은 정해진 방위를 엄밀히 지키고 항오를 잃지 말라. 그러면 흉노의 억만 대병이 철통같이 에워싸고 있더라도 누가 능히 당할 수 있겠느냐? 장졸들을 요동시키지 말지어다."

이어 진법을 시행하였는데, 동방 청기 7면에는 각항저방심미기角亢氐房心尾箕의 동방 7수에 따라 응하게 하고 남방 적기 7면에는 정귀류성장익진井鬼柳星張翼軫의 남방 7수에 따라 응하게 하고 서방 백기 7면에는 규루위묘필자삼奎婁胃昴畢觜參의 서방 7수에 따라 응하게 하고 북방 흑기 7면에는 두우여허위실벽斗牛女虛危室壁의 북방 7수에 따라 응하게 하고[2] 중앙에는 황신기黃神旗[3]를 세워 오방의 기치를 방위에 따라 나열하니, 이것은 바로 제갈공명의 팔진이었다. 진세를 살펴보니 귀신이라도 그 오묘함을 헤아릴 수 없을 정도였다.

이때 흉노왕이 장대에 높이 앉아 승전고를 높이 울리며 항복을 재촉하고 있었는데 문득 우레 같은 소리가 천둥처럼 들리더니, 한 대장이 월각 투구를 쓰고 용인갑을 입고 봉 같은 눈을 부릅뜨고 오른손에 청룡도를 들고 왼손으로는 채찍을 치며 오추마를 비스듬히 타고 달려오고 있었다. 그 위엄이 서릿발 같고

---

2) 원전의 남·북방의 7수는 실제 천문과는 정반대이다. 여기서는 실제를 따라 남·북을 바꾸어 번역하였다.

3) 황신기黃神旗 : 오방기 가운데 진영 중앙에 세우던 군기. 누런 바탕에 왕령관이라는 신장神將과 구름이 그려져 있고, 가장자리와 화염각은 붉은색이며, 영두纓頭·주락朱駱·장목이 달려 있음.

소리가 웅장하여 강산이 무너지는 듯하였고 단산의 맹호가 휩쓸고 지나가는 듯하였다. 그런데 순식간에 달려들어 호통 한 번에 선봉장 묵특을 베고 선봉군을 짓밟고는 다시 성 안으로 들어가 버리는 것이었다. 이에 흉노왕이 크게 놀라 여러 장수를 모아놓고 의논하며 말하였다.

"그 장수의 용맹을 보니 범상한 장수가 아니로다. 사람은 천신 같았고 말은 보니 오추마요 칼은 청룡도였다. 명장이 분명하니 가벼이 대적하지 못할 듯하도다."

이에 팔십만 대병을 다시 나열하여 내외음양진을 치고 목탁을 선봉으로 정하고 통달을 우선봉을 삼고 달수를 좌선봉을 삼으며, 돌통으로 후군장을 삼고 맹통으로 군사마를 삼아 군대의 위엄을 정돈하여 정비하였다. 그리고 진문에 깃발을 세우고 흉노왕이 친히 중군이 되어 싸움을 독려하였다.

이때 이원수가 진세를 베풀어두고 적진의 형세를 살펴보니 흉노왕이 특탁에게 장안을 지키게 하고는 자신이 스스로 중군이 되어 장대에 높이 앉아 싸움을 독려하고 있었다. 이에 이원수가 흉노의 도발에 응하여 말을 타고 적진으로 나아가 큰소리로 꾸짖어 말하였다.

"개 같은 오랑캐야! 네가 천자의 위엄을 범하여 시절을 요란케 하였으니 죽어도 그 죄를 용서받지 못할 것이로다. 황제를 능욕하고 스스로 천자라 칭하니 한 하늘 아래 어찌 두 천자가 있을 수 있다는 말이냐. 내가 하늘의 명을 받아 너희 반적을 쇠퇴시켜 없앨 것이니, 네가 만일 두렵거든 빨리 나와 항복하고 그렇지 않거든 빨리 나와 대적하라.”

이에 흉노왕이 통달을 불러 대전하라 하니, 통달이 내달려 나와 외치며 말하였다.

“어린 아이 대봉아, 네가 천시天時를 모르는구나. 불행하여 우리 선봉장이 죽었으나, 네 청춘이 아깝도다.”

이렇게 외치며 달려들거늘, 이원수가 분노하여 적장과 대적하였는데, 반 합이 채 못 되어 고함 소리가 진동하며 청룡도가 번쩍하더니 통달의 머리가 말 아래 떨어졌다. 이원수가 통달의 머리를 베어들고 좌충우돌하니 군사들의 주검이 산처럼 가득하였다. 이어 이원수가 칼끝에 머리를 꿰어 적진에 던지면서 말하였다.

“반적 흉노야, 네가 어이 살기를 바랄쏘냐? 빨리 나와 죽기를 기다려라.”

이렇게 천둥처럼 호령하며 선봉을 짓쳐 들어가니, 흉노왕이 크게 놀라 돌통에게 대적하라 하고, 또 맹통, 동철, 동기 등 여덟 장수에게 명하여 함께 접응하라 하였다.

이때 이원수가 흉노의 선봉을 무찌르며 바라보니 적장 돌통이 여덟 장수를 거느리고 나오며 이렇게 외치는 소리가 들렸다.

“대봉아, 너를 어찌 용맹이 넉넉한 장수라 할 수 있으랴? 네 만일 부족하다 여기거든 항복하라.”

이에 대원수가 크게 노하여 필마단창匹馬單槍으로 달려들어 그들과 접전하였다. 이때 황제가 군사를 거느리고 싸움을 구경하였는데, 양진 군사가 대전하는 것을 처음 보는 것이었다. 군사들도 서로 다투어가며 구경하였는데, 명나라 진영의 이원수가 호장胡將 9인을 맞아 싸우고 있었다. 자세히 보니 이원수의 월각 투구와 용인갑이 햇빛에 번쩍이는가 싶더니 날카로운 청룡도가 동쪽 하늘에 번쩍하면서 서쪽의 군사를 베고 서쪽 하늘에 번쩍하면서 동쪽의 군사를 베었으며, 남쪽에서 번쩍하다가 북쪽의 군사를 베고 북쪽에서 번쩍하다가 남쪽의 군사를 베었다. 청룡도 날카로운 검광이 수정후 관운장이 가졌을 때는 형주성에서 빛나더니 이번에 대봉이 다시 받아 그 위엄을 떨치는구나. 이원수가 용맹스럽고 영걸스러운 모습을 띠고 서릿발 같은 청룡도를 오른손에 비스듬히 쥐고 오추마에 높이 앉아 군사들 사이를 내달리는 모습은 마치 동해 청룡이 구름 속에 꿈틀거리는 것같았다. 사정없는 청룡도가 허공에 번쩍일 때마다 호적이 칼 아래 쓰러지니, 번개처럼 빠른 칼 빛이 능주성에 빛났다.

20여 합에 이르러 이원수가 중군으로 내달려 선봉장 돌통을 베고, 여덟 장수와 대적하여 잇따라 네 장수를 베었다. 그러자 나머지 장수들이 능히 대적할 수 없음을 깨닫고 본진으로 달아나려 하였다. 이에 이원수가 높이 소리 지르며 말하였다.

"무지한 적장은 달아나지 마라. 내가 너희를 아껴 먼저 다섯 장수만 베었는데 아직도 항복하지 않으니 분하도다."

이렇게 외치며 네 장수에게 달려드니 노선, 동기 등 네 장수가 이원수를 맞이하여 싸웠다. 그러나 이원수가 청룡도를 번쩍 들어 노선의 머리를 베어 본진에 던지고 다시 왼쪽으로 가서는 동기 등 나머지 세 장수마저 베어 본진에 던졌다. 그러고는 선봉을 향해 치달려가 군사를 무찌르니, 마치 구시월에 나뭇잎이 바람과 서리를 만나 떨어지듯 쓰러졌고, 그 피가 흘러 냇물을 이루었다.

흉노왕이 크게 놀라 다시 맹통과 동철에게 나아가 대적하라 하니 두 장수가 내달아 이원수와 접전하였다. 서로 어울려 싸우니, 칼 빛은 햇살보다 찬란하였으며 말굽은 어지러이 뒤섞였다. 또 세 장수의 고함 소리가 천지에 진동하니 양진 군졸들이 넋을 잃고 바라보며 항오를 분별하지 못하였다. 이때 이원수가 갑자기 말안장에서 뛰어올라 공중으로 솟아올랐는데, 청룡도 칼빛이 번득하더니 두 장수의 머리가 검광에 싸여 떨어졌다. 이에 이원수가 승리의 기운을 타고 치솟아 동서로 내달리며, 적장은 얼마든지 모두 나와 대적하라, 하고 천둥처럼 소리쳤다.

이에 흉노왕이 여러 장수에게, 진세를 더욱 굳게 지키라고 호령하였다. 또 봉선, 봉조, 맹주, 영인 등 여덟 장수를 급히 불러서는, 정병 30만과 철기 15만을 거느려 이들과 합세하여 명진 대원수 이대봉을 잡아 나의 분을 풀게 하라고 명하였디.

여덟 장수가 이 말을 듣고 군사를 정렬하여 사방에서 둘러싸 짓쳐들어오며 명나라 진영을 위협하였다. 이원수가 이때 본진에 돌아와 잠깐 쉬고 있었는데, 적병이 물밀 듯이 들어오는 것을 보고 크게 노하여, 내 결단코 흉노왕을 사로잡아 황상의 분을 씻으리라, 하고서는 노기등천怒氣登天하여 바로 월각 투구를 쓰고 용인갑을 추스르고 봉의 눈을 부릅뜨고 청룡도를 비스듬히 들고 오추마에 훌쩍 올라 진문 밖으로 나갔다. 그러자 적장이 이렇게 외쳤다.

"명나라 황제야, 네 항복함이 옳거늘 조그마한 아이를 얻었다고 우리의 대세를 모르고 함부로 침범하여, 우리 진중의 내세울 만한 이름도 없는 졸장 수십여 명을 죽이고 승전을 자랑하니 가히 우습도다. 명진 상장군 대봉아, 빨리 나와 대적하라. 만일 겁나거든 말에서 내려 항복하여 죽기를 면하라. 그렇지 않으면 빨리 나와 죽기를 재촉하라."

이어 흉노의 군사들이 물밀 듯이 들어왔다. 이에 이원수가 분기탱천하여 필마단창으로 말에 채찍질하여 적진으로 달려들어가 여덟 장수와 더불어 대전하였다. 그러나 서로 나아갔다 물러나기를 반복하며 오십여 합을 싸웠지만 승부를 내지는 못하였다. 이에 화가 치밀어 올라 노기등등한 이원수가 천둥처럼 호통 치며 청룡도를 높이 들어 전면으로 무찔러 들어가니 여덟 장수가 일시에 달려들었다. 이때를 틈타 이원수가 적진으로 돌진하여 청룡도를 휘두르자 봉선과 맹주 두 장수의 머리가 말 아래에 떨어졌다. 또 뒤로 가는 듯하다가 앞으로 나와 검광이 번쩍하자 적장의 머리가 칼 빛을 따라 떨어졌다. 내쳐 왼쪽에서 번쩍하다 오른쪽에서 검광이 번쩍하며 봉주를 베고, 앞에서 번득이다 뒤에서 번쩍하며 영인을 베었으며, 중앙에서 번쩍하다 동쪽으로 나아가며 문영과 문수 두 장수를 베었다. 이어 적진 장졸을 묶은 풀 뽑듯이 지쳐 몰아치니 초나라 장수 항우가 8천 자제를 거느리고 오강을 건너와 함곡관을 부수는 듯하였고, 상산 땅 조자룡이 장판교의 큰 싸움에서 삼국 군사를 몰아치는 듯하였다. 이 때문에 흉노의 백만 대병이 항오를 분별하지 못하였다. 청룡도 날카로운 검광은 중천에 어리어 있고 오추마가 사납게 내닫는 앞에 그 누가 대적할 수 있겠는가? 우레 같은 호통 소리에 청천이 서로 호응하는 가운데 좌충우돌하며 멋대로 내닫으니 적군이 당황하고 겁먹어 검광이 번쩍 하는 곳마다 푸른 하늘을 덮고 있던 검은 구름이 사나운 바람결에 쫓겨 사라지는 듯하였다.

드디어 이원수가 중군으로 달려 들어가니 흉노왕이 그 기세에 몹시 놀라 얼굴빛이 하얗게 변했으며, 급기야 군사를 거느리고 장안으로 달아났다. 원수가 그 뒤를 쫓아가면서 들이쳐 찔러 죽이니, 흉노의 백만 대군이 호랑이 앞에 달아나는 토끼 같았다. 오추마가 내닫는 곳에 적진 장졸이 검광을 따라 추구월 강산의 누런 초목이 서릿발을 만나 모두 지듯이 머리가 떨어지니, 산처럼 쌓인 주검이 가련코 가련하다. 흐르는 것은 유혈이요, 유혈이 냇물 되니, 무릉도원을 흐르는 붉은 복사꽃 시내 같았다. 사나운 흉적의 강포함도 쓸데없고 백만 대병도 무용지물이로다. 이원수는 행장이 단출하여 필마단창뿐이었는데 이를 당해

내지 못하였고, 포악한 도적이 의기양양 강성하였으나 명천이 도와 대명을 회복하니 반갑고 반갑도다. 백성들도 여기에 화답하여 노래를 불렀다.

이때 호장 특탁이 황성을 지키고 있다가 흉노왕이 위급한 지경에 처한 것을 보고 군병을 총독하고 장졸을 합세하여 백사장에 진을 치고 이원수와 대적하려 하였는데 진실로 이들은 모두 호적 가운데 강병들이었다.

한편 이원수가 적군을 물리치고 본진으로 돌아오니 천자가 장대 아래로 내려와 원수의 손을 잡고 못내 사랑하였다. 여러 장수들과 군졸들도 백배사례하며 무수히 즐거워하고 은덕을 칭송하였다. 이에 이원수가 말하였다.

"도적이 멀리 가지 않았으니 적진에 들어가 군장과 기계를 거두어 본진의 병기와 합하라."

또 중군장을 불러 말하였다.

"너는 여러 장수와 군졸들을 모두 총괄하여 황상을 모시고 후군이 되어 내 뒤를 따르라. 나는 필마단검으로 적진에 들어가 장수와 군졸을 모두 함몰하고 흉노왕을 사로잡아 황상의 분함을 풀리로다."

이어 말에 채찍질하며 흉노를 쫓아갔다. 이원수가 황성에 이르니 도적이 십 리나 되는 모래밭에 군령을 엄숙히 하며 이미 진을 치고 있었다. 자세히 살펴보니 남은 군사가 팔십여 만이었다. 그러나 이원수는 두려워하지 않고 승세를 타고 내달리며 크게 소리쳐 말하였다.

"반적 흉노야, 네 끝내 항복하지 않고 나와 더불어 자웅을 가리려 하니, 나의 화를 돋우는구나."

이어 청룡도를 높이 들고 오추마 위에 훨쩍 올라 우레처럼 호통 치며 달려들었다. 이에 맞서 흉노에서는 서른여섯 명의 장수가 합세하고 군사들을 정돈하여 원수를 에워싸고 좌우에서 공격하였다. 그러자 이원수가 더욱 분이 일어나 용맹을 떨쳐 청룡도 날카로운 칼로 단숨에 적장 10여 명을 베고 적진에 달려들어 군사들을 무찔렀다. 적장이 다시 달려들며 좌우에서 에워쌌지만, 청룡도가 번쩍하며 적장 여덟을 베었고 80여 합을 서로 싸워 적장 30여 명을 물리쳤다. 다시 이원수가 중군에 달려드니 한 장수가 나와 맞섰다. 하지만 원수의 높은 한 소리에 검광이 빛나더니 적장은 불귀의 객이 되고 말았다. 이어 이원수가 사방으로 좌충우돌하자, 흉노가 사방에서 이원수를 둘러싸고 공격하였다. 그러나 오추마의 말굽 소리에 검광이 빛나고 이원수의 호령 소리가 하늘에서 진동하니, 제 아무리 강병이라 한들 어찌 당할 수 있으랴. 장졸의 주검이 산처럼 쌓였고 십 리 백사장에 피가 흘러 모래를 물들였다. 흐르는 피가 말굽을 적셨고, 이원수의 용인갑에도 소상강 수풀에 가랑비 맺히듯 방울방울 피가 맺혔다.

이때 흉노왕이 형세가 급박함을 깨닫고 약간 남아 있던 장수와 군졸을 거느리고 샛길로 도망하여 북으로 달아났다. 가련하구나, 저 흉노여. 130만 병사가 왔다가 살아 돌아가는 자가 불과 3천이로구나. 한 자루 칼로 백만 대군을 감당했다는 옛말을 오늘에서야 보는 듯하도다.

이원수가 적병을 깨뜨리고 군장과 기계를 거두고 황성에 들어가 천자를 모셔 환궁하고 백성을 안돈하니 성 안팎의 백성들이 이원수의 공덕을 칭송하며 즐거워하였다. 한편 이원수는 여러 장수들을 모아 위로하며 쉬게 한 뒤, 탑전에 들어가 말미를 청하여 기주로 내려갔다. 기주에 내려와 이원수가 옛일을 생각하고 부모님을 생각하니 절로 먹먹한 한숨이 났다. 말에서 내려 앉아 큰소리로 울고 슬피 곡하며 이렇게 말하였다.

"우리 부친이 나라에 곧은 말로 충간을 하였다가 소인의 참소를 만나 만 리 머나먼 곳에 귀양갈 때 부자가 동행하였더니, 무도한 뱃사공들에게 해를 입어 천 리나 떨어진 해중海中의 깊은 물에 부자가 함께 빠졌도다. 그러나 대봉은 천행으로 용왕님의 은덕을 입어 살아났으며, 천지신령이 도우사 대원수 상장군이 되어 호적을 물리쳤도다. 이렇게 살던 집을 찾아왔으나 빈터만 남았으니, 뽕나무밭이 변해 바다가 되었다는 말은 나를 두고 이른 것이로다. 가련하다, 우리 모친이여. 집을 지키고 계셨는데 흉노의 난을 만나 어디로 가셨는가? 돌아가셨는지 살아계시는지 어느 때나 만나보려나."

이렇게 가슴을 두드리고 하늘을 우러러보며 통곡하다 황성으로 올라왔다. 황성에 올라와 황제에게 정중하게 인사를 드리니,

황제께서 크게 칭찬하며 답례하고 궐내에 큰 잔치를 베풀어 이원수의 공덕을 못내 치사하였다. 이에 이원수가 고하여 말하였다.

"이 속에 우승상 왕회가 없사옵니까?"

왕회가 이 말을 듣고 스스로 자기의 죄를 알았기에 자리에서 내려와 땅에 엎드리며 죄를 청하였다. 그러자 이원수가 크게 성을 내며 청룡도로 겨누며 말하였다.

"너는 나와 더불어 같은 하늘 아래 있을 수 없는 원수로다. 당장 죽여야 마땅하지만 흉노를 잡아 사해를 평정한 후에 죽일 것이니 우선은 용서하노라."

이어 당장 옥에 가두라 하고, 황제에게 고하여 말하였다.

"흉노가 비록 패하여 달아났사오나 후환을 알 수 없사오니 소장이 필마단창으로 호국에 들어가 흉노왕을 잡아 후환이 없게 하겠사옵니다."

황제가 크게 칭찬하며 말하였다.

"원수는 짐의 수족과 같은데, 만일 오랑캐의 땅으로 떠나서 쉬 돌아오지 않는다면 내 어찌 침식이 편할 수 있겠는가?"

이에 이원수가 대답하여 말하였다.

"빨리 돌아와 폐하를 모실 터이니 과도하게 근심하지 마옵소서."

이어 백관에게 호령하여 황상을 편히 모시라 당부하고 필마단창으로 만 리 머나먼 오랑캐 땅으로 떠났다. 이때 천자를 비롯한 조정의 백관들이 반정에 나와 전송하며 만 리 머나먼

길에 무사히 돌아오기를 천번 만번 당부하였다. 이원수는 사은
하직하고 바로 황성을 떠나 흉노를 쫓아갔다.

각설이라.

한편 장원수는 배를 준비한 뒤, 군사를 거느리고 여러 날
만에 교지국에 들어갔다. 이때 선우는 본국으로 들어와 남만의
다섯 나라에 군사를 청하는 패문牌文을 보내고 군대를 다시
정비하고 있었다. 그러던 중 뜻밖에 명나라 대원수가 대병 80만
을 거느리고 교지국에 쳐들어왔다는 소식을 들었다. 이에 선우
가 군사를 거느리고 가서 막았으나 당해내지 못하였다. 결국
선우는 항서와 예물을 갖추어 성 밖으로 나가 항복하고 말았다.

이에 장원수가 크게 꾸짖으며 말하였다.

"너의 죄상을 따져 세상에 알린 후에 죽여야 마땅하지만,
항복한 자는 죽이지 않는다 하기에 완전히 용서하나니, 이후로
다시는 중원을 침범하려는 뜻을 두지 말고 황제를 섬기도록
하여라."

이렇게 말하고 장원수는 항복의 문서와 예물을 받고 선우의
성 안으로 들어가 소와 양을 잡아 군사들을 위로하였으며, 중군
장에게 장졸을 편히 쉬게 하라고 분부하였다. 이어 장원수도
갑옷을 벗고 며칠 쉰 뒤, 하루는 선우를 불러 이렇게 말하였다.

"이제 남만을 쳐서 멸할 것이니, 너는 나의 격서를 남만에
전하라."

선우가 이 명을 듣고 즉시 두 장수를 불러 남만 다섯 나라에 격서를 보내게 하였다.

앞서 남만의 다섯 나라가 선우의 패문을 보고 어찌 할 바를 몰라 결정을 미루고 있었는데, 마침 명나라 대원수가 교지국에 들어와 선우의 항복을 받고 이어서 남만 다섯 나라에 보낸 격서를 받게 되었다. 격서를 받아 열어보니 이렇게 적혀 있었다.

전조정한림 겸 이부시랑 대원수 병마도총독 상장군 장해운은 황제의 명을 받아 반적 선우를 항복시키고 이제 남만으로 행군하려 하노라. 만일 천명에 순종하여 항복하지 않으면, 즉시 80만 대병을 거느리고 가 공격할 것이니 바로 답을 아뢰어라.

다섯 나라의 왕이 이를 보고 선우를 원망하면서 각자 공물로 올릴 예단을 갖추고 항복의 문서를 작성하여 사신을 교지국으로 보내었다. 그러자 장원수는 군대의 위엄을 갖추고 군사를 정렬하여 내외음양진을 펼쳐두고, 자신은 갑옷을 선명하게 차려 입었다. 그리고 여러 장수들에게 오방에 오색의 기치를 세우고 각각 말을 타고 창검을 높이 들어 위엄을 세우라고 하였다.

다섯 나라의 사신이 도착하자, 진문을 크게 열고 그들을 맞이하였는데, 사신들은 모두 예를 갖추어 하례하였다. 이어 장원수는 사신들에게 앞뒤의 일들을 얘기하며 문죄하고 그들이 바치는 항서와 예단을 받은 뒤 두터이 대접하여 보냈다. 다섯 나라의 사신들이 각각 그 위엄을 각자의 왕에게 아뢰니, 다섯 나라 모두가 항복하였음을 다행으로 여겼다.

장원수가 네댓 달 만에 교지국과 남만 다섯 나라의 항복을 받은 뒤, 교지국을 떠나 행군하여 여러 날 만에 남해에 이르러 평사에 진을 쳤다. 이어 근읍의 수령을 불러, 소와 양을 잡아 군사를 위로하고 쉬게 하라, 하니 하나도 어김없이 거행하였다. 이때 장원수가 만 리 밖에 나와 대공을 세웠으니, 어찌 황성의 소식을 알 수 있었겠는가? 천자가 대란을 만난 줄 모르고 선우 와 남만 다섯 나라의 항복을 받은 승전 첩서를 장계로 올리고 군사들을 쉬게 하였던 것이다.

그러던 어느 날, 장원수가 이렇게 생각하였다.

'이제 내가 대공을 이루고 돌아간들 무슨 즐거움이 있겠는가? 부모님은 이미 다 돌아가시고 또 시부모님과 낭군마저 죽었으 니, 속절없이 유정한 세월을 무정히 보낼 수밖에 없으리라. 이제 황성으로 올라가 철천지원수 왕회와 군량관 진택열을 죽 여서 원수를 갚은 뒤, 벼슬을 버리고 깊은 규방으로 물러나 다음 생에서나 부모와 낭군 만나기를 기약해야겠도다. 가만히 생각건대 낭군은 분명 수중고혼이 되었을 것이니, 이제 이곳에 서 시아버님과 낭군의 혼백을 위로해야 하겠구나.'

이런 생각에 장원수는 절로 한숨이 나왔다. 또 위로 황상께서 도 내가 여자인 줄 모르고 여러 장수와 군졸들도 모르는데 무슨 계책을 써야 남들이 알지 못하게 가군의 혼백을 위로할 수 있을 꼬, 하며 깊이 고민하였다. 그러다 한 가지 꾀를 생각해내고 중군장에게 이렇게 분부하였다.

"내가 간밤에 한 꿈을 꾸었는데 전생의 일이었노라. 전생에 나는 여자였는데 어느 낭군과 정혼을 하였구나. 그러나 혼례를 미처 이루기도 전에 시아버님이 나라에 직간直諫을 드렸다가 소인의 참소 만나 시아버지와 낭군이 모두 적소로 갔도다. 그런데 해상에서 풍파를 만나 부자가 함께 물에 빠져 죽었기에 나는 혼례를 치르지도 못한 체 깊은 규중에서 늙어 죽었노라. 간밤 꿈에 그 낭군이 나타나, 전생에 혼례를 이루지 못하였다고 원수는 매정히 여기지 말고, 여자의 복식을 입고 수륙재를 지내 생전과 사후에 맺힌 원혼을 풀어달라고 하였도다. 하니 내 어찌 무심할 수 있겠느냐? 또한 그 혼백뿐 아니라 다른 충혼들도 많으니 내 친히 여복을 입고 영위靈位를 배설하여 수륙재를 지내 전생의 설움을 풀어주려 하노라."

그러자 여러 장수와 군졸들이 모두 신기하게 여기며 또 장원수를 칭찬하였다. 이에 장원수가 태수를 불러 즉시 제물을 준비하라고 하였다. 제물이 준비되자, 강가에 나아가 십 리 백사장에 흰 포장을 둘러치고 왼편에는 이시랑의 영위를 배설하고 오른편에는 낭군인 대봉의 영위를 배설하였다.

이렇게 영위를 배설하니 모든 장수와 군졸들이 모두 처음 보는 제사라 하였다. 또 우리 원수께서는 전생의 일도 아시어 전생의 시아버지와 전생의 낭군을 돌보시니 만고에 처음 있는 일이로다, 하며 신기해하였다. 또 이처럼 신기한 원수의 재주를 누가 능히 당할 수 있으리오, 하며 모두 두려워하였다.

제수와 전물奠物를 갖추어 어동육서, 홍동백서, 좌포우해의 법식을 따라 제물을 진설하고, 이어 지방을 써서 혼백을 삼고 장원수가 친히 축관이 되어 제사 자리에 나아갔다. 그러고는 제장들에게 명령하여 오방의 기치를 정갈하게 하라 하고, 또 좌우익장, 선봉장, 후군장을 불러 장막의 사방 30보 안으로는 장수와 군졸 누구라도 들어오지 못하게 하라고 분부하였다.

이어 장원수가 갑옷을 벗어 놓고 여복으로 갈아입으니, 소복을 입은 어엿한 낭자였다. 축문을 손에 들고 이시랑의 영위 앞에 나아가 분향재배하고 슬피 울며 곡한 뒤, 꿇어앉아 축문을 읽었다.

유세차 기축 3월 무진삭 15일 신사辛巳에 효부 애황은 제물과 전물을 갖추어 해상고혼이 되신 시부를 위로하오니 흠향하옵소서. 옛 이부시랑 이모에게 아룁니다. 세월이 머물지 않고 흘러 이렇게 기일을 맞이하여 조심스러운 마음으로 몸을 삼가니, 슬프고 흠모하는 마음 가득합니다. 삼가 맑은 술과 음식을 차려 슬픈 마음으로 받들어 올리오니, 흠향하옵소서.

이윽고 물러나와 다시 낭군 영위에 나아가 분향재배하고 꿇어앉아 축문을 읽었다.

유세차 기축 3월 무진삭 15일 신사에 실인室人 장씨는 제물
과 전물을 갖추어 낭군의 해상고혼을 위로하오니 흠향하옵소
서. 삼가 맑은 술과 음식을 차려 슬픈 마음으로 받들어 올리오
니 흠향하옵소서.

축문을 읽고 나니 절로 슬픈 마음이 샘솟아 옥 같은 손으로
가슴을 두드리며 큰 소리로 곡하며 말하였다.

"인생이여, 살아 있는 것은 곧 양이고 죽은 것은 곧 음이라.
이렇게 음과 양이 달라 이승의 길과 저승의 길이 다르니, 오셨는
지 안 오셨는지 가셨는지 안 가셨는지 알 수가 없어 가슴이
답답도다. 또 그 애절한 사연을 생각하니 정신마저 아뜩하도다.
옛일을 생각하니 어찌 애통하고 분하지 않으리오. 하루살이
같은 세상살이에 부평초처럼 떠도는 인생이니 부귀란 것이 한
때의 변화일 뿐이로다. 앞뒤의 일을 생각하니 부귀도 뜻이 없고
영화도 귀하지 않도다.

삼생의 가약佳約, 그 중한 맹세를 조물주가 시기하고 귀신이
해를 끼쳐 혼정신성昏定晨省[4]을 이루지 못하고, 하늘이 맺어준
인연도 끊어졌으며, 아버님이 남기신 유언도 허사가 되었구나.

---

4) 혼정신성昏定晨省 : 밤에는 부모의 잠자리를 보아 드리고 이른 아침에는
    부모의 밤새 안부를 묻는다는 뜻으로, 부모를 잘 섬기고 효성을 다함을
    이르는 말.

한심토다, 애황이여! 죽어도 후사가 없으니 애처롭구나. 봉황대 위에 봉황이 노닐더니 봉이 떠난 봉황대엔 강물만 절로 흐르네. 천상에 노닐던 봉황새가 금세今世에 내려왔다가 봉은 날아가고 황만 땅에 쳐졌으니, 내 한 몸에 부귀가 지극한들 무슨 흥이 있으랴? 푸른 바다에서 솟아오르는 태양의 빛이 무한한 정을 불러일으키는 것이기는 하지만 야삼경 깊은 밤에 촛불처럼 빛나는 밝고 맑은 달빛은 오히려 겨우 가라앉은 수심을 흔들어 일으키니, 눈앞에 보이는 것이 모두 다 수심이로다.

우리 황상의 치세 동안 사직을 지킬 충신은 누굴런고? 조정 백관 가운데 직신은 멀리 유배를 보내고 소인만 조정에 남았으니 나랏일이 가장 위태롭구나. 마침 천시가 불행하였기에 내가 남쪽의 난을 평정하였지만, 황상 앞에 들어가려니 한편으로는 기쁘지만 한편으로는 슬프도다. 황상께 아뢰어 우승상 왕회를 잡아내어 앞뒤의 일을 갖추어 죄를 물은 뒤에 칠척검 날카로운 칼로 왕회의 간을 내어 씹으리라. 또 남은 육신은 포육을 떠서 충혼당에 제물로 올리고 석전제를 지내리라.

그런 뒤, 가련한 이내 몸은 앞뒤의 일을 황상께 아뢰고 옛날의 의복을 다시 입어 부귀와 영광, 총애를 다 버리고 고향으로 돌아가 남은 생을 보내리라. 고향에서 마음과 정성을 다해 원혼을 섬기다가 생전이든 사후에든 원혼이나마 후생에 다시 만나 평생토록 함께 즐거움을 누리리라. 마음을 하나로 모아 이렇게 염원한다면 후생 길이 절로 닦이리라."

이렇게 통곡하니, 좌우에 있던 여러 장수들과 만군중이 눈물을 흘리면서, 우리 원수의 씩씩한 위풍이 부인으로 옷을 바꾸어 입으니 아름답고 어여쁜 거동과 애연한 모습이 진실로 요조숙녀로다, 하였다. 애통하고 원통한 곡소리에 푸른 하늘이 함께 흐느끼고 강신과 하백도 슬퍼하니 초목과 금수도 따라 슬퍼하는 듯하였다.

수륙재를 마친 뒤, 장원수가 장대에 들어가 중군장에게 군졸을 잘 위로하라, 하였다. 이어 제물을 바다에 많이 던져 넣고, 다시 길 떠날 차비를 차리라며 행군을 재촉하였다.

한편 장원수가 하수에 수륙재를 지낸다는 소식이 낭자하게 퍼져 근처 고을의 백성들이 다투어 구경하러 왔다. 이때 봉명암의 중들이 내려와 서너 명씩 짝을 지어 제사를 구경하였는데 망자와 애원도 이들과 함께 있었다. 이때 애원이 장원수의 모습과 곡소리를 듣고는 절로 슬픈 마음이 생겨났고, 망자도 또한 마음이 몹시 아프고 슬퍼 저절로 통곡소리가 흘러나왔다. 이들의 슬프고 애절한 곡소리가 강가에 울려 퍼지자, 마침 장원수가 듣고 중군장에게 이렇게 말하였다.

"저기 어떤 사람이 우는지 자세히 알아보아라. 곡소리가 난 것이 오래 되었도다."

중군장이 이 명을 듣고 즉시 나가 사실을 알아보니 이들은 봉명암의 여승들이었다. 이에 중군장이 물었다.

"너희들은 무슨 소회所懷가 있어 이렇게 군중에 나와 요란하게 곡을 하느냐?"

애원이 대답하였다.

"소승 등은 본래 중이 아닙니다. 소승은 기주 장미동에 살았는데, 이번 난리에 피란하였다가 중도에서 기주 모란동 사시는 이시랑댁 부인을 만났사옵니다. 아득한 천지 사이에 의탁할 곳이 없어 서로 의지하며 지내다가 마침 봉명암에 들어갔기에 함께 비구니가 되었습니다. 이름을 바꾸어 이시랑댁 부인은 망자라 하였고 소비는 애원이라 하였으니, 저는 전 한림학사 장아무개댁의 시비 난향이라 하옵니다."

중군장이 들어와 이 사연을 자세히 아뢰니, 장원수가 버선발로 장대를 뛰어나와 진문을 열고 망자와 애원을 들이라 하였다. 이어 진중이 요란하더니 그 사이로 들어오는 사람이 있었는데, 장원수가 자세히 보니 과연 난향이 삭발을 하고 검은 베로 만든 장삼에 송낙5)을 쓰고 시커먼 바랑을 얽어서 동여매고 스승을 모시고 들어오고 있었다. 장원수가 뛰어나가 난향의 손을 잡고 방성대곡하니 난향도 몹시 놀라며 통곡하였다. 망자도 곁에서 눈물을 흘렸으며 지켜보던 군사들도 함께 슬퍼하였다.

장원수가 부인과 난향을 위로하며 장대로 모시고 들어가 예를 마치고 좌정한 뒤 그간의 이야기를 서로 나누었다. 이어 즉시 교자를 준비시켜 부인과 난향을 태우고 바로 행군하였다.

---

5) 송낙 : 여승이 주로 쓰던, 송라를 우산 모양으로 엮어 만든 모자.

그리고 몇 달 만에 형주에 다다랐다. 다시 군사 50기를 명하여 부인과 난향을 기주 장미동으로 모셔 가라, 하였다. 이어 난향을 불러 이렇게 말하였다.

"얼마 있다 만나볼 것이니 부인을 착실히 모셔라."

이렇게 애틋하게 보내니, 여러 장수들이 물어 말하였다.

"이 분들은 다 누구십니까?"

장원수가 말하였다.

"애원 스님은 우리 집 시비이고, 그 부인은 이시랑댁 부인이로다. 이번 전란 중에 화를 피하여 산속에 들어갔다가 거기서 중을 만나 머리를 깎고 중이 되었다고 하는구나. 그 집과 우리 집은 대대로 친하게 지내는 사이이니 내가 어찌 모시기를 데면데면히 할 수 있겠느냐"

그제야 여러 장수들과 군졸들이 모두 원수가 기주에 사는 줄 알았고 문벌을 짐작하였으니 무슨 의심이 있겠는가. 조금씩 나아가 황성으로 행군하였다.

각설이라.

이때 황제는 두 원수의 소식이 딱 끊어져 밤낮의 침식이 불안하였다. 그러던 어느 날 상원수가 장셰를 올렸는데, 얼이보니 승전의 첩서였다. 아울러 선우의 항복 문서와 남만 다섯 나라의 항서를 동봉하고 거기서 받은 예단과 금백을 함께 드리니, 천자가 크게 칭찬하여 이렇게 말하였다.

"장원수가 한 번 정벌을 떠남에 적병을 물리치고 선우를 사로잡고 또 남만 다섯 나라의 항복을 받아 승전하고 온다 하니 원수의 공을 어찌 다 말할 수 있으리오?"

이렇게 장원수가 쉬이 돌아오기를 기다렸지만 한편으로 이원수가 오랑캐의 땅으로 떠난 뒤 소식이 없음을 더욱 근심하였다.

이때 이원수가 흉노를 쫓아 서릉 땅에 이르니 흉노가 이원수가 쫓아오는 것을 보고 배를 타고 서릉도로 달아났다. 이에 이원수도 배를 타고 바로 쫓아 서릉도에 들어가 한 줄기 호통 소리와 함께 청룡도를 높이 들어 흉노왕을 치니 그 머리가 말 아래로 떨어졌다. 다시 적군에게 호령하니, 흉노가 일제히 항복하였다.

이원수가 적군을 잡아들여 죄에 따라 벌을 줄 때, 흉노의 장수들에게 곤장 30대를 치고 내보내니 적진의 모든 장수들이 이원수의 인자하고 후덕한 은덕을 칭송하며 물러났다. 이날 이원수는 바로 길을 나서 황성으로 떠났다.

서릉도를 떠나 큰 강의 중류에 다다랐을 때, 갑자기 큰바람이 일어나더니 푸른 물결이 뒤집히고 풍랑이 도도하게 넘실거렸다. 이에 이원수가 탄 배가 바람을 따라 정처 없이 떠다니다가 여러 날 만에 한 곳에 이르니 자그마한 섬이었다.

이원수가 자세히 살펴보니 괴상한 짐승이 하나 있었는데, 온몸에 털이 나서 전신을 덮고 있었다. 귀신도 아니었고 그렇다고 사람처럼 보이지도 않아 무엇인지 알 수가 없었다. 배에서 내려 언덕에 올라가니 그 짐승이 점점 가까이 다가와 곁에 앉아서 말을 하였는데 가만히 들어보니 사람이었다.

"상공은 무슨 일로 이렇게 험한 곳에 오셨습니까?"

그 짐승이 이렇게 묻자, 이원수가 답하였다.

"나는 중원 땅 사람입니다. 마침 흉노의 난을 만나 도적을 쫓아 서릉도로 갔었습니다. 서릉도에서 도적을 모두 항복시키고 돌아가는 길에 강위에서 풍랑을 만나 이곳에 왔습니다. 그런데 노인장께서는 본래 이곳에 사시는 분이십니까?"

그 노인이 이원수의 음성을 듣고 허연 머리칼 사이로 비 오듯 눈물을 흘리며 말하였다.

"나도 본래는 중원 땅 사람인데 우연히 이곳에 들어와 여러 해 동안 고생하였습니다. 이곳은 사방을 둘러보아도 사람이 없는 적막하기 그지없는 무인도인데다 날짐승도 길짐승도 없사옵니다. 고국의 음성을 들으니 어찌 반갑지 않겠습니까마는 무인도에서 지내게 되었으니 한편으로는 기쁘기도 하지만 한편으로는 안타까울 따름입니다."

이렇게 말하며 그 노인이 통곡하니, 이원수도 또한 마음이 아프고 슬퍼서 눈물을 흘리며 대답하였다.

"중원 땅에 사셨다하니 어느 곳에 사셨으며 성명은 뉘라 하십니까?"

노인이 대답하여 말하였다.

"나는 기주 땅 모란동에 살던 이익이라고 합니다. 나라에 곧은 충간을 올렸다가 소인들의 참소를 입어 만 리 머나먼 곳으로 아들과 함께 유배를 떠났습니다. 그런데 큰 바다 한 가운데서 사공 놈들의 해악을 만나 우리 부자가 함께 물에 빠지게 되었습니다. 마침 용왕님께서 건져주시는 은혜를 만나 천행으로 살아나서 이곳에 왔습니다. 산 속의 과일을 주워 먹고 죽은 고기를 주워 먹으며 연명한 것이 거의 8년이 다 되어갑니다."

이 말을 듣고 이원수가 다시 물어보았다.

"아들 하나를 두었다 하셨는데, 이름을 무엇이라 합니까?"

"자식 이름은 대봉입니다. 열세 살에 헤어졌으니 올해 스물하나가 되었을 것입니다."

대봉이 그제야 부친인 줄 알고 땅에 엎드려 통곡하며 말하였다.

"소자가 과연 대봉이옵니다. 부친께서는 자식을 몰라보시겠사옵니까?"

이시랑이 대봉이라는 말을 듣고 대경실색大驚失色하며 달려들어 대봉의 목을 안고 뒹굴며 통곡하였다.

"대봉아, 네가 죽어 영혼이 되어 여기 왔느냐, 아니면 살아육신인 것이냐? 이게 꿈이냐 생시냐? 꿈이거든 깨지 말고 혼이라도 함께 가자."

이렇게 서로 붙들고 통곡하다가 이원수가 부친을 위로하며 자세히 살펴보니, 무성한 털 사이로 부친의 얼굴이 은은히 어려 있고, 애틋한 마음이 그 소리에 묻어 있었다. 이것이 바로 천륜이 아니겠는가? 이어 이원수도 물속에 빠졌을 때 용왕이 구제한 이야기, 백운암에 들어가 공부한 이야기, 도사의 지시에 따라 중원에 들어가 흉노를 깨뜨리고 벼슬한 이야기, 흉노를 따라 서릉도로 들어가 흉노를 잡은 이야기 등을 하였다. 또 중원으로 돌아가는 길에 명천이 도우시어 이렇게 우리 부자가 상봉하니 하늘이 돕고 귀신이 도움심이라, 하며 못내 즐거워하였다. 이시랑과 이원수가 이렇게 앞뒤의 일을 이야기하다가 부인의 생사를 알지 못하여 안타까워하였고, 또 장소저의 출가 여부를 알지 못해 탄식하였다.

이어 이원수가 부친을 위로하며 배에 모시고 중원으로 빨리 돌아가자고 재촉하였다. 그러던 차에 문득 물위로 푸른 옷을 입은 동자 한 쌍이 일엽편주를 저어오며 이시랑과 이원수에게 목례를 하였다. 자세히 살펴보니 한 아이는 이시랑을 구해주었던 동자였으며 하나는 이원수를 구하였던 공자였다. 배에 오르게 하여 그전의 일을 이야기하며 은혜를 못내 칭찬하고 무수히 사례하였는데, 두 동자가 함께 절하며 이렇게 말하였다.

"소동 등은 우리 대왕님의 명을 받들어 장군을 모시러 왔사옵니다. 엎드려 바라건대 장군께서는 수고롭다 여기지 마시고 저희와 함께 가기를 바라옵니다. 깊이 살펴주시옵소서."

이원수가 대답하여 말하였다.

"용왕의 덕택과 동자의 은혜는 백골이 되어도 잊기 어렵사옵니다. 우리 부자의 죽을 목숨이 용왕의 넓으신 은덕을 입어 살아났으니 어찌 수고롭다 여기겠습니까?"

이윽고 그 배에 올라 한 곳에 당도하니, 해와 달이 내려다보고 있는 가운데 천지가 명랑하여 그야말로 인간세상이 아닌 별천지였다. 하늘은 텅 비고 땅은 넓은데 그 사이로 단청을 곱게 물들인 고루거각高樓巨閣이 즐비하였는데, 그 앞에 황금으로 크게 서해용궁이라 뚜렷이 쓰여 있었다. 궐문에 당도하니 용왕이 통천관通天冠[6]을 쓰고 용포를 입고 마중을 나와 맞아주었다. 이때 수중의 백관이 모두 다 비늘로 만든 갑옷을 입고 마중하였으며 푸른 치마 붉은 치마를 입은 시녀들이 주위를 둘러싸며 함께 나와 이시랑과 이원수를 맞이하였다. 이어 이시랑과 이원수를 옥으로 만든 자리에 앉히고 예의를 갖추어 인사를 나눈 뒤, 용왕이 말하였다.

"과인이 앉아 장군을 청하였으니 그 허물을 용서하십시오."

이원수가 말하였다.

"소장 부자의 위태로운 목숨이 대왕의 은덕에 힘입어 보존하게 되었으니 은혜는 죽어 백골이 되어도 잊지 못할 것입니다. 만분의 일이나마 갚기를 바라던 차에 이처럼 너그럽고 정성껏 대접해 주시니 도로 감사를 드립니다."

용왕이 대답하여 말하였다.

"과인이 명민하지 못하고 덕이 적어 남해 용왕이 강병을 거느

---

6) 통천관通天冠 : 황제가 정무를 보거나 조칙을 내릴 때 쓰던 관. 검은 깁으로 만들었는데 앞뒤에 각각 열두 솔기가 있고 옥잠과 옥영을 갖춤.

리고 서해의 지경을 범하였사옵니다. 바라건대 장군께서는 한 번 수고로움을 아끼지 마옵시고 용맹을 떨쳐 형세는 궁박하고 힘이 다한 과인을 돌보아주시기 바라옵니다.”

이원수가 대답하여 말하였다.

“속세의 인간이 용맹한 힘이 있다한들 어찌 무궁한 조화를 부리는 남해 용왕을 당해낼 수 있겠습니까? 하지만 있는 힘을 다해 대왕의 은덕을 만분의 일이나마 갚겠사옵니다.”

용왕이 크게 기뻐하며 즉시 이원수를 대사마 대장으로 봉하고 대장 절월을 주었다. 이에 이원수가 즉시 월각 투구를 쓰고 용인갑을 입고 청룡도를 높이 들고 오추마를 비스듬히 타고서는 수중의 80만 대군을 거느리고 전장으로 나아갔다. 그러자 북 치고 나발 불며 아우성치는 소리가 천지에 진동하였고 기치와 창검의 찬란함은 햇빛과 달빛을 무색하게 하였다.

이원수가 서해의 군사를 거느리고 남해 지경에 다다르니, 남해 용왕이 이미 진을 치고 기다리고 있었다. 이에 격서를 보내 싸움을 청하면서 이원수가 남해의 군진을 살펴보니 팔문금쇄진八門禁鎖陣[7]을 치고 있었다. 이에 서해군은 여기에 대항하여 어관진을 펼쳐 승부를 가리고자 하였다. 곧이어 남해 용왕이 쌍룡 투구에 운문갑을 입고 천사검을 들고 교룡마를 타고 진문을 나와 소리치며 말하였다.

---

7) 팔문금쇄진八門禁鎖陣 : 조조가 『손자병법』을 연구해서 만든 진법.

"대명국의 대봉아, 네 무슨 재주를 믿고 감히 나의 대병에 항거하려 하느냐!"

그러고는 남해 용왕이 비바람을 부려 이원수를 에워쌌다. 그러자 이원수가 육경과 육갑을 펼쳐 남해 용왕의 진법을 흩어 팔문금쇄진을 깨뜨린 뒤, 어관진을 펼쳐 높이 북 소리를 울리며 남해 용왕의 군사를 물리쳤다. 이렇게 이원수가 우레 같은 소리를 천둥처럼 지르며 월각 투구를 높이 쓰고 용인갑을 떨쳐입고 조화를 부리며 오추마를 타고 구름과 안개 속에서 청룡도를 휘두르니 남해 용왕이 견디지 못하여 결국 진문을 열고 나와 항복하였다. 마침내 이원수가 항복의 문서를 받아들고 승전고를 울리며 서해로 돌아왔다. 용왕이 마중 나와 이원수를 칭찬하며 그 공에 거듭 인사하며 칭송을 그치지 않았다. 곁에 있던 이시랑도 못내 즐거워하였다.

이튿날, 용왕이 태평연을 열고 사신에게 명하여 선관과 선녀를 초청해오라고 하였다. 이에 선관 선녀와 모든 충신열사들이 일시에 들어와 동서로 자리를 나누어 앉았다. 용왕이 주인의 자리에 앉아 이원수의 공적을 자랑하였는데, 이원수가 또한 일어나 예의를 갖추어 인사를 드린 뒤, 용왕에게 대답하여 말하였다.

"소장은 세상의 사람이온데 이처럼 존귀한 자리에 참석하게 되니 감격스럽습니다. 감히 묻자온데 이 자리에 계신 선관 선녀 충신열사의 존호를 알고자 합니다."

용왕이 말하였다.

"동쪽에 계신 선관은 안기생8) 적송자9) 왕자진10) 굴원이고 서쪽에 계신 선녀는 항아11) 직녀 서왕모12) 농옥13)입니다. 만고 충신 오자서를 비롯한 모든 충신이 오셨는데, 저편에 앉은 손님은 이태백 여동빈14) 장건15)이고, 이편에는 마고선녀16) 낙포선녀17) 아황 여영이 모여 앉아 있습니다."

모인 충신열사들이 모두 서로 백옥병을 기울여 술을 부어

---

8) 안기생安期生 : 중국의 신선神仙. 진秦나라 때 산동성山東省 낭아산琅玡山 밑에서 태어났는데, 주로 해변을 돌아다니며 약을 팔아서 생계를 유지하였으며, 오래 살았기 때문에 그를 천세옹千歲翁이라 불렀다고 함.

9) 적송자赤松子 : 신농씨神農氏 때의 우사雨師. 곤륜산에서 늘 서왕모西王母의 석실에 들어가 비바람을 타고 놀았다고 전해지는 전설적인 신선.

10) 왕자진王子晉 : 주나라 영왕靈王의 태자 진晉. 왕자교王子喬라고도 하는데 퉁소를 잘 불어 퉁소로 봉황의 울음소리를 만들었다고 함.

11) 항아姮娥 : 중국 고대 신화에서, 달 속에 있다는 선녀. 신이 남편 예에게 내린 불사약을 훔쳐 먹었다가 예에게 발각되자 달로 도망가 숨었다고 함.

12) 서왕모西王母 : 중국 도교 신화에 나오는 불사의 여왕.

13) 농옥弄玉 : 진秦 목공穆公의 딸. 목공이 퉁소를 잘 불어 봉황의 울음소리를 만들 정도였던 소사蕭史라는 사람에게 시집보냈다고 함. 두 사람이 퉁소를 불면 봉황이 와서 모였다고 하며 후에 그들은 봉황을 타고 날아올라 떠나갔다고 함.

14) 여동빈呂洞賓 : 중국 당대의 도사. 이름은 여암. 자는 동빈, 호는 순양자. 도교의 8선 가운데 하나.

15) 장건張騫 : ?~기원전 114. 한나라 때 여행가이자, 외교관이었으며 탁월한 탐험으로 실크로드의 개척에 중대한 공헌을 함.

16) 마고선녀麻姑仙女 : 마고, 마고할미, 또는 지모신地母神이라고도 부르는 전설에 나오는 신선 할머니.

17) 낙포선녀洛浦仙女 : 중국 섬서성에서 발원하는 낙수洛水의 여신. 복희씨伏羲氏의 딸 복비宓妃. 낙수에 빠져 죽은 뒤 수신이 되었다고 함.

권하면서 음악을 연주하였는데, 왕자진은 봉황을 장식한 피리를 불었으며 성련자[18]는 거문고를 탔고 완적阮籍[19]은 용을 장식한 옥피리를 불었다. 여기에 능파사凌波詞 보허사步虛詞 우의곡羽衣曲 채련곡採蓮曲을 곁들여서 노래하니 그 풍류가 굉장하였다. 오자서는 칼춤을 추며 나랏일을 의논하였고 이태백은 반쯤 취하여 접어관을 삐딱하게 쓰고서 좌중에 꿇어앉아 스스로 주중선이라 하니 앉아있던 사람들이 모두 크게 웃었다. 한편 아황과 여영이 순임금이 지은 남풍시를 읊조리니 소상강 날 저물 때 백학이 우짖는 듯하였고 무산에 사는 잔나비가 가을바람 속에 소리 내어 우는 듯하였다. 이렇게 즐기다가 잔치를 마치고 각각 돌아갈 때, 여동빈은 흰 노새를 타고 적선謫仙이라 불리는 이태백은 고래를 타고 갈선옹[20]은 사자를 타고 떠났으며, 적송자는 구름을 타고 장량은 청학을 타고 하늘로 올라갔다. 모든 선관과 선녀가 제각기 이원수에게 정을 표하고 떠났는데, 특히 안기생은 대추를 주며 이렇게 말하였다.

"이 과실이 자그마하지만 먹으면 빠진 이도 다시 나니 가지고 가소서."

---

18) 성련자成蓮子 : 춘추시대 거문고의 대가였던 백아伯牙의 스승.
19) 완적阮籍 : 210~263. 중국 삼국시대 위나라 말의 문학가, 사상가. 죽림칠현의 한 사람.
20) 갈선옹葛仙翁 : 갈홍葛洪. 283~343(?). 중국 남북조시대 진晉나라의 학자 · 도사. 관내후關內侯 등의 관직을 지내다가 물러나 나부산에 들어가 저술과 연단煉丹에 전념함.

이어 적송자는 옷을 주었고, 왕자진은 단소를 주었으며 굴원은 책을 주었고 용녀龍女는 연적을 주었다. 오자서는 병서를 주었고 농옥은 옥패를 주었으며 이태백은 술병을 주었는데, 이 병이 비록 자그마하지만 하루에 300잔을 마셔도 마르지 않노라 하였다. 이어 항아는 계수나무 가지를 주었고 직녀는 수건 한 채를 주었으며 아황과 여영은 반죽 한 가지를 주었다. 이렇게 각각 이별을 고하며 떠날 때 이원수도 또한 용왕에게 떠나기를 청하니, 용왕이 만류하지 못하여 전송하여 보냈다.

용왕이 전송하면서 황금 오백 냥을 주었는데, 이원수가 굳이 사양하고 받지 않았더니 용왕이 다시 야광주 두 개를 주었다. 이원수가 어쩔 수 없어 받아 행장에 간수하고는 부친을 모시고 용궁을 떠나 궐문을 나왔다. 이에 용왕이 백관을 거느리고 반정까지 나와 애틋하게 전별하니 그 정상은 비할 데가 없었다. 이어 이원수는 조금씩 나아가 황성으로 올라왔다.

각설이라.

이때 장원수도 군사를 재촉하여 몇 달 만에 황성에 도착하였다. 이 소식을 듣고 황제가 친히 백관을 거느리고 반정까지 나와 장원수를 영접하였다. 장원수가 말에서 내려 땅에 엎드리자, 황제가 장원수의 손을 잡고, 원정을 나가 이렇게 큰 공을 세우고 무사히 돌아오니 다행이로다 하며 치하하였다. 이어 황제가 다시 여러 장수와 군졸을 위로한 뒤 함께 궐내로 들어갔다. 이때 군사의 행렬이 굉장하였으니, 장원수는 갑옷을 굳게 갖추어 입고 봉 같은 눈을 반만 뜨고 7척의 천사검을 비스듬히 들었는데 여러 장수가 차례에 따라 주변에서 모시고 에워쌌다. 그 앞뒤로 기치와 창검을 든 3천의 병마가 대오를 정렬하여 따르고 있었으며 10장 길이의 붉은 털로 만든 사명기가 한가운데 늠름히 서 있었다. 승전의 북소리와 행군의 북소리가 원근에 진동하는 가운데 성 안팎의 백성들이 다투어 구경하다가 친척을 찾아 서로 부르며 달려나오니 그 모습은 실로 장관이었다.

　장원수가 궐 밖에 군사들을 머무르게 하고 궐내에 들어가니 황제가 장원수를 위로하며 태평연을 열었다. 정서문에 황제가 친히 좌정하고 만군중을 위로하며 이렇게 말하였다.

　"너희들이 만 리의 머나먼 정벌에 장원수와 고난을 함께 하였으니 어찌 차마 무심히 지날 수 있겠느냐?"

　그러고는 술과 고기를 많이 하사하였다. 또 어악御樂을 갖추게 하여 태평곡을 부르고 장원수의 공적을 칭송하며 사흘 동안 잔치를 계속하였다.

　이때 이원수가 부친을 모시고 여러 날 만에 성 아래에 이르렀다. 조정을 가득 채운 백관과 원정에서 돌아온 군졸들이 모두 놀라 바라보니, 월각 투구에 용인갑을 입고 오추마 위에 높이 앉아 청룡도를 들고 거침없이 달려 들어오고 있었는데, 그 위엄이 엄숙하고 거동이 웅장하였다. 필마단창에 오추마가 날듯이 뛰어오더니 순식간에 황성에 이르렀다. 황제와 백관이 크게 놀라고 또 크게 기뻐하며 일시에 나아가 영접하자, 잔치 자리가 분주하였고 여러 장수와 군졸들도 두려워하였다.

황제가 친히 나아가니, 이원수가 말에서 내려 땅에 엎드리고는 죄를 청하며 이렇게 말하였다.

"신이 외람되게도 무인절도에서 죽게 된 아비를 명을 받잡지 아니하고 데려 왔으니, 그 죄는 죽어도 용서받지 못할 것입니다."

이에 황제가 이원수의 손을 잡고 위로하며 말하였다.

"원수는 진정하라. 사리에 어두웠던 지난날의 짐을 너무 탓하지 말고, 그 부친을 함께 모셔 짐의 부끄러움을 덜게 하라."

이때 이시랑이 들어와 땅에 엎드려 통곡하며 말하였다.

"소신이 충심이 부족하여 길이 폐하를 모시며 환란에서 서로 구제하지 못하였사오니 어찌 신하된 자의 도리라 할 수 있겠습니까? 하오니 무슨 면목으로 폐하를 대면할 수 있겠사옵니까?"

황제가 이시랑의 손을 잡고 위로하며 잔치 자리로 돌아가 두 원수에게 상을 마련하라고 전교하고, 문무제장에게 봉작을 내렸다. 이때 이시랑을 우승상에 봉하며 이렇게 말하였다.

"한 나라의 소무는 북해가에 유배되었으나 절개를 지키다가 10년 만에 고향으로 돌아와 한무제를 보았으니, 이제 승상도 그와 같도다."

또 두 원수를 돌아보며 이렇게 말하였다.

"짐이 밝지 못하여 충신을 멀리 귀양 보냈다가 나라가 환란을 만나 사직이 위태하게 되었더니 원수를 만나 사직을 안보할 수 있었도다. 호적을 물리쳐 짐이 궁궐로 돌아올 수 있게 하고, 또 호국에 들어가 흉노를 평정하여 짐의 근심을 없앴으니, 만고에 이런 충신이 드물 것이로다."

그러고는 두 원수에게 봉작하여 대봉은 병부상서 겸 대사마대장군을 삼아 초왕에 봉하고 장원수는 이부상서 겸 연국공 연왕을 봉한 뒤, 두 원수와 승상을 우선 청향궁에 거처하게 하였다. 또 출전하였던 모든 장수들에게도 각각 봉작하여 원망이 없게 하였고 군사들에게도 각각 첩지를 내리고 연호잡역煙戶雜役[21]을 함부로 하지 못하게 하였다. 이에 승상과 연왕 초왕 두 왕이 황제의 은혜에 축하를 드리고 청향궁으로 물러나왔다. 이어 여러 장수와 군졸을 불러 귀가하라, 하니 성은에 감격하면서 원수의 공덕을 일컬으며 서로 만세를 부르고는 각각 돌아갔다.

황제가 큰 잔치를 베풀어 만조백관을 모와 하루 종일 즐긴 뒤, 이렇게 말하였다.

"짐이 두 공주를 두었는데 하나는 화양공주로 나이가 열여덟이요, 또 하나는 화정공주니 나이가 열여섯이라. 부마를 정하고자 밤낮으로 근심하였는데, 이때를 당하여 두 왕의 사정을 살펴보니 모두 미혼이라. 이에 화양공주로 초왕의 왕비로 정하고 화정공주로 연왕의 왕비를 정하여 짐의 뜻을 이루고자 하노니 경들의 생각이 어떠하뇨?"

---

21) 연호잡역煙戶雜役 : 조선 시대에, 민가의 집마다 부과하던 여러 가지 부역.

조정의 백관이 모두 고개를 끄덕이는 가운데 승상과 초왕이 황제의 은혜에 사례하며 말하였다.

"소신이 작위를 받고 왕위에 오른 것도 은혜가 지중하옵거늘 무슨 공덕이 있다고 겸하여 공주의 부마를 택하여 정하시옵니까? 그저 황공하고 감사할 따름입니다."

이렇게 못내 사례할 때, 연왕이 땅이 엎드려 아뢰어 말하였다.

"신은 물러나 폐하께 아뢸 사정이 있사오니, 아직은 결정하지 마시고 잠시 말미를 주옵소서."

연왕이 처소로 물러나와 가만히 생각하니, 분한 마음이 치솟아 올라 울적한 마음을 참을 수가 없었다. 이에 칼을 빼서 서안을 쳐 문 밖에 내던지고 가만히 생각하였다. '조정의 대신들은 모두 한결같이 풍월만 읊을 뿐이고 나도 벼슬이 너무 지나쳐 감당하기 불가도다. 이에 벼슬을 버리고 고향으로 돌아가 깊숙한 규방에서 향화를 받들고, 내쳐 원수 왕회를 죽여 분을 풀고자 하였는데, 천만의외에 공주 부마로 간택하기로 결정하신다고 하니 사정이 절박하게 되었도다. 또 가만히 살펴보니 이승상과 초왕이 시아버님과 가군인 줄 대강 짐작하였는데, 오늘 보니 정영하도다. 왕회와 진택열을 내 칼로 죽인 뒤 실상을 아뢸까 하였는데, 내가 아니어도 죽일 임자가 있겠구나.' 하고는 즉시 상소를 지어 탑전에 올리니, 그 상소는 다음과 같았다.

한림학사 겸 예부·이부상서 연국공 연왕은 삼가 머리를

조아리며 백배하옵고 한 장의 글로써 폐하께 말을 올립니다. 신이 본래 사무친 원한이 깊었기에 외람되게도 여자의 몸으로 남자가 되어 위로는 폐하를 속이고 아래로는 백관을 속였사온데, 천은이 끝이 없어 한림학사가 되었습니다. 그러던 차에 외적이 강성하여 침범하였을 때, 뜻밖에도 조정에서 저를 천거하였기에 외람되게도 상장군 절월과 대원수 인끈을 받아 전장에 나아가게 되었습니다. 그러나 전장에 나아가 반적을 잡고 백성을 진무하여 돌아온 것은 모두 폐하의 넓으신 덕택이었을 뿐입니다.

신첩이 일찍이 본색을 아뢴 뒤 벼슬을 버리고 고향으로 돌아가 깊은 규중을 지키며 세상을 마치는 날까지 향화를 받들려 했사오나, 우승상 왕회를 죽여 원수를 갚고자 하였기에 차마 시행하지 못하였습니다. 우승상 왕회를 죽이려 했던 것은 그가 이시랑 부자를 죽인 원수이기 때문이며 또 이로 인해 우리 부모님이 모두 돌아가셨기 때문입니다. 오늘 살펴보니 명천이 도우시어 승상 부자가 살아왔사오니 신첩의 평생소원이 이제 풀릴 듯하옵니다. 엎드려 바라건대 폐하께서는 이같은 신첩의 사정을 헤아려 초왕 대봉과 신첩으로 하여금 평생의 소원을 풀고 무궁한 즐거움을 다 누리도록 해주시기를 천번 만번 엎드려 바라옵니다.

황제가 보고 나서 크게 놀라고 또 크게 칭찬하며 말하였다. "이는 만고에 드문 일이로다. 새 가운데 봉황이요 여자 가운데 호걸이로다. 여자의 몸이 되어 남자의 옷으로 바꾸어 입고 입신양명하여 주석 같은 신하가 되어 짐을 섬기다가, 남쪽에서

난이 일어남에 선우를 쇠멸하고 대공을 이루고 돌아왔도다. 그 공으로 봉작을 아끼지 않았는데, 오늘 상소를 보니 충효를 겸하였도다."

그러고 나서 즉시 초왕 대봉을 입시하라 하여 연왕의 상소를 보여주었다. 이승상과 초왕이 상소를 보고나서 크게 놀라며 말하였다.

"전 한림학사 장화와 정의가 돈독하였는데, 마침 서로 자녀를 낳았기에 장성하면 혼례를 이루자고 약속하였사옵니다. 그렇지만 저의 죄가 무거워 황명을 받아 유배를 떠남에 미처 그 사이 사생을 알지 못하였사옵니다. 어찌 이처럼 장성하였을 줄 알았겠습니까? 오늘의 일로 보건대 이 모두는 다 폐하의 넓으신 은혜 덕택인가 하나이다."

황제가 말하였다.

"초왕의 이름은 대봉이요, 연왕의 이름은 애황이니, 이것은 반드시 옥황상제께서 짐의 사직을 받들게 하려고 봉황을 내려주신 것이로다."

이어 황제가 예관에게 명하여 연왕의 첩지와 예부상서의 첩지는 거두게 하고 다른 벼슬은 윤허하였다. 또 황제가 친히 시녀에게 명하여 매파를 삼고 태사관에게 택일하게 하여 어전에서 혼사를 주관하여 대봉과 애황의 혼사를 이루었다.

마침내 혼사 날이 되자 그 위의가 찬란하였다. 침향궁을 수리하고 구름 같은 차일을 반공에 높이 치고 궁궐 안에 교배석을 배설하였다. 여기에 3천 궁녀가 신랑 신부를 모시고 만조백관이 곁에서 모시니 이러함 위엄은 천고에 처음 있는 일인 듯하였다. 초왕이 교배석에 나올 때 몸에는 청룡과 일월을 수놓은 곤룡포를 입었고 허리에는 학을 수놓은 띠를 둘렀으며 머리에는 금관을 쓰고 허리 아래에는 원수의 인끈과 상장군 절월, 병마대원수 인끈을 매었다. 신부는 칠보로 단장한 명월패를 차고 머리에는 금화관을 쓰고 허리에는 대원수 인끈과 병마상장군 절월을 매고 있었다. 채색 비단옷을 입은 궁녀들이 좌우에서 모시고 나오니 마치 남해 관음보살이 바다 위에 솟아나는 듯하였고 뚜렷이 둥글고 밝은 달이 부상扶桑[22])에서 솟아오르는 듯하여 그 화용월태가 사람의 정신을 황홀하게 하였다.

신랑 신부가 교배례를 하면서 황금잔을 들어 서로 마시니, 그 모습은 마치 비취와 공작이 연리지에 깃들인 듯하였고 한 쌍의 원앙이 녹수에 떠 있는 듯하였다. 대례大禮[23])를 마치고 해가 저물자 자리에 참석한 대신들은 다 각자의 처소로 돌아가고 신랑 신부는 동방으로 들어갔다. 수백의 궁녀들이 밤이 새도록 곁에서 모시는 가운데 동방에 화촉을 밝히고 첫날밤을 보내며 신랑 신부의 평생 한을 푸니, 이 사랑스러우며 즐겁고 신기함을 어찌 말로 형언할 수 있으랴.

---

22) 부상扶桑 : 해가 뜨는 동쪽 바다. 해가 뜨는 동쪽 바다 속에 있다고 하는 상상의 나무. 또는 그 나무가 있다는 곳.
23) 대례大禮 : 혼인婚姻을 지내는 큰 예식禮式.

원앙과 비취의 즐거움을 누리고 밤을 보낸 뒤, 초왕이 즉시 조복을 갖추어 입고 궐내에 들어가 황제에게 숙배하였다. 황제가 기뻐하시며 말하였다.

"짐이 경이 품고 있던 소망을 이루어주었으니 경도 짐이 바라는 바를 저버리지 말라. 지난 날 요임금이 순임금에게 딸을 시집보낼 때도 두 딸이 함께 순임금을 섬겼으니 짐도 이제 그와 같이 하리라."

그러고는 황제가 초왕으로 부마를 정하였다. 초왕이 이에 사양하지 못하고 물러나와 장부인에게 그 일을 알렸다. 장부인이 다시 시아버지께 아뢰니 이시랑은 황제의 은혜를 못내 사례하였다. 이에 장부인도 시아버지에게 예의를 갖추어 하례의 인사를 올렸다.

그러자 이승상이 못내 사랑해 하며 이전의 일을 이야기 하였다. 이에 장부인이 전일 황주에서 수륙재를 지냈던 일과 시어머님을 장미동에 모셔다가 시비 난향과 함께 계시게 한 일 등을 아뢰었다. 이승상이 크게 놀라 이런 일은 고금에 없는 일이로다, 하고 즉시 초왕을 불러 사연을 말하였다. 그랬더니 초왕이 장부인에게 사례하고 그날 바로 금등金鐙을 갖춘 말과 옥으로 장식한 가마를 마련한 뒤, 탑전에 들어가 이 일을 아뢰었다. 이어 침향궁 노비들을 재촉하여 앞장서게 하고 초왕 내외가 기주 장미동으로 출발하였다. 초왕이 며칠 만에 장미동에 도착하여 사당에 배알하고 모친을 만나 서로 그리워하던 마음을 이야기하니 그 살뜰하게 보살피고 사랑하며 애틋하게 여기는 정을 어찌 다 말로 할 수 있으랴? 또 장부인의 서러운 마음을 어찌 다 기록할 수 있으리오?

초왕이 즉시 장한림댁의 사당을 모시고 집안일 하던 노복들을 거느려 황성에 올라와 이승상을 뵈었다. 이때 부인이 승상을 보고 터럭이 어수선하게 자라 알아보기 어렵도다, 하니 승상은 부인이 머리를 깎아서 알아보기 어렵도다, 하며 서로 일희일비하니, 그 모습은 차마 한 마디로 이야기하기 어려울 지경이었다.

황제가 이 사연을 듣고 이승상을 초나라 태상왕에 봉하고 그 부인은 정열왕비에 봉하였다. 또 예물을 많이 하사하니, 이승상이 성은에 감사를 드리고 머리를 조아리며 사례하고 물러나왔다. 이때 황제가 각자의 처소를 정해주며 태상왕과 정열왕비는 승례궁에 거처하라, 하였고, 또 초왕과 충렬왕후는 침향궁에 거처하되 시녀 100명으로 모시게 하라, 하였다. 그리고 초왕에게 만종의 녹을 주고 또 태상왕은 친국문후에 봉하여 만종의 녹을 받게 하니 초왕 부자의 부귀는 천하의 으뜸이었다.

한편 초왕이 흉노를 쫓아 호국에 갈 때, 우승왕 왕회를 전옥에 가두었었는데, 그 사이 많은 일이 벌어져 죄상을 밝히지 못하고 있었다. 이에 초왕과 태상왕이 정서문에 나와 앉아 왕회를 잡아들이게 하였다. 이어 앞뒤의 죄목을 낱낱이 밝힌 뒤에 사공 10여 명을 잡아들여 하나하나 죄상을 따져 밝혔다. 그리고 장안성 안 모든 백성들에게 알려 말하였다.

"소인 왕회가 충신을 모해하여 유배지로 보내면서 황금을 많이 주고 사공들과 함께 모의하여 황제의 명을 받아 유배 가는 우리 부자를 결박하여 만경창파 깊은 물속에 던졌도다. 무지한 사공들이 금은만 생각하고 인의를 몰랐으니 어찌 살기를 바랄 수 있겠느냐? 천명이 완전하였기에 초왕 부자가 살아나 만종의 녹을 받았지만, 무지한 뱃놈들의 용납하지 못할 죄상을 조목조목 생각하면 어찌 시각을 지체할 수 있으랴."

이어 바로 자객에게 명하여 장안 대도에서 목을 베게 하였다. 다시 왕회를 계단 아래 꿇어앉히고 초왕이 청룡도를 들고 왕회의 목을 겨누면서 말하였다.

"원수 왕회 놈을 이 큰 칼로 베어야 마땅하지만 우리 부자가 천행으로 살아나 황제의 은혜가 지극하니 그 넓으신 성덕을 생각하여 너를 우리 부자처럼 머나 먼 곳으로 유배 보내노라. 그러니 죽어 귀신이 되더라도 황상의 은혜를 잊지 말라."

이렇게 논죄한 뒤, 초왕이 이 사실을 황제에게 알리니, 황제가 초왕의 인자하고 선의善意 깊음을 칭찬하였다. 왕회 부자를 절도에 위리안치한 뒤, 초왕이 군졸을 호령하여 병부상서 진택열을 나입하라고 호령하였다. 진택열은 장원수가 출정할 때 군량관이 되었지만 스스로 자신이 죄 있음을 알고 병석에 누워 일어나지 않고 있었다. 초왕이 진택열의 죄를 따져 물으며 말하였다.

"너는 전일 병부상서로 있으면서 우승상 왕회와 더불어 붕당이 되어 나랏일을 어지럽게 하고 충신을 멀리 유배 보냈도다.

또 소인에게 현혹되어 군신을 이간하여 황상의 성덕을 가리고 포악으로 충신을 모함하여 죽였도다. 게다가 난세를 당하여서는 사직을 안보하지 못하였으니 전일 충성스럽다고 자부하던 마음이 어디로 갔느냐?"

이에 진택열이 대답하여 말하였다.

"소신은 전일 지은 죄가 작지 않으나, 장원수를 모시고 만리 머나먼 곳으로 정벌을 나가 수고하고 고생한 정상이 있으니, 엎드려 바라건대 초왕은 용서해주소서."

초왕이 크게 꾸짖어 말하였다.

"너희 진가놈을 조정에 두어서는 아니 되겠도다. 전일 환란이 일어났을 때 네 사촌 병부시랑 진여라는 놈도 황상을 재촉하여 흉노에게 항복의 글을 올리라고 하였으니, 이도 또한 반적과 같은 무리라 할 것이다. 너희를 한 칼에 처참하여야 할 것이나 황상의 넓은 성덕을 헤아려 너희를 원악지遠惡地[24]에 귀양을 보내나니 빨리 돌아가 유배지로 떠나라."

이렇게 진택열을 나입하여 문죄하고 진여도 함께 귀양 보내니 조정의 백관뿐만 아니라 백성들까지 초왕의 성덕을 칭송하지 않는 이가 없었다. 이때 황제가 초왕의 정사를 살펴보고는 어찌 아름답지 않으랴, 하며 두 공주의 부마로 삼을 마음을 더욱 굳히고 일관에게 택일하라 하였다.

---

24) 원악지遠惡地 : 서울에서 멀리 떨어져 있고 살기가 어려운 곳.

일관이 날짜를 정하니 춘삼월 보름이었다. 궐내에 큰 잔치를 배설하고 초왕과 더불어 예식을 올리니 장후가 못내 즐거워하였다. 그날 초왕은 비단으로 만든 두루마기에 옥빛 띠를 차고 용문포를 두르고 금관을 쓰고 조복을 입고 교배석에 나아갔고, 두 공주는 녹의홍상綠衣紅裳에 채색 옷을 차려 입고 밝은 달빛처럼 빛나는 옥패를 찼는데 좌우에서 3천 궁녀가 옹위하고 있었다. 두 공주가 교배석에 나아오는 모습은 북두칠성의 좌우에 보필이 갈라서 있는 듯하였으니, 금빛 화려한 옷은 햇빛을 압도하였고 화용월태는 원근에 빛났다. 황금 잔을 들어 대례를 마친 뒤, 해가 함지咸池[25]로 떨어져 황혼이 되어 새들이 잠자리를 찾아 숲으로 들어갈 때, 초왕과 두 공주가 동방에 화촉을 밝히고 원앙과 비취의 즐거움을 이루니 이것도 또한 하늘이 정한 인연이라 할 수 있도다.

하루는 황제가 초왕에게 입시하라 하고 이렇게 말하였다.

"경이 이제는 짐의 부마요 또한 초왕이 된 지 오래로다. 한 나라의 임금이 되었으니, 어찌 오랫동안 짐의 슬하에 머물며 떠나지 않을 수 있으리오. 즉시 치행을 차려 초나라에 들어가 민정을 잘 살펴서 만세에 이름이 전해지는 성군이 되도록 하라."

두 공주가 떠날 즈음, 황제가 화영공주로 숙렬왕비를 봉하고 화평공주는 정안왕비를 봉하였다. 또 금과 비단 채단 등을 많이

---

25) 함지咸池 : 해가 진다고 하는 서쪽의 큰 못.

하사하고 황후와 더불어 못내 아쉬워하며 십 리 밖까지 나와 전송하며 봄가을로 조회하라 하였다. 이에 초왕과 태상왕이 머리를 조아리며 은혜에 감사를 드리고 초나라로 떠났다.

가는 길에 초왕은 기주로 내려가 양가의 선산을 찾아가 산소에 제사를 올렸다. 제사를 마치고 떠날 즈음, 충렬왕후가 초왕에게 이렇게 말하였다.

"신첩이 화를 피하여 남자의 복식을 하고 달아났다가 여남 땅에서 최어사댁 부인을 만나 3년을 의탁하였습니다. 그때 부인이 저를 불쌍히 여겨 사랑해주시었고, 또 그 집 소저와 더불어 혼례하기로 의논하였습니다."

초왕이 이를 듣고 못내 사랑하더니, 다시 최어사댁으로 선문 先文[26]을 놓고 장후와 함께 최어사댁으로 들어갔다. 이에 최어사댁에서 당황하며 분주히 맞으면서도 못내 반겨하였다. 초왕이 앞뒤의 일을 말하고 다시 최소저와 더불어 혼례를 이루니 이것도 또한 하늘이 정한 인연이었다. 원앙의 즐거움을 누리며 며칠을 머문 뒤에 최어사의 선산에 찾아가 산소에 제사를 드리고는 어사댁 가솔들을 수습하여 길을 떠나 여러 날 만에 초나라에 도착하였다.

초나라에 도착하니 조정의 백관과 장수, 그리고 군졸들이 모두 나와 영접하였다. 초왕 일행이 궁중에 들어가 각자의 처소

---

26) 선문先文 : 중앙의 벼슬아치가 지방에 출장할 때, 그곳에 도착 날짜를 미리 알리던 공문.

를 정한 뒤, 최씨가 태상왕과 태상왕비를 뵙고 절하니 태상왕과 왕비가 못내 사랑하였으며, 두 공주가 또 뵙고 절하니 또한 사랑하였다.

초왕이 자리를 잡고 앉아 여러 신하들의 조회를 받은 뒤, 국사를 의논하면서 도총장을 불러 이렇게 물었다.

"군병이 얼마나 있는가?"

"대갑이 30만이고 정병이 40만이며 철기가 30만이고 궁뇌군이 20만이오니, 합하면 120만이 됩니다."

"군량과 염초는 어떠한가?"

"백미가 800만 석이고 백염이 500만 석이며 마초는 산더미처럼 많이 쌓여 있사옵니다."

"초나라의 땅은 얼마나 되는고?"

"하남이 30여 성이고 하북이 30여 성이며 하서가 50여 성이고 강동이 40여 성이오니, 합하면 150여 성입니다."

"장수는 얼마나 있느냐?"

"지혜가 넘치고 용맹이 뛰어난 자 100여 명이옵고 그 나머지 장수도 수백여 명이 있사옵니다."

초왕이 성명을 올리라 하니 즉시 명부를 올리거늘 초왕이 보니 지혜 넉넉한 장수로는 종형 종수 한선 백기 능 10여 녕이 있었고 용맹이 뛰어난 장수로는 이정 곽회 정순 장달 왕주 등 20여 명이 있었으며 그 나머지 장수가 100여 명이 있었다. 이어 초왕이 각각 군사를 거느려 조련하고 연습하라, 하고 군령을 엄숙히 내리니, 두려워하지 않는 이가 없었다.

이후 초왕이 덕화로써 백성을 다스리고 국정을 살피니 온 나라가 무사하여 방방곡곡의 백성은 격양가擊壤歌[27]를 부르며 서로 만세를 불렀고 날씨마저 순조로워 해마다 풍년이 드니 나라는 저절로 부유해졌고 병사들은 강성하였다. 이렇게 국내가 태평하니 만백성이 칭송하였다.

그러던 중 하루는 충렬왕후가 초왕에게 아뢰어 이렇게 말하였다.

"난향의 공이 적지 아니 하니 대왕은 깊이 생각해주시옵소서."

그러자 초왕이 깨닫고 후궁으로 삼아 충렬왕비와 함께 거처하게 하였다. 그리하여 초왕의 궁궐에 4처 1첩이 함께 거처하게 되었는데, 두 공주는 각각 2남씩 낳았으며 최부인도 1남을 나았다. 하지만 충렬왕비가 아직 태기가 없어 초왕이 안타까워했으며 태상태후도 민망하게 여겼다.

각설이라.

이때는 대명 성화 임진년 춘정월 보름이었다. 천자가 모든 신하들을 모아 즐기며 이 모든 태평은 초왕 부부의 덕이니 그 공이 하늘 같고 바다 같도다 하고 하루 종일 잔치를 벌이고 있었다. 그런데 문득 정남절도사 정비가 상소를 올렸기에 열어

---

27) 격양가擊壤歌 : 풍년이 들어 농부가 태평한 세월을 즐기는 노래. 중국의 요임금 때에, 태평한 생활을 즐거워하여 불렀다고 함.

서 읽어보니 다음과 같이 쓰여 있었다.

남방의 선우가 분을 이기지 못하여 남만의 다섯 나라와 합세하여 장수 100여 명과 정병 철기 500만을 조발하여 지경을 범하였사옵니다. 지금 백성을 무수히 죽이고 물밀 듯이 쳐들어오니 엎드려 바라건대 폐하께서는 급히 적의 침략을 방비하옵소서.

황제가 다 읽고 나서 크게 놀라 여러 신하를 돌아보았더니, 모든 신하들이 합세하여 아뢰어 말하였다.

"일의 형세가 위급하오니, 급히 초왕 대봉을 패초하소서."

이에 상이 즉시 패초하라 하였는데, 또 하북절도사 최선이 장계를 올렸기에 열어보니 이렇게 적혀 있었다.

북방의 흉노왕이 죽은 뒤에 그 자식 3형제가 군사를 조련하여 밤낮으로 연습하였사옵니다. 그러다가 지금 토번국과 가달국, 그리고 흉노의 묵특이 더불어 한마음으로 함께 모반하였사옵니다. 들으니 장수는 천여 명이오 군사 80만이라 하는데, 그 수를 자세히 알 수는 없사옵니다.

황제가 다 보고나서 대경실색하여 말하였다.

"이 일을 어찌 하리오? 남북의 적병이 다시 일어났도다. 전일에 장해운이 있었지만 지금은 깊은 규중에 들어갔으니 한쪽에는 대봉을 보내면 되겠지만 또 한쪽에는 누구로 하여금 막게 하리오? 짐이 덕이 없어 도적이 자주 일어나니 초왕 대봉이 성공하고 돌아오면 이번에는 천자의 자리를 대봉에게 전하리라."

이렇게 말하며 눈물을 흘리니, 여러 신하들이 간언을 올려 말하였다.

"천자가 눈물을 흘려 땅을 적시면 3년 동안 심한 가뭄이 든다고 합니다. 하니 과도히 슬퍼하지 마십시오. 즉시 초왕만 패초 하옵시면 초왕후는 본래 충효를 겸비한 인재이니 가지 않으려하지 않을 것입니다."

이에 황제가 즉시 패초하니 초왕이 전교를 보고 크게 놀랐으며 온 나라가 떠들썩하였다. 초왕이 즉시 태상왕에게 국사를 맡기고 용포를 벗고 월각 투구를 쓰고 용인갑을 입고 청룡도를 비스듬히 들고 오추마를 채찍질하여 그날 바로 황성에 도착하였다. 초왕이 계단 아래에 나아가 땅에 엎드리니, 황제가 초왕의 손을 잡고 양쪽에 장수를 다 보낼 수 없는 국가의 위태로움을 이야기하였다. 이에 초왕이 이렇게 말하였다.

"비록 남북의 강병이 억만이라 하더라도 폐하께서는 조금도 근심하지 마소서."

즉시 사자를 명하여 충렬왕후에게 사연을 전하였더니, 장후가 사연을 보고 크게 놀라 화려한 옷을 벗고 갑주를 갖추어 입고 천사검을 들고 천리 준총마를 타고 태상 태후 및 두 공주와 후궁에게 하직한 뒤, 천리마를 채찍질 하여 황성으로 달려왔다.

황성에 도착하니 황제와 초왕이 성 밖에까지 나와 맞이하거늘 장후가 말에서 내려 땅에 엎드려 아뢰었다.

"초왕 부부가 정성이 부족하여 외적이 자주 강성하는 게 아닌가 합니다."

황제가 그 충성스러움을 못내 칭찬하고 어떻게 적을 물리칠 것인지 방책을 물었더니 장후가 아뢰었다.

"폐하의 은덕이 오직 우리 초왕 부부에게 미쳤사온데, 불행하여 전장에서 죽은들 어찌 마다하겠습니까? 엎드려 바라건대 폐하께서는 근심하지 마옵소서."

이에 군병을 조발하여 장후를 대원수 대사마 대장군 겸 병마도총독 상장군에 봉하고 인끈과 절월을 주며 군중에 만약 태만한 자가 있거든 즉시 참수하라 하였다. 또 초왕은 대원수 겸 상장군을 봉하였다. 군사를 조발할 때 장원수는 황성의 군대를 조발하고 이원수는 초나라의 군사를 조발하여 각각 80만씩 거느리고 행군하여 대봉은 북방의 흉노를 치러 가고 애황은 남방의 선우를 치러 떠났다.

이때 애황은 잉태한 지 일곱 달이었다. 각자 말을 타고 남북으로 떠나면서 대봉이 애황의 손을 잡고 말하였다.

"원수가 잉태한 지 일곱 달이니, 복중에 품은 혈육 보전하기를 어찌 바랄 수 있으리오? 부디 몸을 안보하소서. 무사히 돌아와 서로 다시 보기를 천만 바라노라."

이렇게 애틋한 정을 이기지 못하였는데, 애황이 다시 말하였다.

"원수는 첩을 걱정하지 마시고 대군을 거느리고 가 한 번 북을 쳐 도적을 깨뜨리고 빨리 돌아와 황상의 근심을 덜고 태후의 근심을 덜게 하소서."

말 위에서 서로 잡았던 손을 놓고 이별한 뒤, 대봉은 북으로 향하고 애황은 남으로 향하여 행군하였다.

각설이라.

이때 남선우는 대병을 거느리고 진남관에 웅거하면서 황성의 대군이 오기를 기다리고 있었다. 장원수가 수십 일 만에 진남관에 도착하니 진남관의 수문장이 적병이 엄정하게 지키고 있으니 원수는 가벼이 대적하지 마십시오, 하였다. 이에 장원수가 진남관의 5리 밖에 진을 치고 격서를 보내어 싸움을 청하였다.

선우가 이에 선봉장 골통에게 명하여 원수와 대적하라 하였다. 골통이 명을 듣고 맞아 싸우러 나왔는데, 장원수는 예전 원정하였을 때 출전하였던 장수를 그대로 거느리고 갔기에 그때의 대진대로 진을 꾸려 소리를 지르며 말을 타고 내달려 나갔다. 원수가 백금 투구를 쓰고 흑운포를 입고 7척 천사검을 높이 들고 천리준총마를 타고 적진으로 달려들 때, 남주작과 북현무, 청룡과 백호군에게 호령하여 적진의 후군을 습격하여 무찌르게 하고 자신은 선봉장 골통을 맞아 싸웠다. 싸운 지 반 합이 채 못 되어 원수의 칼이 공중에서 번쩍 빛나더니 골통의 머리가 떨어졌다. 이어 좌충우돌하며 적진을 누비니, 오늘의 용맹이 전날의 용맹에 비해 배나 더하였다. 삼십여 합을 겨룬 끝에 무수히 많은 장수를 무찌르고 선우의 팔십만 대병을 몰아치니, 선우가 마침내 당해내지 못할 줄 알고 군사를 거느리고 달아나려 하였다. 이를 보고 장원수가 적군을 여린 풀 베 듯하니, 군사의 주검이 산처럼 쌓였고 피가 흘러 내가 되어 겁내지 않는 이가 없었다. 적진 장졸들이 원수의 용맹을 보고 물결이 갈라지듯 흩어지자, 선우가 이를 보고 죽기를 각오하고 달아났다. 그러나 장원수가 지르는 한 마디 고성 속에 검광이 번쩍하더니 선우의 몸이 뒤집히면서 말 아래 떨어져 죽고 말았다.

이에 장원수가 선우의 목을 베어 함에 넣어 남만의 다섯 나라에 보내었다. 그러고는 여러 장수들에게 호령하여 남은 적진 장졸은 씨도 남기지 말고 다 죽이라 하고 백성을 진무하였다.

이때 다섯 나라의 왕들이 선우의 목을 보고는 황금과 비단, 채단을 수레에 가득 싣고 항복의 문서를 올리며 죽여 달라고 사죄하였다. 장원수가 다섯 나라의 왕을 잡아들여서는 그들의 죄를 낱낱이 밝힌 뒤 항서와 예단을 받았다. 이어 이렇게 말하였다.

"이 뒤로 만일 반역의 마음을 둔다면 너희 다섯 나라의 인종을 모두 없앨 것이니 명심하라. 또 물러나 동지冬至에 조공 보냄을 지체하지 말라."

이에 모두가 살려주기를 애걸하며 선우를 탓하고 머리를 조아리며 사례하고 돌아갔다.

드디어 장원수가 군사를 수습하여 진문관에서 군사를 위로하며 쉬게 한 뒤, 예단을 싣고 차차 나아가 황성으로 올라왔다. 하양에 이르렀을 때 원수의 몸이 피곤하여 영채營寨를 세우고 쉬었는데, 갑자기 복통이 심하더니 혼미한 가운데 아이를 낳으니 활달한 기남자였다. 3일 몸조리한 뒤 말을 타지 못하여 수레를 타고 행군하였다.

　각설이라.

　이때 대봉이 행군한 지 80일 만에 북방에 도착해보니, 흉노의 대병이 태산을 등지고 진을 치고 있었다. 이원수가 100리의 평사에 진을 치고, 곧바로 필마단검으로 호진에 달려들어, 우레 같은 소리를 천둥처럼 지르며 동에 번쩍 하더니 서쪽의 장수를 베고 남에 번쩍 하더니 북쪽의 장수를 베었다. 또 서쪽으로 가는 듯하다가 동쪽의 장수를 베고 동쪽으로 가는 듯하다가 서쪽의 장수를 베며 선봉에 나타났다가 중군장을 베는 등 좌충우돌 횡행하니 군사들이 넋을 잃고 동분서주하며 서로 밟혀 죽는 자가 태반이었다. 오추마가 내닫는 곳에 청룡도가 번쩍하면서 순식간에 이름 없는 장수 80여 명을 베고 초나라의 대병을 몰아 흉노의 대병을 습격하여 죽이니, 이원수의 용맹은 천신 같았고 내닫는 말은 비룡 같았다. 흉노의 백만 대군이 일시에 흩어지니 흉노왕이 당해내지 못할 줄 알고 군사를 거느리고 달아나고자 하였다. 그러나 좌우에서 복병이 물밀 듯 일어나 갈 곳이 없어 당황하고 급급해 하고 있던 차에 한 줄기 호통

소리에 청룡도가 번뜩하더니 흉노왕의 머리가 떨어지고 말았다. 이원수가 흉노왕의 머리를 베어 들고서 적군에게 호령하니 맹렬한 바람에 흙덩이가 무너지듯 일시에 항복하였다. 이에 이원수가 모두 잡아들여 장수는 곤장 30대를 때린 뒤 이마에 패군장이라 새겨서 내쫓고 군사들은 모두 곤장 30대씩 몹시 쳐 물러나게 하였다. 흉노의 군사들이 이에 이원수의 은덕에 감사를 드리며 살아서 돌아감을 사례하였다.

이원수가 흉노왕의 머리를 토번국과 가달국에 보내면서 너희가 천시를 모르고 천자의 위엄을 범하였으니 만일 항복하지 않으면 이처럼 죽여서 천하를 평정할 것이니 빨리 회보하라며 첩서를 동봉하여 보냈다. 그랬더니 토번과 가달이 이원수의 용맹함을 낱낱이 듣고서 당황하고 겁을 내어 일시에 항복하면서 항서와 예단을 갖추어 사신을 보내 사죄하였다. 이원수가 그들이 바친 예단을 수레에 싣고 항서를 받으면서 사신을 잡아들여 죄상을 들추며 꾸짖어 말하였다.

"만일 다시 죄를 범한다면 토번과 가달국의 인종을 멸할 것이니, 해마다 동지가 되면 사신을 보내 조공을 바쳐라. 만일 태만하면 죄를 면하지 못하리라."

이렇게 꾸짖어 내보내니, 사신들이 영에 따르겠습니다, 하고 돌아갔다. 이원수가 이에 창고의 곡식을 풀어 백성을 구휼하고 돌아왔는데, 중도에 갑자기 마음이 뒤숭숭하여 군사를 머물러 쉬게 하고 여러 장수들을 불러 이렇게 말하였다.

"군사를 거느리고 뒤에 오너라. 나는 급히 가서 장후의 존망을 알아보리라."

그러고는 오추마를 재촉하여 주야배도晝夜倍道[28]하여 황성으로 달려갔다. 80일 갔던 길을 4,5일 만에 도착하여 황상을 뵈니 황제가 크게 놀라면서 한편으로 기뻐하며 원수가 홀로 온 것은 무슨 까닭인가, 하였다. 이에 대봉이 땅에 엎드려 전후의 사정을 아뢴 뒤 즉시 남주로 떠났다.

며칠 만에 남주에 이르니 장원수가 군사를 거느리고 회군하고 있었다. 대봉이 진전에 나아가 장원수의 공을 치하하자 장원수도 대봉의 공을 치하하며 서로 못내 반가워하였다. 이어 아기를 살펴보니 영웅과 준걸의 모습이었다. 초왕과 장원수가 서로 기뻐하며 행군을 재촉하여 수십일 뒤 황성에 도착하니 초국의 병마도 마침 당도하였기에 합세하여 진을 치고 두 원수가 함께 황성으로 들어갔다.

황성에 들어가니 황제가 만조백관을 거느리고 영접하며 원수를 비롯한 여러 장수와 군졸을 위로하였다. 두 원수가 궐내에 들어가니 황후가 두 원수의 손을 잡고 무수히 칭찬하였다. 또 황제와 황후뿐만 아니라 만조백관이 장후가 몸을 풀고 아기를 낳았음을 보고 더욱 칭찬하였다. 이에 황제가 말하였다.

"만고 이래로 이런 충성이 없었도다. 두 원수 한 번 출정하여

---

28) 주야배도晝夜倍道 : 밤낮을 가리지 아니하고 보통 사람 갑절의 길을 걸음.

흉적을 깨뜨리고 돌아와 짐의 근심을 풀고 사해를 평정하니 두 원수의 공덕은 하늘 같고 바다 같도다."

이어 장후가 군중에서 낳은 아이의 이름을 출전이라 지어주고 금은을 많이 하사하였다. 또 태평연을 열어 초왕 내외의 공덕을 칭찬하고 만세를 불렀다. 또 다른 장수들의 벼슬도 모두 돋우어주고 군사들에게는 상급을 많이 내리니 원망하는 이가 하나도 없었고 모두 천은에 감사하며 각각 집으로 돌아갔다.

초왕과 장원수가 천자께 하직을 고하고 군사를 거느려 초나라에 당도하니 태상왕과 왕비들이 반정에 나와 초왕을 영접하고 장후에게 인사하며 아기를 받들고, 그 충성과 공적과 용맹을 칭송하였다. 궐내에 큰 잔치를 베풀고 여러 날 즐긴 뒤에 여러 장수와 군졸들에게 각각 집으로 돌아가라 하니 모두 성은에 축수를 드리며 돌아갔다.

초왕의 은덕과 장후의 덕화가 사해를 덮으니 천하가 태평하였고 성자와 성손이 계속 이어져 만세토록 서로 전하였다. 장후는 3남 2녀를 낳았으니 풍모와 패기가 영웅다운 것이 그 부모를 닮았더라. 둘째 아들은 황제께 아뢰어 장씨의 성을 내리게 하여 장씨의 향화를 받들게 하였으며, 황성에 가 벼슬살이하게 하였는데, 공후의 작록을 받고 만종의 녹을 받아 대대로 작록이 떠나지 아니하였다.

병진29) 정월 24일에 필사하다.

책 주인은 염소저입니다. 글씨가 누추하지만 탓하지 말고 그대로 보시기 바랍니다.

---

29) 지질로 볼 때, 필사년대는 1916년 병진년인 듯하다.

Ⅲ. 〈이디봉전 상이라〉원문

P.1

디명 셩화 연간에 효종황졔 직위 삼연이라 잇떡 기쥬 짜 모란동에 한 명환이 잇스디 셩은 이요 명은 익이라 좌승상 영준의 징손이요 이부상셔 덕연에 아달이라 셰디명가지자손으로 일직 쳥운의 올나 벼시리 이부사랑에 쳐ㅎ미 명망이 조졍에 진동ㅎ나 다만 실하에 일졈혀륙이 업셔 션영힝화를 끈케 되야 부귀도 싱각 업고 영귀함도 쓰시 업셔 하날을 우러러 탄식ㅎ시며 부인 양씨도 자식 업시물 ᄌ탄ㅎ며 눈물노 셰월을 보닌더니 상공젼에 엿ᄌ오디 불효삼쳔에 무휴위디라 하엿스니 상공에 무ᄌ하문다 쳡에 죄악이로소이다 ㅎ며 셔로 시러ㅎ던이 일일은 외당에 흔 노승이 흑포장삼의 구졀쥭장을 집고 팔각포건을 쓰고 드러와 상공젼에 합장비례ㅎ거날 시랑도 답예ㅎ고 문 왈

P.2

존ᄉ는 어느 졀에 계시며 누지에 오신잇가 노승이 답 왈 소사는 쳔츅국 금화산 빅운암에 잇삽더니 져리 퇴락하와 불상이 풍우를 피치 못 ㅎ옵기로 즁수코ᄌ ㅎ와 권션을 가지고 사히팔방을 두로 단이옵짜가 상공쎡에 왓사온이 시쥬하옵소셔 ㅎ거날 시랑이 왈 졀을 즁수하올진디 직산이 얼마ᄂ 하오면 즁창ㅎ릿가 노승이 답 왈 직물이 다소가 잇사오릿가 상공 쳐분이로쇼이다

시랑이 왈 나는 죄악이 지즁ᄒ여 연광이 반이 되도록 일졈허륙이 업셔 압질을 인도ᄒ고 뒤를 이를 자식이 업ᄉ오니 사후에 빅골인들 뉘라셔 거두오며 션영힝화을 ᄯᆫ케 되야 죽어 황천에 도라간들 션영을 엇지 ᄃᆡ면하며 무삼 면목으로 부모을 ᄃᆡᄒ리요 션영에 죄인이요 지ᄒ에 악귀로다 닉 직물을 두워 뉘게 다 젼ᄒ리요 불젼에 시쥬ᄒ야 후싱기리나 닥그리라 ᄒ고 권션을 밧들어 황금 오빅 양과 빅미 삼빅

셕 황촉 삼쳔 병을 시주ᄒ시니 노승이 권션을 바다가지고 돈수 사례 왈 소승이 머리와 적지 안인 직물을 어더가온이 불상을 안보할지라 은혜 빅골난망이로소이다 상공은 무자할가 한치 마옵소셔 ᄒ고 문듯 간 ᄃᆡ 업거늘 시랑이 그제야 부쳬 쥴 알고 당의 나려 공즁을 힝ᄒ여 사려 왈 원컨ᄃᆡ 불상은 자식 ᄒᆫ 기을 졈지하옵소셔 ᄒ며 무수이 사례ᄒ고 부인 양씨로 더부러 츄사을 셜화ᄒ며 쳔힝으로 자식 ᄒᆫ 기을 졈지할가 발이더니 과연 그 달부텀 틱기 잇셔 십 삭을 당ᄒᄆᆡ 일일은 몸이 곤ᄒ여 침셕에 조우던이 비몽간에 쳔상으로셔 봉황 한 쌍이 날어오더니 봉은 부인 품으로 날어들고 황은 장미동 장할임 집으로 가거늘 ᄭᆡ다른이 집안에 힝취와 오운이 영농ᄒ더니 혼미즁에 탄싱ᄒ이 활달ᄒᆫ 긔남즈라 시랑이 ᄃᆡ히ᄒ야 아히을 살펴본이 융준봉안이요 봉으 소ᄅᆡ여늘 부인 몽ᄉ

을 싱각ᄒ야 일홈을 틱봉이라 ᄒ다 ○각셜 잇셔 기쥬 장미동에
장화라 ᄒ난 사람이 잇시되 일직 청운에 올나 벼살이 할임학사
의 쳐ᄒᄆᆡ 명망이 조정에 진동ᄒ야 부귀극진ᄒ나 연장사순에
당하되 실ᄒ에 ᄌᆞ여 업셔 부인 소씨로 더부려 ᄆᆡ일 실어ᄒ시더
니 부인 소씨 우연이 틱기 잇셔 십 삭이 당ᄒᄆᆡ 일일은 호련
몸이 곤핍ᄒ야 침금을 으지하야 혼곤ᄒ더니 비몽간에 천상으로
셔 봉황 ᄒᆞᆫ 쌍이 나려오던이 봉은 모란동 이시랑으 집으로 가고
황은 부인 품안으로 날어든이 이르난 바 봉이 나ᄆᆡ 황이 나고
장군이 나오ᄆᆡ 용마가 나ᄂᆞ쏘다 ᄒᆡᆼᄂᆡ만실ᄒ고 치운이 어려더니
이 혼ᄆᆡ 즁의 탄싱하니 이는 곳 ᄋᆡ황이라 할임게 몽스을 셜화ᄒᆞᆫ
틱 할임이 틱히ᄒ야 일홈을 ᄋᆡ황이라 ᄒ시고 직시 모란동 이시
랑으 집 가셔보니 이시랑틱 부인도 ᄯᅩ한 ᄒᆡ틱ᄒ엿거늘 심독히
자부ᄒ고 시랑을

하여 담화ᄒ다가 할임이 문 왈 시랑 어느 ᄶᅢ ᄒᆡ복ᄒ신잇가 시랑
이 답 왈 ᄂᆞᄂᆞᆫ 직일 사시에 남ᄌᆞ을 나어건이와 할임은 나와
즁ᄆᆡ고우라 한가지 용문의 올나 부귀용총으로 사직을 밧드러
명망이 진동하나 무자ᄒ믈 포한ᄒ더니 천ᄒᆡᆼ으로 자식을 나어건
이와 할임은 지금까지 자녀간 업사오니 심이 민망ᄒ여이다 할
임이 답 왈 ᄂᆞ도 작일 ᄉᆞ시에 ᄒᆞᆫ 여아을 나어싸오니 진실노
당ᄒᆡᆼᄒ온지라 우리 피차 졍이 자별ᄒᆞᆫ 즁에 ᄯᅩᄒᆞᆫ 기이한 일이로

다 ᄒ고 할임이 자기 부인 몽사을 셜화ᄒ신듸 시랑이 듸히하야 직시 뉘당에 드러가 장할임으 부인 몽사을 양씨 부인게 셜화ᄒ 신듸 부인이 쏘한 몽사을 말삼ᄒ거날 두 부인 몽사 피츠 업ᄂ지 라 시랑이 외당에 나와 할임을 듸하야 담소자락ᄒ여 왈 이ᄂ 반다시 상졔계옵셔 이년을 믹자 보늬시도

P.6

다 연월일시가 일분도 틀이미 업사오니 두 아히 년기장성ᄒ거 던 봉황으로 쌱을 지여 원앙지낙을 일워 우리 피츠 말연 직미을 보ᄉ이다 ᄒ고 종일토록 셔로 질거이 취포하시다가 일모셔산ᄒ 믹 할임이 집으로 도라와 이시랑 부인 양씨 몽사을 셜화ᄒ고 시랑에 아ᄌ 듸봉을 취ᄒ야 정혼한 말삼을 ᄒ신듸 부인도 못늬 사랑ᄒ시더라 잇쩍 시랑이 뉘당에 드러가 장할임으 여아 이황 을 취ᄒ야 아ᄌ 듸봉으 쌱을 졍ᄒ엿사오니 진실노 우리 집의 다힝로소이다 ᄒ시니 부인 양씨 못늬 사랑ᄒ시더라 양가이 셔 로 봉황셩하기을 기다려 힝예을 바리더라 셰월이 여류하야 듸 봉으 나이 십삼 셰예 이른이 기골이 장듸ᄒ고 늠늠ᄒ 풍치와 활달ᄒ 거동이 차시에 뭇쌍이요 영풍호걸은 진셰간 기남ᄌ라 시셔빅가어을 무불통지하며 육도삼약과 손후병셔을 잠심

P.7

ᄒ니 총명지혜 관즁아기으계 지늬난지라 일일은 시랑이 듸봉으 조달ᄒ물 근심ᄒ사 듸칙 왈 셩현에 글은 무슈하거늘 네 엇지

틱평셩딕의 귀신도 칭양치 못하난 병셔을 심쓰난다 딕봉이 쥬왈 셕일에 황제 헌원씨난 만고영웅이로되 치우에 난을 만나시고 제요 도당씨는 만고셩현이로되 사흉으 변을 당ᄒ엿사오니 틱평을 엇지 장구이 밋사올잇가 딕장부 세상에 쳐하올진딕 시셔빅가어와 육도삼약을 심중에 통달ᄒ와 용문에 올나 요순갓탄 임군을 섬기다가 국운이 불힝ᄒ와 난세을 당할진딕 요하의 딕장졀월을 쓰고 황금인슐을 빗계 차고 머리의 빅금투고를 쓰고 몸에는 엄신갑을 입고 우슈에 보검을 자바 좌슈에 홀긔을 들고 용졍봉기 빅모황월이며 장창검극을 나열ᄒ야 딕병을 모라 젼장에 나어가셔 반젹을 소멸ᄒ고 사히을 평졍

P.8

ᄒ야 공을 죽빅에 올여 기린각에 제명하고 나라의 충신이 되야 만죡녹을 누룰진딕 셩군에 덕틱과 부모으 은덕을 아라 죵신부귀을 할 거시여날 셔쳑만 상고하와 유졍한 세월을 무졍이 보닉릿가 ᄒ니 시랑이 딕히ᄒ야 칭찬 왈 네 말이여 반다시 고인을 본바드리로다 날갓탄 인싱은 죠졍에 몸이 드러 시위죠찬뿐이로다 ᄒ시고 사랑하시믈 칭양치 못할네라 ○각셜 잇씩 황제 유약ᄒ사 범영이 히리흔 즁에 우승상 왕회 국권을 자바 국사을 쳐결ᄒ니 죠졍 빅관이며 각로 방빅 수령이 다 왕회당이 되민 일국 권셰난 장즁에 미여 잇고 만인싱사난 손끗틱 달여스니 권셰 지즁ᄒ민 한국에 왕밍과 진국 왕돈으계 지닉더라 군ᄌ난 참소로써 멀이ᄒ고 소인은 아참으로써 셩당하민 국사 졈졈 살난케

되더라 국사 이러하되 황제난

아지 못ᄒ고 다만 소인 왕회로써 쳔ᄒ되ᄉ을 모도 다 쳐결ᄒ니
슬푸다 되명국 사직이 조모에 위틱ᄒ지라 잇써 시랑 이익이
국사 살난ᄒ믈 보고 상소 왈 조졍사세을 살피오니 엇지 한심치
아니ᄒ오릿가 군ᄌ을 쓰실진되 소인는 시사로 머러질 거시오니
친군자 원소인는 나라이 흥할 근본이요 원군ᄌ 친소인는 나라
이 망할 근본이오니 이제 펴ᄒ는 궁궐의 집의 쳐하시미 국사
살난하물 아지 못하시고 승상 왕회난 국가에 간악ᄒ 소인이라
펴하의 셩덕을 가리옵고 아참으로 페하으 총명을 가리왓스되
펴하 지금가지 긔닷지 못하시니 익달나 ᄒ나이다 당금의 조정
이 거이 다 왕회로 더부러 모반ᄒ기 젹영ᄒ오니 펴하난 살피사
먼져 신을 벼히옵고 다못 왕회를 급피 베혀 반젹으 흉계을 파ᄒ
소셔 진국 조고와 송국 진

히난 소인으로 만족녹을 바다도 국은을 아지 못ᄒ고 국사을
살난케 ᄒ야사오니 자고로 소인으계 국녹이 부당ᄒ오이다 하여
거늘 이날 황제 상소을 보신 후의 승상 왕회을 도라보신되 병부
상셔 진틱여리 황제계 엿ᄌ오되 이부시랑 이익이 일기 녹녹지
신으로 조정을 비방ᄒ고 되신을 모함ᄒ오니 죄사무셕이로소이
다 한국 곽관은 권셰지즁ᄒ엿사오나 션제의 튱신이요 진국 왕

준은 강동인물노셔 지혜가 놉파사오니 복원 페ᄒᆞ난 살피사 무망ᄒᆞᆫ 죄을 다사려 시랑 이익을 베혀 소인을 경게ᄒᆞ옵소셔 황제 말을 드르시고 올히 여겨 이익을 삭탈관직ᄒᆞ야 산말이 무인졀도의 우리안치ᄒᆞ라 ᄒᆞ시고 그 졔족은 면위셔인ᄒᆞ고 그 아달 ᄃᆡ봉은 오쳘이 빅셜도로 졍ᄇᆡᄒᆞ라 ᄒᆞ시다 잇ᄯᅥ 이시랑 부ᄌᆞ 빈소로 가려할 졔 엇지 안이 통분ᄒᆞ랴 승상부의 드러가 눈을 부릇ᄯᅳ고 크게 소ᄅᆡᄒᆞ여 왈 국운이 불ᄒᆡᆼ

P.11
하야 소인이 만조로다 한실이 미약ᄒᆞᄆᆡ 동퇴이 작난ᄒᆞ고 왕ᄆᆡᆼ이 협졍ᄒᆞᄆᆡ 츙신이 죽난도다 승상 왕회난 흔국 역신 왕ᄆᆡᆼ지손이라 간악을 셰젼ᄒᆞ야 우으로 황상을 쇠기고 아ᄅᆡ로 츙신을 물이치고 박그로 소인을 작당ᄒᆞ야 국사을 살난케 ᄒᆞ기로 ᄂᆡ 직언으로ᄡᅥ 직간ᄒᆞ엿더니 간괴흔 소인의 참소을 맛나 수말이 졀도의 가거니와 ᄂᆡ 아달 ᄃᆡ봉은 아직 어린 아ᄒᆡ 무삼 죄로 수쳘이 빅셜도로 졍ᄇᆡ을 보ᄂᆡ난요 하며 쌍을 쳐 분연ᄒᆞ니 왕회 ᄃᆡ로ᄒᆞ야 셔안을 치면 고셩 왈 네 황명이 엿차하거날 무삼 잔말 ᄒᆞ난다 네 만일 잔말ᄒᆞ다가는 죽기을 면치 못할 거시니 쌜이 젹소로 가라 하며 영거사을 호령ᄒᆞ니 시랑이 하일업셔 젹소로 가려ᄒᆞ고 집으로 도라오니 일가이 망극하야 곡셩이 진동한이 비금주수도 다 시러흔 듯 일월이 무광이라 사람이야 뉘 안이 시러하리요 이날 시랑부자 젹소로

P.12

발힝할싀 부인으 손을 잡고 앙쳔통곡ᄒ난 말이 이 몸은 하날이
미워ᄒ고 귀신이 작히ᄒ야 나라에 직간타가 소인놈으 참소을
만나 사지의 가거니와 우리 ᄃᆡ봉은 무삼 죄냐 부인은 무삼 죄로
서인 되야 가군과 ᄌᆞ식을 이별ᄒ고 친척은 무삼 죄로 일조의
셔인 되얏구나 ᄒ고 방셩ᄃᆡ곡 ᄒ니 그 부인으 졍곡은 일필로
난기로다 셔로 붓들고 통곡ᄒ며 우리 ᄃᆡ봉은 아비 죄로 말무아
머 오철이 빅셜도의 안치ᄒ니 쳔지도 무심ᄒ고 귀신도 불명ᄒ
다 광ᄃᆡ한 쳔지간의 야속ᄒ고 불칙흔 팔ᄌᆞ 이익갓탄 사람 또
잇스랴 ᄃᆡ봉아 말이 젹소으 분거ᄒ니 다시 보기 바릴소냐 말이
변방 무인쳐의 어린 네가 엇지 살며 삼말이 졀도 즁에 난들
엇지 사을소냐 죽든 직시 혼빅이나 차자가셔 부자상봉하오리라
ᄃᆡ봉이 눈물을 흘이면셔 모친을 위로ᄒ되 모친 신셰을 싱각하
면 쳔

P.13

지가 아득ᄒ고 일월이 무광이라 가련코 원통하물 엇지 다 셩언
하올잇가만는 사지의 가시난 부친 졍곡만 가타릿가 우리 부ᄌᆞ
젹소 쩌나오니 쳔힝로 사라오면 모친 얼골 다시 보련이와 죽사
오면 언으 씩의 다시 만나 보올잇가 역젹 왕회 소인 진틱열을
죽이지 못하고 도로여 힉을 입어 젹소로 가건이와 국가사직이
조모의 잇난지라 쳔힝으로 사라나면 칼을 자바 우리 원수 왕진
두 놈을 사로잡아 젼후죄목 무른 후에 빅을 갈나 간을 ᄂᆡ여

젼ᄒ계 주달ᄒ고 우리 부친 충혼당의 셕쳔제을 지ᄂᆞ리라 이럿
탓 분연ᄒ며 통곡ᄒ니 초목금수도 다 눈물 흘이난 듯ᄒ고 ᄒ더
라 연연이 악수 상별할 제 그 가련ᄒ고 슬픈 거동 차마 보지
못할네라 잇ᄯᅥ 영거사신이 길을 지촉ᄒ니 사공이 비을 ᄃᆡ이거
늘 시랑과 ᄃᆡ봉이 부인을 이연이 이별ᄒ고 시랑 부자 비의 오

른이 ᄇᆡᆨ설도난 절도 가난 역노라 하드라 ᄇᆡᆨ운은 훗터지고 순풍
이 이러나며 비 ᄲᆞ르기 살갓튼지라 잇ᄯᅥ 승상 왕회 사공을 불너
중상ᄒ고 시랑 부ᄌᆞ을 결박ᄒ야 풍낭의 너ᄒ라 약속ᄒ엿더라
시랑 부자야 이런 흉계을 알 수 잇난야 만경창파 집푼 물 풍낭이
도도ᄒᆫ 우의 월식 추야장으 강심도 젹막ᄒᆫᄃᆡ 심이 사장 노던
ᄇᆡᆨ구 동남으로 나려난이 고향소식 뭇고지거 강수는 잔잔ᄒ고
월식은 삼경인ᄃᆡ 선즁에 안진 마음 고향 ᄉᆡᆼ각 젹상되야 잠들기
리 망연이라 청천의 ᄯᅳᆫ 기럭기 촉ᄇᆡᆨ셩 아울너셔 손으 수심 도와
ᄂᆡ니 긱창 흔등 집푼 밤의 들이난이 져 원셩이 강쳔으 낭ᄌᆞ로다
이러구로 여러 날만의 ᄒᆞᆫ 고실 당도하니 사고무인 젹막ᄒᆫᄃᆡ
망망ᄒᆞᆫ 창ᄒᆡ라 어나 ᄯᅡ인 줄을 모을네라 즁유에 이르러셔 사공
십여 명이 달여드러 시랑 부자을 절박ᄒᆞ여 희

즁에 던지려 ᄒᆞ거날 시랑이 ᄃᆡ로ᄒᆞ야 사공을 ᄭᅮ지져 왈 ᄂᆡ 황명
을 바다 비소로 가거날 너으 등이 무삼 연고로 이럿틋 괴박하난

다 사공 등이 답 왈 우리 곡졀은 너으 부즈 알 빅 아니라 ᄒ고
시랑과 듸봉을 창ᄒᆡ 상의 던지려 ᄒ거날 시랑 왈 우리 부자
젹소로 가지도 익민ᄒ거든 너히 등이 이러함도 반젹 왕진 두
놈 소위로다 ᄒ고 가로듸 너히 등이 우리 부자을 히코즈 할진듸
결박은 무삼일고 죽기도 원통커던 사지을 결박ᄒ면 혼빅인들
엇지 용납하랴 굴삼여 오즈셔 충혼을 엇지 차자가시랴 ᄒ시니
그 즁의 ᄒᆫ 늘근 사공이 여러 사공을 달늬여 왈 옛말의 이르기을
국사에도 사졍이요 난즁의도 체면이 잇다 하엿시니 시랑 부자
익민하시믈 아난지라 ᄒ며 결박ᄒᆫ 거실 그르고 수즁에 너흔들
몸의 날기가 업셔스니 엇지 살기을 바릭리요 ᄒ며 결박한 거슬
쓸너 시랑을 몬져 풍낭즁

의 밀치니 일월이 무광ᄒ고 강신 하빅이 다 실러ᄒ고 초목금수
도 함누ᄒ니 함울며 사람이야 이러 무삼ᄒ랴마는 무지한 션인
등은 금수만도 못한지라 잇쩍 듸봉이 부친 물의 쌔지믈 보니
쳔지 아득ᄒ고 졍신이 혼미ᄒ는지라 겨우 진졍ᄒ야 사공을 크
게 쑤지져 왈 싱은 인야요 산은 귀야라 삼강수 집푼 물은 굴삼연
의 츙혼이요 오강 말근 물은 오즈셔 츙혼이라 자고로 츙신열사
수즁고혼 만한지라 하물며 날갓탄 잔명이야 죽기을 익기랴만는
국즁이 집고집펴 간신이 만조하야 국사을 쳔권ᄒ니 츙신는 원
찬ᄒ고 소인으 화시로다 빅옥무죄 우리 부자 창ᄒᆡ즁에 고혼
되야 굴삼연의 츙혼 맛나 오즈셔을 반기보고 옛얼불사 우리

178 이대봉전

임군 만세 후의 츙혼 뫼와 위엄 삼어 늬의 부친 빅옥무죄 듸봉의 어리 혼빅 신원징인 삼무리라 우리 부즈 무죄하문 청천도 알넌 이와

P.17

귀신들도 아르리라 듸봉 부자 귀한 몸이 어복즁에 장사하니 굴삼여와 갓틀지라 듸명천지 듸봉의 명이 하날의 잇실지라 너 으겨 잇실소냐 늬 시사로 죽을지라도 너으계 다 살기을 발릴소 냐 듸호일성의 목으로셔 피을 토ᄒ여 희수을 보틔더니 부친이 이무 슈중고혼 되엿스니 나도 쏘한 죽으리라 ᄒ고 만경창파 집푼 물의 풍낭이 요란ᄒ듸 십삼세 어린 듸봉이 수즁고혼 가련 ᄒ다 하날을 우러러 부친을 부르면셔 풍덩실 쑤어든이 잇쩍의 사공더른 빅을 돌여 황성의 올나 기 사년을 왕회의게 쥬달ᄒ니 왕회 듸히하더라 ㅇ각셜 잇쩍 할임 장화 이황으 혼스을 이류지 못하고 듸봉으 부자 적소로 가물 보고 분기츙천ᄒ야 울기 참지 못하던이 일노조차 병이 되야 병셕의 눕고 이지 못하니 이무 세상의 유치 못할 줄을 알고 좌수로 부인으

P.18

손을 잡고 우수로 이황으 손을 잡고 체읍낙누 왈 인명이 지천ᄒ 미 어길 기리 업셔 황낭지직이 되여도 와셕종신하거니와 시랑 부즈는 수중고혼이 될 거시니 가련코 원통ᄒ도다 여아의 일생 이 더옥 가련코 한심ᄒ지라 이황이 남자가 되야든들 황천의

도라간 이비 원통흔 분을 푸를 거슬 네 몸이 안여자라 늬의
가삼의 믹친 분한 어늬 씨의 싯칠소냐 흐며 부인을 당부하야
여아을 싱각하샤 션영을 봉힝흐고 믹사을 선심흐야 여아을 션
도하와 욕급션영 말계흐오 이황아 눈을 엇지 감고가랴 손을
잡고 낙누하며 인흐야 별세한이 쏘 부인 소씨 졍신이 아득흐야
명직경각이라 이황아 네으 신세을 엇지 할이요 흐시며 인흐야
별세 흐시니 불상토다 이황이 일일늬로 부모가 구몰하시니 일
신이 무의로다 일가이 망극하야 기졀흐거날 비복 등이 구완흐
야 인스을 치

P.19
려 초종예을 갓초와 션산 산의 안장한이 귀즁여즈 장부을 당할
네라 세월이 여류하야 소졔으 연광이 이팔이라 옥안운빈과 셜
부화용은 금세의 쌍이 업난지라 비록 여즈로되 면목이 웅장흐
야 단산의 봉으 눈은 두 귀미셜 도라보고 쳥수한 골격이며 셩음
이 웅장흐되 산호치을 드러 옥반을 씌치난 듯흐고 지혜 활달하
믹 소졔으 쌍이 업난지라 총명흔 자식은 뉘가 안이 층찬하리
이러무로 일홈이 일국의 진동하리로다 잇씩 우승상 왕회 흔
아달을 두어씨되 일홈은 셕연이라 풍치 늠늠흐고 문필이 관인
하니 명망이 일국에 가득 한지라 승상이 긱별 사랑흐야 구혼흐
되 셕연으 짝이 업셔 쓰실 이류지 못흐더니 이황의 덕싁을 포문
흐고 장할임의 육촌 장준을 쳥흐야 뇌졉흔 후의 가로되 그뇌으
재종이 일직 기세흐고 가즁 범사을 주장할지라

나을 위ᄒᆞ야 미ᄌᆞ 되여 아ᄌᆞ 셕연으로 더부려 그ᄃᆡ 종질여와
혼ᄉᆞ을 이류ᄒᆞ라 ᄒᆞ니 장준이 깃거 허락ᄒᆞ고 집의 도라와 그
쳐 진씨을 보ᄂᆡ여 언어수작ᄒᆞ다가 혼사하자는 사년을 젼ᄒᆞ니
소제 염응 ᄃᆡ 왈 숙모ᄂᆞ 나을 위ᄒᆞ야 감격한 말삼으로 ᄀᆡ유ᄒᆞ옵
시나 부모임 싱존 시의 모란동 이시랑 아달과 졍혼ᄒᆞ엿사오니
차사을 힝치 못하거난이다 ᄒᆞ거날 진씨 무류이 도라와 소제으
말을 장준의게 젼한이 준이 친이 소제으계 가ᄆᆡ 소제 영졉ᄒᆞ거
늘 장준이 소제다려 일너 왈 부부유별은 일윤의 썻썻ᄒᆞ 일이라
슬푸다 인싱이여 인사가 변복하고 조물이 시기ᄒᆞ야 형임이 일
즉 기세ᄒᆞ시민 친척이 다만 너와 나뿐이로다 ᄂᆡ 너을 위ᄒᆞ야
봉황으 쫙을 구하더니 우승상 왕회의 아달 셕연이는 문필을
겸젼ᄒᆞ고 영풍호걸이 짐짓 네에 쫙이라 너난

고집 도이 말고 쳔졍을 어기지 말지라 쏘 이시랑 부ᄌᆞ는 말이젹
소로 갓시니 사싱을 엇지 알이요 사지의 간 사람을 싱각ᄒᆞ야
세월을 보닐진ᄃᆡ 홍안이 낙조되면 무졍세월냥유팔을 자탄할지
라 홍안이 젹쇠ᄒᆞ고 빅발이 난수ᄒᆞ면 무삼 영화보랴 ᄒᆞ고 여ᄎᆞ
등셜노 만단기유하니 소제 ᄃᆡ 왈 팔ᄌᆞ기박ᄒᆞ와 부모을 여히고
어린 아히 교훈이 업셔 혹 불가ᄒᆞ 힝실을 할지라도 올흔 일노쎠
인도함이 올삽거날 함물며 왕회는 날노 더부러 원수여날 소인
은 아쳠ᄒᆞ야 고단ᄒᆞ 족하을 뉴인코ᄌᆞ ᄒᆞ이 긱히 미안ᄒᆞ나이다

일후부텀은 투족마옵소셔 한듸 장준이 소졔으 빙셜갓탄 졀기을
탄복ᄒ고 도라와 승상 보고 젼후 수말을 ᄒ듸 승상이 왈 아모록
주혼하라 ᄒ더라 장준이 한 쇠을 싱각ᄒ고 왕회와 이논

P.22

한 뒤 왕회 듸히ᄒ야 길일을 밧고 장준으로 더부려 언약을 젼ᄒ
더라 ㅇ각셜 잇ᄯ 듸봉 부자 희즁의 ᄲᅢᅧ더니 셔히 용왕이 두
용ᄌ를 불너 왈 듸명 츙신 이익과 만고영웅 듸봉이가 소인의
참소을 만나 젹소로 가다가 수즁에 쥭졔 되엿시니 급피 가 구완
하라 ᄒ시니 두 동ᄌ 일엽쇠주을 타고 셔남으로쪼차 간이리
잇ᄯ 시랑 물결 밀여 흔 고듸 다다른이 밤이 이무 삼경이라
혼미즁에 바리본이 동남으로써 듸히상 흔 동ᄌ 일엽편주을 타
고 풍우갓치 오더니 시랑을 건져 주즁의 실고 위로하거날 시랑
이 졍신을 진졍ᄒ여 동자겨 사려ᄒ니 동ᄌ 답 왈 소자난 셔히
용왕으 명을 바다 상공을 구하오니 다힝이로소이다 ᄒ며 순삭
간의 한 고듸 빅을 듸이고 나리기를 쳥ᄒ거날 시랑이 좌우을
살펴보니 만경창파 집푸 물의 흔 셤이 잇난지라 예셔 황

P.23

셩이 얼마나 ᄒ뇨 동ᄌ 답 왈 즁원이 삼쳘이로소이다 시랑 빅의
나리믹 동ᄌ 하직ᄒ고 살갓치 가는지라 셤의 드러가니 과목이
울밀흔지라 과실노 양식을 삼고 죽은 고기을 주어 먹고 희상무
인쳐의 닝풍은 소실흔듸 산과목실의다 세월 보닉며 쳐ᄌ을 싱

각하여 우름으로 일을 삼드라 잇ᄯᅥ 부인은 가군과 ᄃᆡ봉을 싱각
ᄒᆞ야 ᄒᆞ날을 우러러 신세을 자탄ᄒᆞ며 눈물노 세월을 보ᄂᆞ니
참옥한 형상을 엇지 다 셩언하리요 잇ᄯᅥ ᄃᆡ봉 수중의 ᄲᅢ져 인사
을 일코 풍낭의 밀쳐 ᄯᅥ나가니 ᄃᆡ봉의 귀흔 몸이 명직격긱이라
남ᄃᆡ히로셔 ᄂᆞᆫᄃᆡ업난 이렵편주 살갓치 ᄯᅥ나오더니 ᄃᆡ봉을 급피
건져올이거날 이윽키 진졍ᄒᆞ야 동ᄌᆞ 살펴보니 벽수청의예 월픽
을 차고 좌수의 금광옥결을 쥐고 우수에 게도난장을 흔들고
안ᄌᆞ거날 ᄃᆡ봉이 이러나 동ᄌᆞ게 사려 왈

P.24

동자난 뉘시관ᄃᆡ 죽을 인명을 구ᄒᆞᄂᆞ뇨 동자 답 왈 셔히 용궁
사옵더니 왕명을 바자와 공자을 구하나이다 ᄃᆡ봉이 치사 왈
용왕의 덕틱과 도자의 은덕은 빅골난망이라 어나 ᄯᆡ의 만분지
일이나 갑사오릿가 하며 문 왈 이 곳 지명을 아지 못하오니
동ᄌᆞ난 가라치소셔 아려지이다 동자 답 왈 이 ᄯᅡ은 쳔축국이라
ᄒᆞ며 나리기을 쳥ᄒᆞ거날 ᄃᆡ봉이 빈에 ᄂᆡ려 문 왈 어ᄃᆡ로 가야
잔명을 보존하릿가 동자 답 왈 져 산은 금화산이요 그 안의
졀이 잇시되 졀 일홈은 빅운암이라 그 졀을 차ᄌᆞ가면 구할 사람
이 잇사오니 그리로 가소셔 ᄒᆞ고 빈을 저어 가거날 동ᄌᆞ 가라치
난 길노 금화산을 차져간이 빅운은 담담명산이요 물은 잔잔별
곤의 나무나무 피난 ᄭᅩᆺᆫ 가지가지 춘졍이라 청계난 동구의
흘너 극낙세계 되야 잇고 칭암절벽은

반공의 소사난듸 청학 빅학은 쌍쌍이 왕뇌ㅎ고 유의흔 두견성
은 이뇌 수심 자어뇐다 산수도 조커니와 부모을 싱각ㅎ니 조흔
풍경 회포 되야 눈물을 금치 못할네라 구름을 짜라 흔 고슬
다다르니 포연한 션경이라 은은한 경쇠 소릭 풍편에 들이거날
반겨이 드러가니 황홀한 단청화각이 구름 속에 보이거날 삼문
에 당도흔이 황금듸즈로 두려시 쎠시되 금화산 빅운암이라 하
여거날 셕양의 밥분 손이 주인을 찻더니 흔 노싱이 구폭가사의
팔각건을 씨고 구결쥭장을 집고 나오더니 동즈을 마져 예필
후에 존긱이 누지에 왕임ㅎ시거늘 소승의 각역이 부죡ㅎ와 멀
이 나와 맛지 못하오니 무례하물 용셔하소셔 공즈 빅례 왈 궁도
힝인을 이딕지 관딕ㅎ시니 도로여 불안ㅎ여이다 노승이 답예
왈 오날날 이리 오시기

난 명쳔이 지시ㅎ오니 빌라 ㅎ고 공자난 소사와 인년이 잇사오
니 머물기를 허물치 마르소셔 ㅎ거날 공즈 이러나 직빅ㅎ고
답 왈 소즈갓탄 잔명을 사랑ㅎ오며 이갓치 인휼하시니 감격ㅎ
여이다 노승이 미소 왈 공즈 기주 짜 모란동 이시랑듸 공자
듸봉이가 안인가 공자 듸경 왈 존사 엇지 소자으 거쥬셩명을
아난잇가 노승 왈 소사 공즈듸의 왕뇌한 지 십연이리 상공계옵
셔 황금 오빅 양과 빅미 삼빅 석 황촉 삼천 병을 시쥬하시믹
졀이 풍우의 퇴락ㅎ야 전복지경이 되야더니 불상을 안보ㅎ믹

은덕을 엇지 이지리요 공ᄌ 왈 존ᄉ으 말삼을 듯사오미 져근
거시로쎠 큰 인사을 바드니 감사하여이다 노승이 답 왈 공자은
년쳔ᄒ미 젼사을 알이요 ᄒ고 동ᄌ을 명ᄒ야 셕반을 듸리거날
바다보니 졍결하미 세상음식과 다른지라 ○각설 잇

쩌 왕셕연이 기일을 당ᄒ미 노복과 교마을 거나리고 장미동의
이른이 밤이 이무 삼경이라 할임딕에 드러가 소제을 겁탈코자
ᄒ더니 잇쩌 소제 등촉을 발키고 예기 닉칙편을 보더니 외당의
예업던 인마 소릭 나거늘 급피 시비 난향을 불너 그 년고을
탐지ᄒ니 난향이 급피 드러와 엿자오되 왕승상쩍 노복 등이
교마을 거나리고 외당의 주져ᄒ더니다 소제 딕경실ᄉ 왈 심야
삼경의 오기난 분명 혼ᄉ을 겁칙고ᄌ 하미라 이리 급박ᄒ니
장차 엇지ᄒ리요 하며 수거을 닉여 목을 밀ᄌ 작결교자 ᄒ거날
난향이 위로 왈 소제는 잠간 진졍ᄒ옵소셔 소제 만일 자결ᄒ야
죽사오면 부모와 낭군으 원수을 뉘라셔 갑사오릿가 소비 소제
으 의복을 입고 안져다가 소제으 환을 감당하리니 급피 남복을
환칙ᄒ시고 단장을

너머 환을 피ᄒ소셔 소제 왈 나는 그려ᄒ련이와 너난 늘로 말미
이마라 아롬다온 청춘을 보존치 못ᄒ리로다 ᄒ며 즉시 남복을
갓초고 사당의 ᄒ직ᄒ고 후원담을 너머 동산을 올나셔니 창망

흔 달빗 아리 어니 고슬 힝하리요 셔남을 바리보고 정쳐 업시
가난 신셰 청천의 외기력기 짝을 차자 소상강을 힝ᄒ난 듯 가련
코 슬푸도다 장할임딕 무남동여 이리 될 줄 뉘가 알야 잇씩
난힝이 소제을 익년이 젼별ᄒ고 져난 소제으 복식을 입고 침방
의 드러가 소제 모양으로 천연이 안져더니 왕회집 시비 소제
침실의 드러와 세쇄흔 말노쎠 만단기유ᄒ며 교즈을 드려 왈
소제난 천졍을 어길나 마옵소셔 ᄒ며 오르기을 간쳥ᄒ거날 난
향이 등쵹을 발키고 시비을 꾸지져 왈 네 심야 삼경의 사딕부딕
닉졍의 도립ᄒ야 뉘

을 히코자 ᄒ난다 심구에 싱장흔 몸이 집을 바리고 어딕로 가리
요 너히 등이 도라가지 안할진딕 너으 목젼의 죽어 원수을 지으
리라 ᄒ고 수건으로 목을 자르니 왕회으 비복 등이 수건을 앗고
교자의 올이거날 난힝으 일젹단신 강약이 부동이라 괴자의 실
여 장안으로 힝ᄒ니라 장미동을 쎠나 빅화졍 이십 이를 힝ᄒ니
동방이 장차 발거난지라 노소인민이 이로기을 장할임딕 익황소
제 왕승상딕 며리되야 슌힝ᄒ여 간다ᄒ더라 승상딕에 다달나셔
좌우을 살펴보니 딕연을 빅셜ᄒ고 빅반이 낭즈로다 노소 부인
이 난향을 층찬 왈 어엿부다 익황소제난 짐짓 왕공즈으 짝이로
다 모다 층찬할 제 난힝이 연셕의 나어간이 일가 딕경ᄒ며 빈긱
이 경동ᄒ는지라 왕회을 도라보아 왈 소비난 소제으 시비

난힝이라 외람이 소제으 일홈으로 승상을 소계시니 죄사무셕이
로소이다 승상은 부귀 쳔흥의 웃듬이라 혼사을 할진듸 믹즈을
보닉여 슐니로 인년을 믹자 육예을 갓초오미 올커날 무도흔
힝실노쎠 사듸부듸 닉졍을 심야 삼갱의 도립ᄒ야 나무집 종을
다려다가 무엇하려 하난잇가 우리 소제난 작야 오경 집푼 밤에
어듸로 가거신지 결단코 원혼이 되리로다 ᄒ며 통곡ᄒ니 승상
이 듸경ᄒ야 위로 왈 소제는 빙셜갓탄 몸을 쳔흔 난힝으게 비ᄒ
니 졀힝을 가이 할지라 ᄒ고 장준을 쳥ᄒ야 소제 허실을 탐지흔
이 과연 난향이라 승상이 듸로ᄒ야 죽이려 ᄒ니 좌즁 빈긱이
왈 난힝은 진실노 충비요 견문발검이라 용서ᄒ소셔 ᄒ니 승상
이 장준을 칙망ᄒ고 난힝을 도라보닉니라 잇ᄯᅢ 소제 이황이
집을 쎠나 남

방을 힝ᄒ야 졍쳬 업시 가더니 여러 날 만의 여남 ᄯᅡ의 이른지라
흔 고듸 다다르니 산쳔이 수려ᄒ고 만장졀벽은 반공의 소사잇
고 산영이 엄숙흔듸 수목이 울밀ᄒ고 빅화만발흔 즁의 졉졉
드러가니 경기 졀승ᄒ고 물식도 유감ᄒ다 싀가지에 안진 식는
춘광을 자랑하고 황봉빅졉 왕나부난 향기 찻난 거동이요 비취
공작은 쌍거쌍닉 나러들고 수양쳔만산는 동구의 느러지고 금의
공ᄌ환우셩은 녹임 속의 왕닉ᄒ고 간수는 잔잔하야 탄금셩이
완연ᄒ다 졉졉 드러가니 사무인 젹막ᄒ고 셕양은 이셔ᄒ고 숙

조는 투림할 제 적마는 실피 울고 일낙함지 황혼 되믹 동영의
비친 월식 금수강산 기러진다 밤은 집퍼 삼경인듸 갈발이 어듸
미뇨 수풀을 으지ㅎ야 은신ㅎ고 안즈실 제 야월공산 집푼 밤에

P.32

촉빅셩 실피 우려 이닉 간장 다 녹인다 십니 사장 벽파상에
쌍거쌍닉 빅구더른 짝 찻난 거동이라 슬푸다 이원셩은 닉으
수심 자어닉고 강촌의 어젹 소릭 들이난이 수심이라 이러ㅎ
가온듸 기갈이 자심ㅎ 즁의 잠간 안져 조우더니 비몽사몽간의
일위 노인이 학발을 헛날이고 유건을 씨고 추포흑듸의 쳥여장
을 지촉ㅎ야 산상으로 나려와 말삼ㅎ되 이황아 잠을 씌여 저
묘을 너머가면 한 집이 잇스리라 그 집은 장이황으 공부터라
어서 급피 가거드면 너으 션싱 거기 잇다 바람은 소실 잠을
씌니 소년흔 쑴이로다 노인 가라치난 묘을 너머 가 수십 보을
나려가니 수간초옥이 보이거날 문젼의 당도ㅎ니 흔 여노인이
나오면셔 손을 잡고 반기ㅎ며 당즁의 드러가 좌을 주어 안치거
날 이황이 이러나 직빅ㅎ고 뭇즈오듸 부인는 뉘신

P.33

지 잔명 구제ㅎ시니 감사ㅎ옵닉다 그 부인이 미소 답 왈 나난
본듸 정흔 곳시 업건이와 쳔틱산의 유련터니 빅운암 세존겨셔
이 고듸로 지시ㅎ며 이르기을 금야 오경분의 장미동 장이황이
그 고슬 갈 거시니 이훌하라 ㅎ옵기로 기다린 지 오린지라 ㅎ며

여동을 지촉ᄒ야 석반을 드리거날 음식이 정결ᄒ고 믹은이 향기 만복ᄒ지라 이난 마구션여라 이황을 다리고 도학을 가라치니 총명이 무쌍이라 션녀 더옥 사랑ᄒ야 상젼벽히 수노키와 왼갓 법수을 가라치며 쳔문지리와 둔갑장신지술이며 병셔을 숙독ᄒ니 삼년지간의 상통쳔문ᄒ고 하찰지리ᄒ며 중찰인사ᄒ고 병법은 관즁 악이도 당치 못할네라 지혜활달ᄒ야 심중에 두러운 거시 업난지라 이러구러 이황으 년광이 십구세라 일일은 부인이

P.34

이황을 불너 왈 이제 네 나이 장셩ᄒ고 쏘한 조흔 시져리 당ᄒ오니 산즁을 써나 평싱 소원을 이루라 원늬 방년의 기훈이 갓가오니 네 비록 여ᄌ오나 용문의 올나 몸이 귀이 되야 듸장 졀월을 씌고 황금 인수는 요ᄒ에 횡듸ᄒ고 빅만 군병을 거나려 사히을 평정ᄒ고 일홈을 기린각의 올여 명젼쳔추ᄒ라 ᄒ며 인ᄒ야 간듸 업거늘 이황이 허망ᄒ물 이기지 못ᄒ야 공중을 힝ᄒ여 무수이 사례ᄒ고 그 곳셜 써나 촌이로 나아가더니 한 고듸 이르러 주인을 차ᄌ 요기을 청ᄒ더니 이 집은 셔주 최어사쩍이라 어사 는 일직 기세ᄒ고 다만 한 딸을 두워씨되 용모 비범ᄒ야 이사의 덕과 이비으 졀힝이며 틱스으 화수심과 장강으 식을 품어난지라 부인 호씨 여아로 더부려 믹일 봉황으 싹을 어더 여아 일싱을 부탁

고즈ᄒ더니 잇써 마참 이황이 산중에셔 나올 씩 일홈을 곳쳐 희운이라 ᄒ다 호씨 희운을 보고 닉심의 직거ᄒ야 외당의 안치고 문 왈 수직 어딕 잇시며 셩은 무어시면 일홈은 무어시뇨 희운이 답 왈 소즈 일직 부모을 여히고 도로에 단이난다 ᄒ이 부인 왈 닉 집의 남자가 업난지라 초당을 거쳐ᄒ고 느을 위로하미 엇더ᄒ뇨 희운이 딕 왈 으지 업난 사람을 이훌하시니 엇지 사양ᄒ릿가 ᄒ고 그날부텀 초당의 거쳐ᄒ미 부인이 만권셔칙을 닉여주거늘 상고ᄒ니 육도삼약과 소노으 병셔가 잇난지라 병셔을 상고ᄒ며 셰월을 보닉더라 잇써 딕봉은 본딕 지혀 활달ᄒ 즁에 싱불을 맛나씨니 신통ᄒ 술법과 신뫼ᄒ 지조난 당시에 뭇쌍이요 심은 오자셔을 압두할네라 ○각셜 잇써는 셩화 십구년 정희 춘삼월

십오일이라 황제 하교 왈 왕즈는 막고어주문이요 빅자는 막고 어제환이라 ᄒ니 헌신이 만ᄒ면 쳔하을 아울너 다다익션이라 ᄒ시고 장츠 과거을 뵈이실식 쳔ᄒ 션빅 묘와드난지라 잇써 희운 과거 기별을 듯고 호씨으게 고 왈 황셩의셔 틱평과을 주신다 ᄒ시니 ᄒ변 나가 관광코자 ᄒ나이다 ᄒ니 부인이 허락ᄒ시고 지필과 금은 옥쵹을 만이 주며 왈 닉 신셰 방명ᄒ야 가군을 여히미 또ᄒ 자식이 업난지라 다만 ᄒ 여식을 두어시되 덕칙은 업씨나 족키 건질을 바들만 ᄒ니 공즈 뜻시 엇더ᄒ뇨 공자 흔연

이 허락ᄒ니 부인이 딕히ᄒ야 수히 도라오기을 당부하시더라
직일의 발힝ᄒ야 여러 날 만의 기주에 다다른이 옛 일을 싱각ᄒ
야 눈물을 금치 못ᄒ고 장미동을 드러간딕 좌우을 살펴보니
옛 보던 좌우 청산 어

P.37

제 본듯 반갑쏘다 전일의 보던 녹죽 창송 군ᄌ절을 일케ᅐ나
사더 집을 드려가니 소연 한심 졀노 난데 사면을 살페보니 왕석
연으 환을 피ᄒ야 간신이 넘던 단장 푸에 퇴락ᄒ야 반이나 무너
졋다 잇ᄯ 난향이 호을노 집안을 직키더니 엇더ᄒ 공ᄌ 닉졍으
로 드러오거날 난힝이 딕경ᄒ야 급피 몸을 피ᄒ더니 그 공자
바로 침방에 드러와 난향의 손을 잡고 통곡 왈 난향아 네가
나을 모로난다 난힝이 그제야 자세이 보니 예보던 얼골이 은은
ᄒ고 셩음의 나타ᄂ미 화용월틱 고흔 모양 우리 소제 분명ᄒ다
소제으 목을 안고 실셩통곡ᄒ는 말이 우리 소제 육신으로 와겨
신가 영혼이 와겨신가 푼운에 싸여온가 반갑쏘다 반갑쏘다 더
듸도다 더듸도다 소제 힝차 더듸도다 어이 그리 더듸던고 소샹

P.38

강의 반죽 되야 이비을 위로턴가 흔지의 지닉가다 왕소군을
위로턴가 희셩월야 당도ᄒ야 위미인을 위로턴가 은하작교 다달
나셔 견우 직여 만나던가 진시황 구션코자 불사약을 구ᄒ던가
쳔틱산 마구싸려 상젼벽히 징혐턴가 북히상 소무싸라 노푼 졀

기 본밧던가 수양산 빅숙짜라 치기미의 ㅎ시던가 치셕강 추야
월의 풍월 실너 가겻던가 상공 벼살 마다ㅎ고 추동강 칠이탄의
양구을 썰치던가 예양에 비수 들고 교ㅎ의 숨어썬가 장양의
철퇴 되야 방낭사즁 다니던가 진나라 사심 되야 지형을 엿보던
가 위수에 여싱 되야 야운 고기밥 주던가 어이 그리 더듸던가
박명ㅎ 난향이난 독입청총 쏜을 밧고 옥안운빈 우리 소제 여화
위남하이시니 쳔고 영웅 엄ㅎ 위풍 겨 뉘라셔 아러보

P.39

라 우리 소제 전별 후의 주야 싱각 미졀되야 여광여취 지닉던이
명쳔이 도우시사 존즁ㅎ신 우리 소제 오날날노 보계ㅎ니 반갑
기난 예사되고 실푸기 층양업네 두리 셔로 통곡타가 졍신을
진졍ㅎ야 젼후사을 셜화ㅎ며 년년이 낙누ㅎ고 소제 사당의 드
러가 통곡 직빅ㅎ고 물너나와 난향을 딕ㅎ야 가로되 닉 본심를
직켜 심귀예 늘근진딕 뉘라셔 닉으 셜원ㅎ리요 지금 과거가
잇신이 장즁에 드러가 쳔힝으로 용문에 오를진딕 평싱 흔을
풀거시니 너난 닉으 종젹을 누셜치 말고 집을 직켜 나를 가름ㅎ
야 힝화을 밧들느 하며 난힝을 작별ㅎ고 이날 장미동을 쎠나
황셩의 득달ㅎ니 잇쩌난 ㅎ사월 초팔일이라 과일이 당ㅎ믹 황
제 황극젼의 젼좌ㅎ시고 장즁에 모든 선빅 글제을 기다릴 제
어악풍유 쳥

인셩의 잉무새가 츔을 춘다 만조 빅관 시위 즁에 딕제학 퇴츌ᄒ
야 어졔을 나리시니 삼당상 모셔닉여 용문에 노피 건이 글졔예
ᄒ여쓰되 셩화츈과틱인진라 하엿거날 잇ᄯᅥ 희운이 글졔을 살핀
후에 힁제을 싱각하야 옥수로 산호필을 자바 일폭화젼에 일필
휘지ᄒ니 용사비등ᄒ진라 일쳔의 션장ᄒ믹 상시관 이 글을 보
고 쳔진 젼의 올여노코 문불가졈 조을시고 즈즈이 비졈이요
귀귀이 관주로다 쳔진 딕찬 왈 짐이 어진 진조을 보려 하엿더니
과연 어더쏘다 ᄒ시고 봉닉을 기틱ᄒ시니 여남 장미동 장희운
이라 하여거날 숙예관이 딕ᄒ의 나려 창방ᄒ거늘 희운이 드러
가 계ᄒ에 복지한틱 젼ᄒ 친이 불너 희운으 손을 잡고 어주
삼빅 권ᄒ신 후 등을 어루만지시며 가라사틱 젼일 할임학사
장화ᄂᆞ

짐으 주셕신이라 이제 경이 그 아달이라 ᄒ니 엇지 깃쌉지 안이
하리요 ᄒ시고 직시 할임을 제수하시니 할임이 사은숙빅ᄒ고
궐문에 나어올 제 머리의난 어사화요 몸에난 잉삼이라 쳥사금
포에 옥틱을 씌고 금안준마에 포연이 놉피 안져 장안틱도상의
완완이 나오난틱 금의화동은 쌍쌍이 젼빅ᄒ고 쳥나일산 권마셩
은 반공에 노피 써져 셩동에 진동ᄒ니 장안만호동신셩이라 좌
우에 귀경ᄒ난 사람더리 뉘가 안이 층찬ᄒ랴 옥안션풍 고은
얼골 위풍이 늡늡ᄒ니 쳥산미간의 조화을 갈마 잇고 단산의

봉의 눈은 금세의 영웅이라 삼일유과한 연후에 젼ᄒ계 숙비하
고 기주 고ᄒᆼ 도라와셔 사당에 빅알ᄒ고 산소의 소분하니 일히
일비 실푼지라 뉘라셔 소제라 ᄒ리요 홀노 난향은 일히일비로
깃거

ᄒ더라 사당 분묘을 하직ᄒ고 난향을 불너 가정을 당부하고
여남으로 ᄒᆼ하리라 잇ᄯ 우승상 왕회 황제계 쥬 왈 전할임 장화
ᄂ 아달이 업삽거날 여남 장히운이 자칭 장화의 아달이라 ᄒ야
할임이 되엿시니 복원 펴ᄒ난 희운을 국문ᄒ와 기망ᄒ 죄을
경계ᄒ와 조정을 발키소셔 ᄒ거날 황제 듸로 왈 부자지간은
인소난언이라 ᄒ엿거날 경이 엇지 자상이 아라 희운을 히코ᄌ
ᄒ난다 ᄒ신이 왕회 한출쳠빅ᄒ더라 ○각설 잇ᄯ 장할임이 여
남 최어사ᄯᆨ의 이르러 부인 호씨을 뵈온듸 부인이 할임의 손을
잡고 못늬 사랑ᄒ며 질거ᄒ난 말을 엇지 다 셩언하릿가 연ᄒ야
여이 혼사을 이루고ᄌ ᄒ더니 차시의 황제 할임을 총이ᄒ사
사자을 명ᄒ여 픽초ᄒ시거늘 할임이 싱명

하고 급피 치ᄒᆼ할 제 호씨가 수이 보기을 당부하더라 할임이
황성에 득달ᄒ야 탑젼에 숙비ᄒ니 상이 가라사듸 경은 짐으
주셕으로 실ᄒ을 ᄯ나지 말고 짐으 불명ᄒ물 직간ᄒ라 하시고
벼살을 승품ᄒ야 예부시랑의 겸간을틱부를 제수ᄒ시니 명망이

조정의 진동하더라 ○각셜 잇씨난 셩화 이십이년 시월 십구일
이라 황제 어양궁에 젼좌ᄒᆞ시고 쳔관을 뫼와 잔치을 빅셜ᄒᆞ시
고 국사을 이논ᄒᆞ시더니 쯧박게 히남 졀도사 니셔틱 장계을
올이거날 직시 기틱ᄒᆞ니 하엿시되 남션우 강셩ᄒᆞ와 역모의 쯧
실 두고 쳘기 십만과 졍병 팔십만을 조발ᄒᆞ고 장수 쳔여 원을
거나려 촉담 거린틱로 션보을 삼아 지경을 범ᄒᆞ와 여남 칠십
셩을 쳐 항복박고 빅셩을 노략ᄒᆞ니 창곡이 진갈ᄒᆞ

P.44
고 젹병 소도지쳐의 빅셩 죽검이 뫼갓사옵고 여남 틱수 졍모을
죽이고 히남지경의 침범ᄒᆞ오니 순망직치혼 양 갓ᄒᆞ오니 복원
펴ᄒᆞ난 군병을 충독하와 젹병을 막으소셔 ᄒᆞ엿거날 황제 견필
의 틱경ᄒᆞ사 방젹을 이논하시더니 쏘 풍틱수 셜만취 장계을
올이거날 직시 기틱ᄒᆞ니 ᄒᆞ엿시되 남션우난 여남을 쳐 함몰ᄒᆞ
고 히남지경을 범하와 남관을 쳐 황복밧고 관중에 운거하야
호군ᄒᆞ고 황셩으로 힝군ᄒᆞ믹 젹병 쳘기 빅여 만이라 소힝의
무젹이오니 복원 황상은 명장을 틱줄ᄒᆞ사 젹병 틱셰을 방젹ᄒᆞ
옵소셔 ᄒᆞ엿거늘 싱이 견필에 실싁ᄒᆞ사 좌우을 도라보신되 조
졍이 분분ᄒᆞ고 장안이 요란하야 신민이 황황ᄒᆞ지라 잇씩 좌승
상 유원진과 병부상셔 진틱열

P.45
이 조졍을 충동하야 합주할싁 황제 히운을 총이하샤 샤랑ᄒᆞ물

시기ᄒ야 제신이 합주 왈 츙신은 국가지근원이요 난적은 국가의 근심이라 강포한 도적에 션봉장 촉담 겨린티난 당시 명장이오니 이 양장을 뉘 능히 당ᄒ리요 원큰디 페ᄒ난 예부시랑 희운은 지략이 과인ᄒ고 문무을 겸젼ᄒ엿사오니 짐짓 젹장에 젹순듯 ᄒ오니 픠초ᄒ와 젹병을 파ᄒ고 만민의 실망지탄이 업겨하옵소셔 하거날 상이 가라사디 희운의 영풍과 지략을 짐이 알건이와 말이 젼장에 그 연소ᄒ물 금심ᄒ노라 ᄒ신디 희운이 복지 쥬 왈 소신이 하방 쳔신으로셔 쳔은을 입사와 몸이 용문에 올나 벼살이 융즁하오믜 국운이 망극한지라 잇ᄯᅦ을 당하와 페ᄒᄋ 후은을 만분지일이나 갑고자 ᄒ

P.46

오니 복원 황상은 군병을 주옵시면 ᄒ번 북쳐 젹병을 물이치고 난신적자을 벼히고 쳔ᄒ을 평정코자 ᄒ나이다 싱이 디히하사 직시 희운으로 상장군을 삼아 디원수을 봉하시고 황금인수와 디장 졀월을 주시며 군즁에 만일 티만자 잇거던 당참ᄒ라 ᄒ시고 군병을 총독하라 하실시 졍병 팔십만을 조발ᄒ야 군위을 졍졔할시 원수 칠셩투고에 용문젼포을 입고 요하에 황금 인수을 횡디하고 디장 졀월을 씌고 우수에 참사검을 잡고 좌수에 홀기을 들고 쳘이 준총을 빗게 타고 군사을 호령ᄒ야 황셩 막괴십니 사장외 진을 치고 군호을 시험할시 용졍봉기와 기치창검은 일월을 히롱하고 빅모황월은 추상 갓터여 빅 이을 년속ᄒ며 남주작 북현무와 동의 쳥용기와 셔의 빅호기을 응ᄒ고 즁앙

황기난 본진기을

P.47

삼고 각방위을 정제ᄒ고 제장을 퇵졍할시 한능으로 션봉을 삼
고 황시로 좌익장을 삼고 장관으로 우익장을 삼고 조션으로
후군장을 삼고 호신으로 남쥬작을 삼고 한통으로 북현무을 삼
고 사마장군 한주요 포기장군 마밍덕이라 남주로 군ᄉ마을 삼
고 원수 탑젼에 드러가 황제계 하직을 고ᄒ니 싱이 친이 원수을
다라 진문에 친임ᄒ시다 원수 군사 상군 남주을 불너 진문을
크게 열고 황상을 모셔 장듸에 좌졍ᄒ시고 진법을 귀경하실시
원수 황상게 쥬 왈 북두에 비록 칠셩이 잇사오나 그 아릭 이십팔
숙이 잇셔 졀후을 짓사오니 국가 조신도 쏘흔 이와 갓거날 소위
조졍듸신이 수신제가만 일고 치국평쳔ᄒ 알 신ᄒ 젹사오니 익
답사온이다 병부상셔 진퇵열은 문무을 겸젼ᄒ고 위

P.48

인이 엄장ᄒ오니 가이 군힝근고를 할 만하믹 복원 펴ᄒ난 소신
으게 허락ᄒ소셔 상이 가라사듸 짐의 덕이 업셔 도적이 강성ᄒ
야 워수을 부득이 말이젼장에 보닉거날 엇지 일기신을 허락지
안이하리요 하시고 직시 허락ᄒ시며 환환궁하시듸 원수 직시
사통을 만드라셔 션봉 한능을 불너 진퇵열을 듸령ᄒ라 ᄒ니
ᄒ능이 쳥영ᄒ고 부즁에 이르러 가 사통을 퇵열으게 듸리니
병수상셔 진퇵열은 괴심이 노푼 사람이라 사통을 기퇵ᄒ니 하

엿시되 할임의 겸예부시랑 듸원병마상장군 희운은 병부상셔
진틱열 휘ᄒ의 부치노라 국운이 불힝하야 외적이 난을 지여
시졀을 요란케 ᄒ믹 국은이 망극하와 외람이 상장 졀월과 원수
인신을 바다 말이젼별에 가오니 군의신츙은 장부에 할 빅라
그듸로 굴양관

P.49

에 겸 총독장을 졍ᄒ니 사통을 보와 직시 듸령ᄒ라 만일 틱만ᄒ
면 군법으로 시힝하리라 ᄒ엿더라 틱열이 사통을 보고 분기츙
쳔ᄒ야 황제계 드러가 사년을 고ᄒ고 사통을 올여 분연ᄒ듸
싱이 묵언 양구에 왈 조정 제신이 희운의 위영을 당할 지 잇난요
아지 못거라 그듸 가셔 모면ᄒ라 ᄒ시니 제신이 뉘 안이 두려하
리요 틱열이 할일 업셔 가솔을 하직ᄒ고 직시 의갑을 가초오고
한능을 싸라 진문의 이르러 납명ᄒ니 원수 장듸에 놉피 안ᄌ
포기장군 마밍덕을 불너 오방기치을 방위의 파열ᄒ고 군위을
빅셜ᄒ고 좌익장 조션을 명ᄒ야 진문을 크게 열고 틱열을 닉입
ᄒ라 호령이 추상갓거늘 조션이 쳥영ᄒ고 틱열 나입ᄒ야 장ᄒ
의 긇[인듸] 원수 듸로하야 왈 네 젼일은 병권을 잡고 교만이
[심하엿건이]와 이

P.50

제 늬 황명을 바다 듸병을 총독하야 [굴영을 세워거늘 네 엇지
거만ᄒ뇨 이제야 드러오니 [네 군율을 가소ᄒ]고 나을 능멸ᄒ니

너을 벼여 군법을 복[종케 ᄒ리라 ᄒ고 좌우 제장을 호령ᄒ야
진문 박겨 벼히라 만일 위령]자면 당참ᄒ리라 ᄒ니 제장과 만군
즁이 [두려 안이 할 지 업더라 틱열이 복지 주 왈 소장이 연광
오십의 당ᄒ 비라 노신을 어듸다 쓰오릿가 복원 원수난 용셔ᄒ
와 한 가지 소임을 믹기시면 진심으로 감당ᄒ것사오니 잔명을
익기소셔 ᄒ며 익결ᄒ고 또 제장 등이 일시의 익결 왈 복원
원수난 집피 생각ᄒ옵소셔 도적을 아직 듸적지 안이 ᄒ엿사오
니 용셔ᄒ소셔 ᄒ며 긔긔이 익결ᄒ거늘 원수 노을 차무시고
가로듸 너 벼혀 군율을 세울 거시로듸 제장의 간ᄒ무로 용셔ᄒ
건이와 네 만일 이후에 범죄ᄒ면 죄을

P.51
아울너 용셔치 못하리라 ᄒ고 군영을 그져 거두지 못하난이
졀곤십도의 방츌ᄒ고 다시 입예ᄒ야 굴양관을 삼고 셜원으로
총독장을 삼아 듸군을 총독ᄒ야 힝군할시 원수 듸군을 거나려
굴예로 드러가 황제계 ᄒ직을 고ᄒ듸 상이 친이 조정 빅관을
거나리고 십이 박계 전송ᄒ시며 원수으 손을 잡고 친이 잔을
드러 삼빅을 권ᄒ시고 말이전장의 듸공을 이루워 무사이 도라
와 짐으 근심을 덜겨 ᄒ라 ᄒ고 연연이 젼별ᄒ시며 군위을 살펴
보니 진세가 웅장ᄒ고 장수와 군사 출입진퇴ᄒ난 법이 셕일
ᄒ신도 당치 못할네라 빅모황월 용정봉기와 장창검극은 일월을
가리오고 금고함성은 쳔지진동ᄒ여 목탁나팔은 강산이 상응ᄒ
고 듸원수난 의갑을 가초오고 우수에 칠쳑 쳔

사검을 쥐고 좌수에 홀기을 드러 제장을 호령ᄒ여 철이준총의
포연이 안져 힝군을 직촉하야 여러 날 만의 양무의 다달나 군사
을 호귀ᄒ고 직시 발힝ᄒ야 능무을 지녀여 히하의 드러 군수을
쉬고 익일에 힝군하야 하남지경의 이르러 적세을 탐지한이 체
탐이 고ᄒ되 적병이 하남을 진탕ᄒ고 여남관의 운거하더니 셩
주로 갓난이다 ᄒ거늘 제장을 불너 군수을 직촉ᄒ야 셩주로
힝군ᄒ되 삼일닉로 득달켜 하라 제장이 청영ᄒ고 쥬야로 힝군
ᄒ야 삼일 만의 득달한이 적세을 탐지하니 잇씩 션우 셩즁에
드러 군사을 쉬여 원수을 지다르더니 원수 지경의 이르믹 격셔
을 명진의 보닉여 접견ᄒ기을 직촉ᄒ거늘 원수 격셔을 보고
좌익장 흔능을 불너 위여 왈 반적은 드러라 네 쳔

위을 거사려 가미 황진을 항거코즈 하니 죄사무셕이라 금일은
일모서산ᄒ엿쓰니 명일노 너히을 파ᄒ리라 ᄒ고 원수 빅사장의
영치을 세우고 총독장 셜원을 불너 이경의 밥을 지여 삼겡초의
군사을 먹이라 ᄒ고 사경초의 닉 영을 지다리라 잇씩 션우 명진
을 보고 제장을 모와 군호을 정제ᄒ고 셩문을 쑤지 닷고 밤을
지닉더라 잇씩 원수 장딕의 드러가 셩주 지도을 살핀 후에 사경
이 당ᄒ믹 원수 친이 장딕의 나러와 제장을 모와 군호을 단속할
제 선봉장 흔능을 불너 너난 갑군 오천을 거나려 북편으로 십이
를 가 금산 소로의 믹복ᄒ엿다가 적병이 그리로 가거던 이러이

러 ᄒ라 ᄒ고 ᄯ 좌익장 황신을 불너 너ᄂ 오쳔 쳘기을 거나려 북편 십 이 ᄃᆡ로을 막어 이려이려 ᄒ라 ᄒ고 ᄯ 우익장 장관을 불너 너난 오쳔 궁

P.54

뇌수을 거나려 동문 십 이의 산이 잇시니 산곡에 ᄆᆡ복하엿다가 도적이 몰이거든 일져리 ᄡᅩ라 ᄒ고 ᄯ 사마장군 한주을 불너 너난 졍병 오쳔을 거나려 동문 좌편의 ᄆᆡ복ᄒ엿다가 이려이려 ᄒ고 ᄯ 포기장군 마밍덕을 불너 너난 봉뇌군 오쳔을 거나려 셔문 남편의 ᄆᆡ복하엿다가 북소릭 나거든 직시 셔문을 취ᄒ라 ᄒ고 ᄯ 총독장 셜원을 불너 너난 오쳔 졍병을 거나려 서문 북편의 ᄆᆡ복하엿다가 밍덕을 졉응하라 ᄒ고 후군장 조션을 불너 너ᄋ난 본진을 직키라 ᄒ고 다 각기 분발ᄒ고 나문 장수난 ᄂᆡ 영을 지다리라 ᄒ고 미명의 군수을 조반 먹여 날이 발그ᄆᆡ 갑주을 갓초고 우수의 참사검을 쥐고 좌수에 쳘퇴을 들고 비신 상마ᄒ야 진문을 크게 열고 진젼에 나셔며 좌우을 호령ᄒ야 남주작 북현무을 응하

P.55

고 장사일자진을 쳐 두미을 상합겨 ᄒ고 고셩ᄃᆡ호 왈 반젹 오랑키야 쳔시을 거사려 시졀을 요란케 ᄒ니 황졔 ᄃᆡ로ᄒ사 날노 ᄒ여금 반젹을 쇠멸ᄒ고 사ᄒᆡ을 평졍ᄒ라 ᄒ삽기로 ᄂᆡ 황명으 바다 왓건이와 ᄂᆡ 칼이 젼장의 쳐음이라 네 머리을 벼여 ᄂᆡ

칼을 시치리라 ᄒ고 호통을 천동갓치 지른이 강산이 문어지는
듯 천지가 진동하거날 잇써 션우으 션봉장 촉담을 불너 딕졉하
라 ᄒ니 촉담이 의갑을 입고 성문을 열고 나와 응셩하거날 원수
말을 치쳐 촉담으로 더부려 합젼할시 양장으 고함 소릭 천지진
동ᄒ고 말굽은 분분ᄒ야 피츨 모을네라 잇써 후군장 죠션이
장딕에 드러가 북을 치니 셔문 좌우로 고각함셩이 딕진ᄒ며
양장이 셔문을 씩치고 일만군을 모라 엄살ᄒ고 원수난 주작
현무군을 몰라 엄살ᄒ니 션

우 촉담 겨린티 졔장을 모라 죽기로써 막거날 촉담은 당시 명장
이라 원수을 마자 십여 합에 불결승부라 원수 좌우을 호령ᄒ며
동츙셔돌한이 주작 호산이 삼만군을 모라 원수 좌편을 졉응ᄒ
고 현무 한통은 삼만 졍병을 모라 원수 우편을 졉응ᄒ니 제
아무리 명장인들 원수 용밍 당할손냐 잇써 션우 셔편을 바릭보
니 함셩이 딕진ᄒ며 두 장수 짓쳐 드러오거날 이난 포기장군
마밍덕 총독장 셜원이라 션우 약간 장수을 거나려 양장얼 막은
들 제 어이 당하리요 남의난 딕원수 날닌 용장 좌우익 모라치고
셔의로난 양장이 모라치니 군사 죽엄이 뫼갓고 피흘너 셩쳔이
라 셩셰 졈졈 위틱ᄒ다 원수 승승ᄒ야 동으로 가난 듯 셔장을
벼히고 남으로 가난 듯 북장을 벼히고 셔으로 번듯 동장을 치고
북의 번듯 남장을 지치고 좌우츙돌 중장을 벼혀

들고 촉담에 압을 짓쳐 달여들며 우지 못하난 달키요 짓지 못하
난 오랑키야 쌜이 나와 항복ᄒ라넌 호통지성은 뇌성벽역이 진
동하고 적진즁의 달여드려 좌충우돌 횡힝ᄒ니 사람은 쳔신갓고
닷난 말은 비룡갓다 뉘 능히 당적하랴 결인틴 원수을 딕적ᄒ이
반 합이 못하야 호통일셩에 결인틴을 벼혀들고 총독 포기군을
합세ᄒ니 승기 더옥 등등ᄒ고 네 장수 고함 소릭 강산이 상응ᄒ
고 원수에 엄한 위풍 단상 밍호 장을 치난 듯 적진 션봉 촉담은
원수 압을 방적ᄒ들 제 어이 당적ᄒ랴 션우에 팔십만 병 항오을
못차린다 션우 장틴의 드러가 북을 울이며 기을 둘너 군사로
원수을 에우거날 원수 사장을 호령ᄒ야 촉담에 좌우을 치라
ᄒ니 제 엇지 능히 사장을 능당하리 원수난 후군에 달여드려
필마

단검으로 군수을 짓쳐 횡힝ᄒ니 가련ᄒ다 션우장졸 팔공산 누
른 초목 구시월 만난다시 원수에 칠쳑 참사검 일광조차 번듯하
며 호적이 시러지고 초풍낙엽 불만난 듯 군수 죽어 산이 되고
피는 흘너 닉가 되니 원수의 입은 젼포 피가 무더 유싴ᄒ고
비룡갓치 단난 말굽 피가 어려 목단이라 후군을 다 지치고 즁군
에 달여드니 촉담이 사장을 마자 싸우다가 원수 즁군에 들물
보고 사장을 바리고 즁군의 드러와 원수로 더부려 좌웅을 결단
ᄒᄌ 하고 촉담이 쳘궁에 봉뇌사을 며겨 원수에 홍즁을 쏘거날

원수 오난 살을 쳘퇴로 막으면셔 봉으 눈을 부릇 쓰고 쑤지져 왈 긔갓튼 젹장 놈은 쌜이 나와 항복ᄒ라 네 만일 더릴진듸 사졍 업난 늬으 칼이 네 목의 빗나리라 잇ᄯᅢ 션우 걸인틔 죽엄을 보고 원수을 당치 못할 줄 알고 도망코

P.59

자 ᄒ되 셔남에난 사장이 막어치고 원수난 진즁에 횡힝하믜 갈 발을 모로더니 동북이 비여거날 션우 션봉군을 수십ᄒ야 북문을 열고 다려나며 걸륜 춍마로 하여금 뒤을 막고 쵹담은 원수을 당젹ᄒ되 당치 못할 줄 알고 장졸을 거나려 동문을 열고 닷난지라 잇ᄯᅢ 원수 뒤젼 팔십여 합에 션우외 쵹담을 잡지 못ᄒ믜 포긔 춍독 현무 삼장은 션우을 조차 엄살ᄒ라 ᄒ고 군사마 남쥬을 다리고 바로 쵹담 뒤을 쌀어니 담이 역진ᄒ야 ᄒ 고듸 다다른이 문듯 한ᄶᅢ 군마 늬닷거날 이난 사마장군 한주라 쌍봉 투고에 녹운갑을 입고 좌수의 방픠을 들고 우수에 장창을 들고 늬다라 듸질 왈 무죄ᄒᆫ 도젹은 어듸로 가려ᄒᆫ다 목숨을 악기거던 말겨 늬려 황복하라 잇ᄯᅢ 쵹담이 듸로ᄒ야 한주로 더부려 접젼할시

P.60

수합이 못하야 ᄒᆫ주 거짓 픠ᄒ야 닷거날 쵹담이 한주을 조ᄎᆞ 가더니 문듯 산파로셔 뇌고함셩이 쳔지진동ᄒ며 ᄒᆫ 장수 나오 거늘 이난 우익장 장관이라 봉쳔투고에 빅운갑을 입고 좌수의

홀기를 들고 우수에 장팔사모 창을 들고 마상의 놉피 안자 궁뇌
수을 직촉하야 궁시을 제발ᄒ니 살이 비오듯 하거늘 촉담이
경황ᄒ던 ᄎ의 한주 병이 합세ᄒ고 양장은 압을 막어 항복을
직촉ᄒ 제 뒤히로 함성이 딘진ᄒ며 진퇴충쳔ᄒ 즁에 일 원 디장
이 오거늘 이난 곳 장원수라 디호 왈 적장은 닷지 말고 말게
나려 항복ᄒ야 죽기을 면하라 ᄒ며 풍우갓치 달여오니 그 가온
디 드러산니 제 안모리 명장인들 젼딜소냐 군사을 졀상ᄒ고
원수을 방우더니 시셕이 분분하야 갈 발을 모로던 차의

P.61

쳔동갓탄 소리 잊ᄐ키 칠쳑검 번듯하며 촉담의 머리 검광을 쏘ᄎ
나려지니 원수 칼잊ᄐ키 쒸여들고 적군을 호령ᄒ니 일시의 항복
하거날 적장 십여 명과 군사 쳔 여명을 싱금ᄒ고 군긔을 탈취ᄒ
야 본진의 도라오니 후군장 조션이 진문을 크게 열고 나와 원수
을 마자 장의 드러가 사려ᄒ디 원수 왈 이 다 황상의 덕이라
하시더라 잇쩌 션우 북문으로 도망ᄒ야 한 고디 이르려 군사을
졈고ᄒ더니 문듯 뇌고나자셩이 나며 ᄒ 장수 황금투고의 녹포
운갑을 입고 오쳔 갑군을 거날려 엄살ᄒ니 이난 션봉장 한능이
라 쳔사검을 노피 들고 고셩 왈 네 어디로 갈다 쌜이 나와 항복
ᄒ라 뇌셩갓치 호령ᄒ고 쏘 문듯 북편으로 함성이 쳔지 진동하
며 용봉투고의 흑운갑을 입고 우수의 쳥강검을 들고 좌수의
쳘퇴을 쥐고 오

천 쳘기을 모라 셩화갓치 드러오난듸 문듯 뒤히로셔 고각함셩
이 진동하거늘 션우 발이보니 삼원 듸장이 듸군을 거나려 물미
듯 드러오니 션우 황겁ᄒ야 엇지 할 줄 모로더니 쵹마 결운
등 십여 명이 뒤를 막고 션우난 일군을 거나려 동으로 힝ᄒ야
다라나거날 잇ᄯᅵ 오장이 합셰ᄒ야 젼우에 후군을 지쳐 함몰ᄒ
고 굴양 기겨을 다 취ᄒ고 장수 칠 원과 군졸 쳔여 명을 싱금ᄒ
여 낫낫치 결박하야 오장이 군사을 지쵹하여 본진으로 드러와
원수 휘ᄒ의 밧치니 원수 듸히ᄒ사 듸ᄒ에 나려 제장을 위로ᄒ
며 션봉을 불너 장졸을 졈고ᄒ니 한 명도 상한 지 업거늘 만군즁
이 원수을 송덕ᄒ더라 원수 후군장을 불너 기치을 파열ᄒ야
군위을 비셜ᄒ고 원수 장듸에 놉피 안ᄌ 젹장 수십 명을 닉입하
라 좌우 제장이 쳥영ᄒ고 젹장을 나입하거늘 원수 듸로 왈

네 왕이 외람이 강포을 미더 쳔위을 범ᄒ엿시니 네 왕은 이제
소 자부련이와 너으등을 다 죽일 거시로되 인명을 싱각ᄒ야
특위 방송ᄒ노라 ᄒ시고 졀곤 삼십 도식 밍장ᄒ여 방츌하시며
왈 다시난 범남ᄒ 마음을 먹지 말고 귀가글농하라 하시고 ᄯᅩ
군사을 일졀 이리 나입ᄒ야 호언으로써 기유하시고 방츌하라
ᄒ시니 젹진 장졸이 원수을 송덕ᄒ며 호쳔고지ᄒ야 산호만세를
블으매 원수ᄂ 쳔쳔만만세 유젼ᄒ옵소셔 ᄒ며 가더라 잇듸 원
슈 셩즁에 드러가 듸연을 비셜ᄒ야 만군즁을 위로ᄒ고 빅셩을

진무하니 도닉 인민이 질거 췩포ᄒ여 만세을 부르난데 군사덜
도 질거 췩포ᄒ야 원슈을 송덕ᄒ더라 칠일 만에 ᄒᆡᆼ군홀식 위의
도 장ᄒ시고 승젼고 ᄒᆡᆼ군고는 원근에 진동ᄒ고 용봉기치 검극
이며 믜모황월 서리갓고 십장홍모사명기는 그 가온듸 세워가고
초초명장 ᄒᆡᆼ진할 제 의

갑이 션명ᄒ야 일광을 ᄒᆡ농ᄒ고 ᄒᆡᆼ군췩틱 징북소릭 츙심을 도
와난다 듸원병마상장군은 밍기영풍 노푼 직조 쳘이마상 빗계
안자 위진사ᄒᆡ 썰쳐쏘다 션우을 자부랴고 그 뒤을 쌸오더라
잇씌 션우 목숨을 도망ᄒ야 남ᄒᆡ에 다달나셔 픽군을 점고ᄒ니
시셕의 상한 장졸 불과 삼만이라 션우에 빅만 병이 명진의셔
다 죽이고 명장 빅여 원과 수족갓탄 촉담 겨린틱을 죽여쓰니
엇지 안이 분ᄒ리요 ᄒ고 다시 기병하야 쳔ᄒ명장을 어더 명진을
쳐 파ᄒ고 상장군 장희운을 사로자바 간을 닉고 나문 고기 포을
써셔 죽은 장졸을 위로하야 수륙제을 지닉리라 ᄒ고 이을 갈고
본국으로 드러가더라 차시 원수 듸군을 거나려 남ᄒᆡ을 다달나
젹세을 탐지한이 본국으로 드러갓난지라 원수 제장을 모와 이논
왈 이졔 션우 본국에 드러갓시나 그져 두고 회군ᄒ면 익

후에 반다시 후환이 잇실지라 한듸 제장이 여출일구여날 션쳑
을 준비ᄒ야 피지국을 드러가 션우을 사로잡고 남젹을 항복

밧고 남만 오국을 동별ᄒ야 쳔위를 베푸려 깅할 마음이 업게
ᄒ리라 ᄒ고 차예을 황제게 장계ᄒ고 남희의 와 머물너 션쳑을
준비ᄒ더라 ㅇ각설 황제 원수을 젼장에 보ᄂᆡ고 소식을 몰나
침식이 불평ᄒ시던 차에 원수의 장계을 올이거날 직시 기ᄐᆡᆨᄒ
니 하엿시되 원슈겸상장군도총독 장희운 신은 금월노써 돈수빅
빅ᄒ옵ᄂᆡ다 션우을 쳐 젹군을 피ᄒ옵던이 쵹담 결인ᄐᆡ을 베히
옵고 장수 빅여 명을 벼혀들고 션우를 찻삽더니 도망ᄒ야 제
나라로 드러갓삽기로 뒤을 싸라 션우을 잡고 남만 오국을 아울
너 쳔위을 썰쳐 감이 요동치 못하게 ᄒ고 차차 회군하오린이
복원 펴ᄒ난 근심치 마옵소셔 ᄒ여거날

P.66
상이 ᄃᆡ찬 불의하시고 원수 수이 도라오기을 기다리더라 각설
잇ᄯᅥ 북흉노 강셩ᄒ야 역모의 ᄯᅳ실 두고 중원을 탈취코ᄌ 하야
자로 엿보던이 니ᄯᅢ 마참 남션우 기병하야 중원의 범ᄒ엿단
소식을 듯고 흉노 ᄃᆡ희ᄒ야 가로ᄃᆡ 시ᄌᆡ시ᄌᆡ로다 급격물실하리
라 ᄒ고 명장을 간ᄐᆡᆨᄒ야 션봉을 삼고 장수 쳔여 원과 군사
일빅삼십만 병을 다 조발ᄒ야 힝군할ᄉᆡ 호왕이 의기양양하야
가로ᄃᆡ ᄂᆡ 한변 북 쳐 유락흔 명제을 항복 밧고 쇠진흔 션우을
자바 지광을 보ᄐᆡ리라 ᄒ며 제가 친이 즁군이 되야 주야로 힝군
한이 그 세 웅장하문 일구로 난셜이라 기치창검은 가을 셔리갓
고 금고함셩은 쳔지을 흔드난 듯 장수 의갑은 날빗슬 히롱ᄒ니
뉘 능히 당ᄒ리요 소힝의 무젹이라 여러 날 만에 중원지경의

이르려 거병공지흔이 촉쳐에 죽

엄이 묘갓고 황복지 안이 할 지 업더라 연경 육십여 쥬을 항복
밧고 경군 칠십여 셩을 항복 밧고 의기등등하야 빅셩을 노략ᄒ
니 창곡이 진갈ᄒ고 겨견이 탕진이라 졍남관에 웅거ᄒ야 군사을
호군ᄒ고 장졸을 쉰이라 잇씩 황제 히운의 장계을 보고 금심을
더러더니 쯧박계 졍남졀도사 장문을 올려씨되 북흉누 강셩ᄒ야
졍병쳘기 일빅삼십만을 조발ᄒ야 지경을 범ᄒ와 연경 육십여
셩을 앗고 경남 칠십여 셩을 항복 바다 남관에 웅거ᄒ엿사오니
그 세 웅장ᄒ물 능히 당치 못ᄒ와 황황이 장계ᄒ오니 복원 펴ᄒ
난 경국병을 조발ᄒ야 도적을 막으소셔 하여거날 황제 견필의
딕경실식ᄒ사 직시 공부상셔 곽틱호로 원수을 삼아 군병 삼십만
을 조발ᄒ야 북으로 힝군ᄒ이라 잇씩 흉노 소힝의 무적이

라 목탁 묵특으로 좌우션봉을 삼고 통달노 후군장을 삼아 하북
으로 힝군ᄒ야 삼십여 셩을 쳐어드니 뉘 능히 딕적ᄒ리요 ㅇ각
션 잇씩는 긔축 시월 망간이라 국사 분분ᄒ민 크게 근심ᄒ사
조졍이 진동ᄒ고 빅셩이 요동하민 일노 국사을 의논하시더니
문듯 하북졀도사 이동식이 장계을 올엿거날 긔틱ᄒ이 ᄒ엿씨되
북흉노 일빅삼십만군을 조발ᄒ야 지경의 범ᄒ와 연경 육십여
주와 경남 칠십여 셩을 항복 밧고 또 하북을 침범ᄒ야 삼십여

성을 아셔쓰니 세부당 역불급ᄒ야 미구에 황성지경을 범할 거
시오니 급피 방적ᄒ옵소셔 ᄒ엿거날 상이 견필 ᄃᆡ경ᄒ사 조정
이 분분ᄒ야 유성장 유진장을 모우고 각도의 ᄒᆡᆼ관ᄒ야 군사을
총독ᄒ더라 잇ᄯᅥ 곽ᄐᆡ회 상군에 득달ᄒ야 군사을 쉬더니 흉노
군을 거나려

상군의 득달ᄒ니 원수 곽ᄐᆡ효 격셔을 견ᄒ거날 흉노 통달을
영ᄒ야 한변 북 쳐 원수을 사로잡고 셩즁에 드러가 충돌ᄒ니
황진장졸이 일시에 항복ᄒ거늘 흉노 상군을 엇고 익일에 건쥬
을 쳐 엇고 ᄯᅩ 익일에 황주을 쳐 드러가니 절도사 이동식이
군을 거나려 ᄃᆡ적ᄒ던이 당치 못하야 ᄑᆡ주하거늘 하북을 엇고
옥문관을 취ᄒ야 쉬고 바로 동정북문을 ᄭᆡ쳐 기주로 드러가
자칭 천자라 ᄒ고 노락ᄒ니 ᄇᆡᆨ셩이 난을 맛나 산지사방ᄒ더라
잇ᄯᅥ 이시량 부인이 도망ᄒ야 한 고ᄃᆡ 다달나 장미동 장할임ᄃᆡ
시비 난향을 만나 셔로 이지ᄒ야 여러 날 만의 천축 싸에 다달르
니 질가에 혼 노승이 부인과 난향을 인도ᄒ야 가거날 부인과
난향이 노승게 사려 왈 난세을 당ᄒ와 가권을 일코 갈 발을
몰나 죽계 된 인명을 구제ᄒ옵신 은덕

갑기을 바ᄅᆡ리요 하고 무수이 사례ᄒ고 여승을 ᄯᅡᆯ아 봉명암을
드러가 삭발위승ᄒ야 부인과 난향이 시승 상직 되여 부인으

승명은 망자라 ᄒ고 난향의 승명은 이원이라 망자은 시량과 ᄃ봉을 싱각ᄒ고 이원은 소제을 싱각ᄒ야 주야 불견의 축원ᄒ고 눈물노 세월을 보ᄂ더라 ○각셜 잇ᄯ ᄃ봉이 금화산 빅운암에 잇셔 노승과 한가지로 각식 술법과 육도삼약이며 천문도을 익케 달통ᄒ고 신묘한 병셔을 잠심ᄒ니 지모장약이 당세에 무쌍이라 웅직ᄃ란이 이 산중에셔 세월을 보ᄂ던이 일일은 화산도사 공자ᄯ려 왈 공자 급피 세상에 나어가라 원ᄂ 방연의 기한이 갓가온이 급피 가련이와 간밤의 천기을 보니 각성 방위가 두셔을 정치 못하고 북방 호성이 즁원의 범ᄒ엿씨니 시져리 ᄃ란ᄒ지라 급피 출세ᄒ야 중원에 득달하야 황상

P.71

을 도와 ᄃ공을 이루고 인ᄒ야 부모을 만나보고 인연을 차자 가약을 이루고 그ᄃ 심중에 밋친 ᄒ을 풀 거시니 지체 말고 가라 연연ᄒ거이와 장부에 조흔 ᄯ을 미르리요 하며 ᄌ촉하거날 공자 문 왈 황성이 얼마나 ᄒ난잇가 도사 왈 중원이 예서 일만팔천육빅이라 농서난 일쳔칠빅이오니 농서로 급피 가오면 중원을 자연 득달ᄒ오리다 ᄒ고 바랑을 여러 실과을 주며 왈 힝역의 몸이 곤ᄒ거던 요기ᄒ소셔 하며 손을 잡고 몬ᄂ 시러ᄒ며 훗기약을 당부하고 연연 싱별ᄒ니 공자 힝장을 차려 발힝ᄒ이 서로 눗난 정은 비할 ᄃ 업더라 이날 산문을 하직ᄒ고 농셔을 바ᄅ고 초힝노숙ᄒ야 주야빅도ᄒ더라 ○각셜 잇ᄯ 흉노 ᄃ병을 모라 황성을 짓쳐 드러가니 금고함성은 천지진동하고 기치검극

은 일월을 히롱하며 고셩되호

하는 말이 명제난 옥시을 밧비 되려 잔명을 보젼ᄒ고 어엿샌
인생을 부질 업시 상케 말라 네 만일 더될진되 죽기을 면치
못하리라 ᄒ고 물미듯 드러오니 감이 당젹할 지 업난지라 황제
황황급급ᄒ야 유셩장을 조발ᄒ여 막으라 한이 반 합이 못하야
피ᄒ거날 ᄯᅩ 병부시랑 진여을 명하여 막으라 ᄒ니 이 역시 호견
주될네라 조졍에 잇난 신하 보쳐ᄌ만 심을 쓰니 충신은 바이
업고 근소인만 하던 조졍 뉘라셔 사직을 밧들이요 셩세 가장
급흔지라 여간 군사을 거나러 남셩으로 도망ᄒ야 금능으로 닷
던이 이날 흉노 셩즁에 드러가 종묘 사직에 불을 노코 흉노
젼상의 놉피 안자 호령이 추상갓고 통다리가 군을 모라 쳔자
뒤을 ᄶᅩ차 금능으로 가니 슬푸다 되명 사직 억말연 치국으로
일조에 돈견갓탄 흉노의게 사직을 이러쓰니 엇지 안이 분할

소냐 뉘라셔 강젹을 쇠멸ᄒ고 즁원 사직을 회복하라 잇ᄯᅥ 황제
금능으로 피ᄒ더니 호병이 뒤을 조차 드러와 여간 군사을 엄살
ᄒ니 뉘 능히 막으리요 인민을 살히ᄒ며 황제을 차자 횡힝ᄒ니
사면의 잇난 거시 모도 다 호젹이라 이 날 황제 삼경에 도망ᄒ야
양셩으로 가시더라 ᄶᅡᆯ오난 지 불과 빅 명이라 한심ᄒ다 되명
쳔자 가이 업시 되야쓰니 명쳔도 무심ᄒ고 강산 실영도 헛 거실

네 양성에 드러가 밤을 지닐시 양성 퇴수 장원이 군사 삼천 병을 거나려 시위ᄒ거늘 황제 디히ᄒ사 양성 퇴수 장원으로 션봉을 삼고 상이 친이 중군이 되고자 ᄒ시더니 이 날 밤 미명에 문듯 군마 요란ᄒ거늘 호적이 오난가 디경하야 보니 희남 절도사 황연이 정병 삼만을 거나려 성 밧게 왓거날 상이 디히ᄒ야 황연으로 중군을 정하시고 적세을 탐

P.74

지ᄒ니 보ᄒ되 호적이 지경에 오더이다 ᄒ거날 일군이 디경ᄒ야 천즈을 모시고 양성을 바리고 능주로 힝ᄒ야 성ᄒ의 이른이 능주자사 일지군을 거나려 성 박게 나와 천즈을 모셔 성중의 드러가 관사의 모시고 성문을 구지 닷고 철통갓치 직키더니 잇씨 도적이 양성의 달여드려 천즈을 차지니 성중이 고요ᄒ고 인면이 업난지라 성중의 드려가 탐지ᄒ니 능쥬로 갓다 하거날 묵특이 삼천 철기을 거나려 능주로 쪼차 바로 성ᄒ의 이르려 고성 왈 명제난 부질 업시 시졀을 요란케 말고 항서을 씨고 옥시을 디러 목숨을 보젼ᄒ고 빅셩을 안돈케 ᄒ라 우리 디왕은 하날게 명을 바다 사히을 평정ᄒ고 억조창싱 덕을 닥가 만승천즈 되야쓰니 쳔고 업난 영웅 우리 황상뿐이로다 지체 말고 항복하라 이러타시 이기양양하거

P.75

날 천즈 분부 왈 적장에 적수 업시니 셩문을 쑤지 직케 도적이

성의 드지 못하게 ᄒ라 ᄒ시더니 문듯 사면으로 진퇴충쳔ᄒ며
흉노군이 드러오더니 성을 의워 싸고 싸홈을 재촉ᄒ되 접젼할
장수 업난지라 사면을 의워씨니 버셔날 길 밍연ᄒ다 흉노 제장
으게 분부하되 능주성을 의위ᄊ고 화약염초을 준비ᄒ야 팔문에
장이고 셩 주회 일쳑 오촌을 돌을 차고 화약염초을 뭇고 불을
노화 셩지을 파ᄒ고 명제을 자부라 ᄒ더라 쳔즈며 모든 군면이
이 말을 듯고 황황망극하야 곡셩이 쳥쳔의 사모차고 쳔자는
식음을 젼펴ᄒ시고 재결코자 하시거날 시위 제장이 위로ᄒ야
게우 보존하시나 사세 만분위티ᄒ지라 우승상 왕회 간 왈 쳔운
이 불힝ᄒ고 펴ᄒ 덕이 젹싸와 도적이 자로 강셩ᄒ믹 종모사직
을 밧들기 어렵사오니 복원 펴

P.76

하는 너비 싱각하와 황셔을 씨고 옥시을 젼ᄒ와 존명을 보존하
고 억조창싱을 건지소셔 ᄒ고 또 병부시랑 진여 합주하거날
상이 아무리 싱각하시되 원수 히운은 수말이 남션을 가고 사세
위급ᄒ이 짐으 덕이 업셔 하날이 망케 ᄒ시미라 하시고 하날을
울러러 탄식하며 이날 왕회을 불너 항셔을 씨라 ᄒ시고 옥시을
목에 걸고 좌수에 항셔을 들고 우수로 가삼을 쑤다리며 황후
티자을 어로만지며 왈 이 몸은 하날게 득죄ᄒ야 사지에 드러가
건이와 황후 티자을 싱각ᄒ야 귀체을 보존ᄒ소셔 ᄒ며 서로
목을 안고 통곡ᄒ시니 쳔지 엇지 무심하랴 ㅇ각셜 잇씩 딕봉이
여러 날 만에 능셩의 이른이 일모셔산ᄒ고 흑운은 원쳔의 가득

하야 지척을 분별치 못하고 뇌곤이 심한지라 바우을 이지ᄒᆞ야
날시기을 기다리던이 삼경이 지닌믹 운

P.77

무산진ᄒᆞ고 월츌동영ᄒᆞ며 천지명낭ᄒᆞ거날 무심이 안자던이 ᄒᆞᆫ
여인이 압푸로 드러와 보이거날 살펴보니 녹의홍상은 월식을
히롱ᄒᆞ고 셜부화용은 빅옥이 빗친 듯 쳔연ᄒᆞᆫ 틱도와 황홀한
자식이 사람의 정신을 살난케 하ᄂᆞᆫ지라 딕봉이 봉으 눈을 부릇
뜻고 크게 ᄭᅮ지져 왈 네 어인 한 게집이관딕 심야 삼겡의 남ᄌᆞ을
차자왓난닷 ᄒᆞ니 딕 왈 공자에 힝차 정막ᄒᆞ기로 위로코자 왓난
이다 하거늘 딕봉이 분명 귀신인 줄을 짐작ᄒᆞ고 눈을 부릇 쓰고
호통을 벽역갓치 지른이 문듯 간 딕 업난지라 이윽고 포연ᄒᆞᆫ
션빙 청사금포의 흑딕을 되고 드러오난딕 살펴보니 쳔연ᄒᆞᆫ 얼
골은 양무 진평과 한국 등통으게 지닌지라 귀신인 줄 알고 크게
ᄭᅮ지져 왈 네 어이ᄒᆞᆫ 요귀관딕 딕장부 좌젼에 감이 드러오난닷
ᄒᆞ니 무슨 소릭 나며

P.78

간 딕 업던이 이윽고 천지 회명ᄒᆞ고 뇌셩벽역이 천지 진동ᄒᆞ고
풍우딕작ᄒᆞ며 졀목발옥ᄒᆞ며 양사 주셕하던이 ᄒᆞᆫ 딕장이 압푸
섯거날 살펴보니 월각 투고의 용인갑을 입고 장창 딕검을 들고
우릭갓탄 소리을 쳔동갓치 지르며 바람을 쏘차 횡힝터니 히코
자 하거날 딕봉이 정신을 진정ᄒᆞ야 안식을 불변이 ᄒᆞ고 단졍이

안즈 호령 왈 사불범졍이여날 네 어이 한 흉귀관듸 요망흔 힝실
노쎠 장부에 졀기을 구피고즈 하난닷 ᄒ니 그 장수 답 왈 소장은
한장 이릉이옵던이 당년의 쳔즈계 자원ᄒ고 군사 오쳔 명을
거나려 젼장에 나어가 흉노에 희을 보와 속졀 업시 황약지긱이
되엿기로 평싱 젹취지한이 심간에 가득하야 하소할 고지 업삽
던이 마참 공자을 만나믜 늬의 셜원약취라 공자는 소장

에 갑주을 가져다 흉노을 벼여 듸공을 이루고 소장에 수쳘연
원혼을 위로하실가 바리노라 ᄒ고 월각 투고와 용인갑을 듸려
왈 이 갑주을 간수하여 급피 발힝하소셔 ᄒ고 인하야 간고시
업거날 직시 발힝ᄒ야 삼일 만에 평사에 이른이 사고무인 젹막
흔듸 벽역갓탄 소릐 나거날 자셔이 살펴본이 강변에 난듸업난
오추마 늬다라 네굽을 혀우며 번긔갓치 쮜놀다가 공자을 보고
반기난 듯 하거날 힝장을 버셔 길가에 노코 평사의 나어가 경셜
왈 오추마야 네가 듸봉을 아난다 알거던 피치 말나 ᄒ며 달여드
러 목을 안으니 오추마 듸봉을 보고 고기을 쉬겨 네굽을 혀우며
반기난 듯 하거날 듸봉이 오추마 목을 안고 강변에 이른이 황금
굴네와 은안장이 늬여거날 듸봉이 반게 굴네을 씨우고 안장을
갓추와 힝장

을 수십ᄒ야 오추마 상 번듯 올나 쳔기을 살펴보니 북방 익셩이

황셩예 빗쳐 잇고 쳔자의 자미셩은 도셩을 써나 능쥬에 잠거거
늘 딕봉이 탄식ᄒ며 말다려 졍셜 왈 명쳔은 딕봉을 닉시고 용왕
은 너을 닛시니 이ᄂᆞᆫ 쳔자의 급ᄒᆞᆫ 씨을 구ᄒᆞ기 ᄒᆞ슴이라 지금
도젹이 황셩에 드러신이 쳔자의 위급ᄒᆞᆷ이 경각에 잇ᄂᆞᆫ지라 잇
딕을 바리면 딕명 쳔지 이 딕병이 실고지 바이 업고 비룡조화
너의 용밍이 셰상에 닉실 졔ᄂᆞᆫ 사직을 위ᄒᆞᆷ이라 실시ᄒᆞ야 무용
되면 실 고지 어딕미야 딕봉의 먹ᄂᆞᆫ 쓰실 널노ᄒᆞ여 엇기 되니
어이 아니 반가우랴 항젹의 타든 용춍 오강에 드러다가 딕명에
딕봉 ᄂᆞ미 나을 도와 나왓구나 이러타시 질거ᄒᆞ며 황셩으로
올나가니 사람은 쳔신갓고 말은 졍영 비룡이라 이 날 칠빅 니
산군을 지닉여 잇튼날 이쳔 삼빅 니 ᄒᆞ셔을 지나니 황셩이 장차
각가온지라 여러 늘 만에 화룡도

P.81

에 다다른이 밤이 임무 삼경이라 쳔지 아득하며 풍우딕작ᄒᆞ야
지쳑을 분별치 못ᄒᆞ야 주져주져하더니 길가에 빈 집이 잇거늘
그 집의 드러가 잠간 쉬엿던이 문듯 쳔병만마 나오더니 그 집을
에워 진을 치거날 자상이 살펴보니 진법은 팔진도라 그 즁에
일 원 딕장이 낫빗친 무른 딕촛빗 갓고 눈은 쳔창에 덥피난
듯하고 황금 투고에 녹포운갑을 입고 쳥용도을 빗게 들고 젹퇴
말을 쌜이 모라 봉에 눈을 부릇 쓰고 삼각수을 거사리고 그
집으로 드러오거날 딕봉이 졍신을 진졍ᄒᆞ야 팔괘을 벼푸러 놋
코 단졍이 안즈던이 그 장수 엽푸 와셔 딕호 왈 딕봉아 너 난셰

을 평정ᄒ고 ᄃᆡ공을 이울진ᄃᆡ 지혜와 도락을 쓸 거시여날 한갓 담ᄃᆡᄒ물 쎠 남에 집에 주인을 아지 못하고 완만이 안자난야 ᄃᆡ봉이 이러나 복

지 사례 왈 장군의 존호난 뉘신 줄노 아러잇가 소자 연천하와 빈 집에 주인을 아지 못ᄒ옵고 긱예을 이러사온이 복원 장군은 용셔ᄒ옵고 ᄯᅳᆺ슬 이루계 하옵소셔 한ᄃᆡ 그 장군이 왈 나난 한수정 관운장일넌이 삼국시졀에 조조 손권을 자바 우리 현주에 은덕을 갑자던이 쳔운이 불힝ᄒᆞ야 쳔ᄒᆞ을 평졍치 못ᄒ고 여몽으 흉계에 속졀 업시 되여쓰니 원통흔 쳥영도난 실 고지 젼이 업고 슬푸다 젹퇴마는 불복한중하여스며 쳔추에 지친 혼이 이 집의 으지하야 옛 지경을 직켜던이 오늘날 너을 본이 당시 영웅이라 나 쓰던 쳥용도을 주난이 능쥬로 급피 가셔 사직을 안보ᄒ고 흉노으 피로쎠셔 쳥용도을 스쳔다가 영웅으 원혼을 위로ᄒ라 ᄒ고 주거날 바다 들고 사례흔이 문듯 간ᄃᆡ 업더라 ᄃᆡ봉으 급흔 마음 일각이 여삼추라 월각 투고 용

인갑에 쳥용도 빗게 들고 말이준총 빗게 타고 풍우갓치 올나갈 제 말다려 경계ᄒ되 오추야 네 알이라 천자에 급하심과 ᄃᆡ장부 급흔 마음 네 어이 몰을소냐 쳔지가 감응하사 너와 ᄂᆞ을 ᄂᆡ신 바라 능쥬에 득달ᄒᆞ야 ᄃᆡ봉 용총 날닌 용ᄆᆡᆼ 쳥용도 날닌 칼노

도적을 물이치고 사직 충신 되그드면 명전천추 빗난 일홈 기린
각 제일층에 제명할 제 늬 일홈 각흔 후에 오추마 네 힝적은
나을 쓸아 빗나리라 지체 말고 가자셔라 오추마 이윽키 듯던이
말이 능쥬을 달여갈 제 오추마 날닌 용밍 싀별갓턴 두 눈의난
풍운조화 어러 잇고 두렷흔 네 굽에난 강산정기 갈마도다 되운
산을 너머 양쥬를 지닉여 운쥬역에 말을 먹여 셔천강을 건네
잉무쥬을 지닉여 봉황되을 다달른이 일모서산 거에로다 여산
능쥬을 당

P.84

도흐야 산상에 놉피 올나 젹세을 살펴보니 중원 인물흔 보이잔
코 십이사장에 호병이 가득흐야 승기가 등등흐며 살기 가득흐
고 함성이 되진터니 호장 묵특이 북문을 씨치고 쳘기을 모라
성중에 달여드러 엄살흐며 함성하되 명제야 항복흐라 하난 소
리 강산이 문어지난 덧흐거날 잇씌 쳔즈 도적의 세을 당치 못하
야 성세 가장 급흔지라 할 일 업셔 옥쇄을 목에 걸고 항서을
손에 들고 황복흐려 나오더라

〈딕봉젼 권지하라〉

P.1

각셜 잇써에 딕봉이 산상에셔 그 거동을 보고 분기충쳔하야
월각 투고의 용인갑을 입고 쳥용도을 노피 들고 비룡마상에
번듯 올나 봉의 눈을 부룻 쯧고 쳔동갓탄 소릭을 지르며 위여
왈 반젹 묵특은 쌜이 나와 닉 날닌 칼을 바드라 ᄒ난 소릭에
젹진 장졸이 넉슬 이러 항오을 분별치 못하더라 묵특이 이 말
듯고 분기츙쳔ᄒ야 딕호 왈 네 일홈 업난 져 장수야 쳔위을
모르고 큰 말을 ᄒ난다 ᄒ며 셔로 싸와 일합이 못ᄒ여 딕봉에
쳥용도 날닌 칼이 즁쳔에 번듯ᄒ며 묵특에 머리 검광을 쏘차
마ᄒ에 써러지거날 딕봉이 딕호ᄒ며 묵특에 머리을 칼 스틱
쒸여 들고 젹진 즁에 횡힝ᄒ며 좌충우돌하다가 본진으로 도라
오더라 잇써에 쳔자 셰궁역진ᄒ야 옥쇠을 목에 걸고 황셔을
손에

P.2

들고 용포을 벗고 미복으로 나오던이 난딕 업난 일 원 딕장이
묵특에 목을 벼여 들고 나는다시 본진으로 드러오던이 말게
나려 황상젼의 호쳔통곡ᄒ며 복지 주 왈 소장은 기주 짜 모란동
거ᄒ던 젼시랑 이익에 아달 딕봉이옵던이 불힝ᄒ와 젼ᄒ게 득
죄ᄒ야 원방에 닉치시민 즁노강상의셔 사공놈으 힉을 입어 부
자 물에 쌔져 익비는 히즁에 죽삽고 소신은 쳔힝으로 사라나셔

천축국 금화산 빅운암 부체 중을 만나 칠연을 으지ᄒ옵던이 약간 지락을 빅와 세월 보늬옵더니 잇쩌을 당ᄒ와 펴ᄒ을 도와 사직을 안보ᄒ옵고 간신을 물이치고 소신으 익비 모히ᄒ던 소인을 자바 평싱 원수을 갑고 조졍을 발ᄏ혀 사히을 평졍ᄒ고자 왓사오니 복원 펴하난 과도이 실어마옵소셔 ᄒ거날 상이 틴봉

에 손을 잡고 짐이 불명ᄒ야 소인에 말노쩌 충회틴신을 원찬ᄒ고 소인을 갓가이ᄒ야 국가 분분ᄒ되 사직을 밧들 신ᄒ 업셔 틴평과을 보이더니 마참 장희운을 어더 짐에 쓰실 이루더니 국운이 불힝ᄒ고 짐에 덕이 업셔 각쳐 도적이 강셩ᄒ민 남션우가 반ᄒ야 빅만틴병을 거나려 변방에 범ᄒ야 빅셩을 노략하기로 희운으로 상장을 사마 군병을 거나려 수말 이 남션을 보늬더니 승젼ᄒ고 쏘 션우를 조차 교지국을 갓시니 조졍에 명장이 업고 지모지사 업셔 근심ᄒ더니 쏘 북흉누 강셩ᄒ야 강병을 거나려 치민 능이 당할 직 업셔 도적에게 사직을 아시고 장안을 바리고 금능으로 피하엿더니 적병이 금능을 엄살하기로 양셩으로 피ᄒ엿더니 쏘 양셩을 범하민 견틴지 못하고 이 곳틴

로 피하엿던이 각쳐 졔휴중에 희남졀도사 일지군을 거나려 오고 양셩 틴수 삼쳔군을 거나려 능주로 오던이 자사 일군을 거나려 나와 합셰ᄒ야 셩중에 드러와 셩문을 구지 닷고 군사로 수셩

ᄒ더니 홍노 ᄃᆡ군을 모라 셩중에 드러와 죵묘에 불을 놋코 자칭 쳔ᄌ라 ᄒ고 빅관을 호령ᄒ며 ᄃᆡ군을 보ᄂᆡ여 능쥬셩을 에워 싸고 화약 염초을 준비ᄒ야 셩지을 파코자 한이 그 셰을 당치 못ᄒ고 어엿쑨 인싱이 가련키로 항셔을 쓰고 옥시을 젼수하야 억조창싱을 건질가 ᄒ야 나오던이 명쳔이 도와 그ᄃᆡ을 ᄃᆡ명에 ᄂᆡ옵시미 이갓치 급흔 ᄯᆡ을 당ᄒ야 짐에 쇠진흔 명을 구안ᄒ니 쳔지 다시 명낭이라 ᄒ시며 손을 잡고 드러가 장ᄃᆡ에 안치고 가라사ᄃᆡ 장군이 짐을 도와 쳔ᄒ을 평졍 후에 사졍

P.5

이 만할지라 ᄒ고 무류하시믈 마지 안이 하시니 ᄃᆡ봉이 복지 주 왈 금자 사셰 위급ᄒ오니 펴ᄒ난 진졍ᄒ옵소셔 소장이 비록 지조 업사오나 심을 다ᄒ와 폐하을 도와 평졍ᄒ고 사직을 안보 후에 소장에 원흔을 풀고자 ᄒ오니 복원 황상은 옥체을 안보하 와 소장에 장약을 보옵소셔 ᄒ니 상이 못ᄂᆡ 직거ᄒ시고 즁군에 분분ᄒ야 칠셩단을 노피 무여 방위을 졍졔ᄒ고 쳔ᄌ ᄃᆡ봉에 손을 잡고 ᄃᆡ상에 올나 하날게 셰사ᄒ고 ᄃᆡ봉을 봉작하실ᄉᆡ ᄃᆡ명국 ᄃᆡ원수 겸 충으ᄃᆡ장 병마도총독 겸 충에횡원후 상장군 을 봉하시고 황금 인수와 ᄃᆡ장졀월이며 봉작쳡지을 동봉ᄒ야 젼수하시고 왈 짐의 불명을 혀미치 말고 충셩을 다ᄒ야 사ᄒᆡ을 평졍 후에 쳔ᄒ을 반분하리라 ᄒ시거날 원수 쳔은을 츅하

하야 고두사례ᄒ고 장디에 나와 제장 군졸을 졈고ㅁㅁ이 피병
장졸이 불과 삼빅이라 원수 중군장 장원을 불너 분부ᄒ되 진중
에 장수 업고 군사 잔약ᄒᆫ이 너의난 방위을 정제ᄒ고 항오을
일치 말나 흉노에 억만 디병이 쳘통갓치 쓰여쓰나 뉘 능히 당젹
ᄒ리뇨 장졸을 요동치 말나 하시고 진법을 시험하실ᄉᆡ 동방
쳥기 칠면에난 각항져방신미기을 응ᄒ고 남방 젹기 칠면의난
두우여허위실벽을 응하고 셔방 빅기 칠면의난 귀루위묘필취삼
을 응하고 북방 흑기 칠면의난 졍귀유셩장익진을 응ᄒ고 중앙
의난 황신기을 세워 오방 기치을 방위에 나열ᄒ니 이난 제갈무
휴 팔진이라 진세을 살펴본이 귀신도 칭양치 못할네라 잇ᄯᆡ
흉노 장디에 노피 안ᄌ 싱젼

고을 울이며 항복을 지촉ᄒ던이 문듯 우릐갓탄 소릐 쳔동갓치
들이거늘 살펴보니 일 원 디장이 월각 투고을 쓰고 용인갑을
입고 우수에 쳥용도을 들고 봉의 눈을 부릇 쓰고 좌수에 칙을
드러 오추말을 빗게 타고 드러오니 위엄이 상셜갓고 소릐 웅장
ᄒ야 강산이 문어지난 듯ᄒ고 단산 밍호 장을 치난 덧ᄒ더니
순식간에 달여드러 호통 일성에 션봉장 묵특을 벼혀들고 션봉을
지쳐 셩중에 들거날 흉노 디경ᄒ야 제장을 모와 이논 왈 그
장수 용밍을 보니 범상ᄒ 장수 안이라 사람은 쳔신갓고 말은
본이 오추마요 칼은 보니 쳥용도라 분명한 명장이라 경젹지

못하리라 ᄒ고 팔십만병을 일시 나열ᄒ야 늬외 음양진을 치고
목탁으로 션봉을 졍ᄒ고 통달노 우션봉을 삼고 달수로 좌션봉을

P.8

삼고 돌통으로 후군장을 삼고 밍통으로 군사마을 삼아 군위을
졍졔ᄒ고 진문에 기을 세우고 흉노 친이 즁군이 되야 싸홈을
도두더라 잇ᄶ 듸원수 진세을 벼풀고 적진 형세을 살피더니
흉노 특탁으로 장안을 직키고 제가 자칭 즁군 되야 장듸에 노피
안자 싸홈을 돋거날 원수 응셩 출마ᄒ야 진젼의 나셔며 고셩듸
질 왈 긔갓탄 오랑키야 네 쳔위을 범ᄒ야 시졀을 요란케 ᄒ니
죄사무셕이요 황졔을 진욕ᄒ고 자칭 쳔자라 ᄒ니 일쳔지ᄒ에
어듸 쳔자 두리 잇쓰리요 늬 하날게 명을 바다 너갓탄 반적을
쇠멸할 거시여날 네 만일 두럽거던 ᄲᆯ이 나와 항복ᄒ고 그러치
안이하거던 ᄲᆯ이 나와 듸적ᄒ라 흉노 통달을 불너 듸젼ᄒ라
한이 통달이 늬다라 외여 왈 어린 아ᄒᆡ 듸봉아 네 쳔시을 모

P.9

르난쏘다 불힝ᄒ야 우리 션봉이 죽어건이와 네 청춘이 악갑쏘
다 ᄒ며 달여들거날 원수 분노ᄒ야 적장을 취할시 반 합이 못하
여 고함 소리 진동하며 청용도 번듯ᄒ며 통달으 머리을 벼혀들
고 좌츙우돌ᄒ니 군사 죽엄이 묘갓더라 칼ᄭᅳᆮ 쒸여 적진에
ᄶᅥᆫ져 왈 반적 흉노야 네 어이 살기을 바릴손냐 ᄲᆯ이 나와 죽기을
듸령ᄒ라 호령 소리 쳔동갓치 지르며 션봉을 짓치거날 흉노

되경ㅎ야 돌통으로 되적ㅎ라 하고 밍통 동쳘 동기 등 팔장을
명ㅎ야 졉응하라 ㅎ니 잇써 원수 션봉을 지치다가 바릭보니
적장 돌통이 팔장을 거나려 나오며 위여 왈 네 무삼 용밍이
넉넉한뇨 만일 부족하거던 항복하라 ㅎ거늘 원수 되로하야 필
마단창으로 달여드러 졉젼할 졔 쳔즈

P.10

군스을 거나려 싸홈을 귀경ㅎ시고 양진 군사 되젼하시난 귀경
이 쳐음이라 셔로 다토와 보던이 명진 되원수 호장 구인을 마자
싸우난데 월각 투고 용인갑은 일광을 히롱ㅎ고 엄장흔 쳥용도
난 동쳔에 번듯하며 빅호을 벼히고 셔쳔의 번듯ㅎ며 쳥용을
벼히고 남에 번듯 현무을 벼히고 북에 번듯 주작을 벼히고 쳥용
도 날닌 검광 수졍후 가져쓸 졔 형주셩에 빗나던이 차릭 되봉
수하야 깅파 쳥용도라 원수예 날닌 영풍 상셜갓탄 쳥용도을
우수에 빗겨 들고 오추마 노픠 타고 군중에 닷난 양은 동히
쳥용이 구름 속에 숨이난 듯 사졍 업난 쳥용도 중쳔에 번듯
호적이 씨러지니 번기갓치 날닌 칼은 능주셩에 빗치난다 이십
여 합에 이르러 중군으로 가난 듯 션봉장 돌통을 벼여 들고
필장올 당젹ㅎ니 팔장

P.11

이 능히 당치 못할 줄 알고 본진으로 닷고자 하더니 원수 고성
왈 무지흔 적장은 닷지 말나 닉 너히을 익기고자 ㅎ야 오장을

먼져 벼혀든이 종시 항복지 안이하니 분ᄒ도다 ᄒ며 달여드니 노션 동기 등 사장이 마자 싸오던이 청용도 번듯하며 노션에 머리을 벼여 본진에 던지고 좌편으로 가난 덧 동기 등 삼장을 벼여 본진에 던지고 션봉진에 달여드러 군사을 뭇지른이 구시월 나무입이 상풍을 만나 써러지덧 유혈이 성천이라 흉노 ᄃᆡ경ᄒ야 밍통 동쳘노 ᄃᆡ적하라 ᄒ니 두 장수 ᄂᆡ다라 접젼할 제 검광은 일광을 히롱ᄒ고 말굽은 분분ᄒ야 삼장에 고함 소ᄅᆡ 군졸이 넉실 일코 항오을 분별치 못ᄒ던이 원수 말석을 치쳐 공중에 소수던이 청용도 번듯ᄒ며 양장의 머리 검광에 싸여 써러진이 원수 승기 등등ᄒ야 동셔로 충돌ᄒ며 적장은

P.12

얼마나 나며거던 모도 나와 ᄃᆡ수하라 외난 소ᄅᆡ 진동ᄒ이 쏘 흉노 제장을 호령ᄒ야 진세을 더옥 굿계ᄒ고 봉션 봉조 밍주 영인 등 팔장을 급피 불너 정병 삼십만과 쳘기 십오만을 거나러 군사로 합세ᄒ야 명진 ᄃᆡ원수을 자바 ᄂᆡ의 분을 풀계 ᄒ라 팔장이 쳥영ᄒ고 군사을 파열ᄒ야 사방으로 둘너쳐 드러오며 명진을 겁칙코자 ᄒ거날 원수 잇ᄯᅥ 본진의 도라가 잠간 쉬더니 적병이 물미듯 드러오거날 원수 ᄃᆡ로 왈 ᄂᆡ 결단코 흉노을 사로자바 황상의 분을 시치리라 ᄒ고 노기등쳔하야 월각 투고 용인갑을 다사리고 봉의 눈을 부릇 쓰고 청용도을 빗계 들고 오추마상 번듯 올나 진문 박게 나셔니 적장에 위ᄂᆞᆫ 말이 명제야 네 항복하미 올커날 조고만ᄒ 아히 ᄃᆡ봉을 어더 우리 ᄃᆡ세을 모로고 범남

이 침범하야 우리 진중 무

명싁흔 장수 십여 명을 죽이고 승전을 자량ᄒᆞ니 가이 우숩쏘다
ᄒᆞ며 명진 상장군 딕봉아 쌜 ᄂᆞ와 딕적ᄒᆞ라 만일 겁나거던 말게
나려 항복ᄒᆞ야 죽기을 면하고 그러치 안이하면 쌜이 나와 죽기
을 짓촉하라 ᄒᆞ며 물미 듯 드러오거날 이 날 원수 분기팅쳔ᄒᆞ야
필마단창으로 말셕을 치쳐 적진의 달여드러 팔장으로 더부러
딕젼ᄒᆞ야 상진상퇴 오십 여합에 불결승부네라 원수 노기등등ᄒᆞ
야 호통을 천동갓치 지르고 청용도 놉피 드러 젼면을 뭇지르니
팔장이 일시예 달여들거날 원수 적진의 돌출하야 청용도 번듯
ᄒᆞ더니 봉선 밍주 양장으 머리 마하에 나러지거날 ᄯᅩ 뒤흐로
가난 듯 압푸 번듯 검광이 이러나며 적장으 머리 칼 빗셜 쏘차
써러지고 좌편의 번듯 우편에 나며 검광이 언듯

봉주을 벼히고 압푸 변듯 뒤로나며 영인을 벼여 들고 중진의
번듯 동으로 나며 문영 문수 양장을 벼히고 적진 장졸을 무은
풀 쑤으듯 시쳐 횡힁흔이 초ᅡ라 항장군이 팔쳔 제즈 거나리고
도강의셔 건네와셔 함곡관을 쌧수난 듯 상산 ᄶᅡᆼ 조자룡이 장판
교 딕교중에 삼국 청병지치난 듯 흉노으 빅만 딕병 항오을 분별
치 못하거날 청용도 날닌 검광 중쳔의 이러 잇고 오추마 닷ᄂᆞ
압푸 딕적할 지 뉘 잇씨랴 뇌셩갓탄 호통 소릭 쳥쳔이 상응하며

좌충우돌 횡힝흔이 젹군이 황겁흥야 검광조치 씨러진이 비컨딕
쳥쳔의 어린 흑운 바람결의 몰이난 듯하던이 즁군에 달여드니
훙노 딕경실싴하야 군사을 거나리고 장안으로 도망커날 뒤을
조차 츙살흔이 흉노에 빅만병이 호젼주퇴 되았쑤나 오추

마 닷난 고딕 젹진 장졸에 머리 검광 쏘츠 써러지니 이르건딕
구월 강산 누룬 초목 상풍 부러 낙엽진 듯 젹시여산 가련흥다
흐르난이 유혈이라 유혈이 셩쳔흔이 무릉도원 홍유수라 강포흔
져 흉젹은 강포도 쓸딕업고 빅만딕병 무용이라 단초롭다 원수
힝장 필마단창 못 당흥고 포악흔 져 도젹이 으기양양 강셩터니
명쳔이 도우시사 딕명 회복 반갑쏘다 군민의 노릭로다 잇쩌
호장 특탁이 도셩을 직키더니 흉노의 급흔 셩세을 보고 군병을
총독흥야 장졸을 합세흥여 빅사장에 진을 치고 원수을 딕젹흥
려 흥니 진긔강병은 호젹일네라 잇쩌 원수 젹군을 물이치고
본진으로 도라오니 쳔즈 딕하에 나려 원수의 손을 잡고 질기며
못닉 사랑흥시고 제장 군졸리 빅빅사례흥며 무수이 질기고 송
덕흥거늘 원수 왈 도

젹이 멀이 안이 갓쓰니 젹진의 가 군장 긔계을 거두워 본진
병긔와 합흥라 하시고 즁군을 불너 왈 너난 제군장졸을 총독하
야 황상을 모시고 후군이 되야 닉 뒤을 싸르라 닉 필마단검으로

적진에 드러가 장졸을 함몰하고 흉노을 사로잡아 황상의 분하
시물 풀이라 ᄒ고 말을 치쳐 흉노을 조차 도성의 이른이 도적이
십이 평사에 진을 치고 군호을 엄숙케 ᄒ거늘 자셔이 살펴보니
나문 군사 팔십여 만이라 원수 승세ᄒ야 디호 왈 반적 흉노야
네 종시 황복지 안이 ᄒ고 날노 더부려 자웅을 결단코자 ᄒ이
분ᄒ도다 ᄒ고 청용도을 노피 들고 용총마상에 번듯 올나 우리
갓치 호통ᄒ며 달여든이 잇써 적진 중에셔 삼십육장을 합세ᄒ
고 군수을 정제ᄒ야 원수을 에워ᄊ고 좌우로 치거날 원수 디로
ᄒ야 용밍을 썰쳐 청

P.17

용도 드난 칼노 적장 십여 원을 벼히고 진중에 달여드러 군사을
뭇지르니 적장이 달여드러 좌우로 에워거날 청용도 번듯하며
적장 팔원을 벼허들고 교전 팔십여 합에 적장 삼십여 원을 벼히
고 쏘 중군에 달여든이 한 장수 나와 맛거날 일고셩 노푼 소리
검광이 빗나더니 적장을 벼여들고 사방을 충돌ᄒ이 사방에 원
수 너힐네라 오추마 항셩 소리 검광조차 이러나고 원수에 호령
소리 중천의 진동ᄒ이 제 안모리 강병인들 뉘 능히 당할소냐
장졸에 죽엄이 구산갓치 싸여 잇고 심이 사장에 피 흘너 모린을
물쒹리고 나문 피난 말굽을 적시난듸 용인갑의 듯난 피난 소상
강 져 숨풀에 세우 미쳐 써러진 듯 점점이 미쳐구나 잇써 흉노
셩세 가장 급흔지라 약간 나문 장졸을 거나리고 식이

P.18

질노 도망ㅎ야 북으로 힝ㅎ여 다러나더라 가련ㅎ다 흉노의 일
빅삼십만병이 사라가는 지 불과 삼쳔에 지니지 못할네라 일검
으로 졍당빅만사을 오늘날노 보리로다 원수 젹병을 파ㅎ고 군
장 기게을 거두워 셩의 드러가 쳔ᄌ을 모셔 환궁ㅎ고 빅셩을
안돈ㅎ이 셩외셩니 빅셩더리 원수을 송덕ㅎ며 질기더라 잇ᄯ
원수 졔장을 모와 원문에 호귀ㅎ고 탑젼의 드러가 수유ㅎ고
기쥬예 나러가 옛일을 싱각ㅎ고 부모을 싱각ㅎ이 소연 한심
졀노 난다 마상에 나려 안ᄌ 방셩ᄃㅣ곡 우난 말이 우리 부친
나라에 직간타가 소인의 참소 맛ᄂ 말이 젹소로 가난 길에 부자
동힝 되야던이 무도ㅎ 션인놈에 히을 입어 쳘이 히상 집푼 물에
부자 함기 ᄲᅢ져던이 ᄃㅣ봉은

P.19

쳔힝으로 용왕에 덕을 입어 사라나셔 쳔지실영이 도우시사 ᄃㅣ
원수 상장이 되야 호젹을 파ㅎ고 사던 집을 차자오니 빈터만
나마ᄭ나 상젼벽히 흔단 말이 날노 두고 일름이라 가련ㅎ다
우리 모친 집을 직켜 겨시더니 흉젹에 난을 맛나 죽어난 지
사라난 지 언에 날에 만나보릿가 가삼을 ᄯ다리며 앙쳔통곡ㅎ
고 황셩으로 올나가 황졔계 숙빈ㅎ이 샹이 ᄃㅣ찬부례ㅎ시고 궐
니의 ᄃㅣ연을 빅셜ㅎ야 원수 공을 못니 치사하실ᄉㅣ 원수 고 왈
차즁에 승상 왕회 업난잇가 흔ᄃㅣ 잇ᄯ 왕회 자지기죄ㅎ야 ᄃㅣ하
에 나려 복지 쳥죄ㅎ거날 원수 ᄃㅣ로ㅎ야 쳥용도로 겨우면셔

너난 날과 불공딕천지수라 당졍의 죽일 거시로딕 흉노을 자바
사희을 평졍 후에 죽일 거신이 아직 용셔ᄒ노라 ᄒ고 젼옥에
가두라 ᄒ야 상게 고 왈 흉노 비록 픽하여 갓사오

P.20

나 후환을 아지 못한이 소장이 필마단창으로 호국에 드러가
흉노을 자바 후환 업계 ᄒ오리다 흔딕 상이 딕찬 왈 원수난
곳 짐에 수족이라 만일 가셔 더듸 오면 닉 엇지 침식이 편ᄒ리요
ᄒ시니 원수 딕 왈 수이 도라와 펴ᄒ을 모실 거시니 과도이
근심치 마옵소셔 ᄒ고 빅관을 호령ᄒ야 황상을 편이 시위ᄒ라
당부하고 필마단창으로 말이 호국을 가려흔이 쳔즈며 조졍 빅
관이 반졍의 나와 젼송ᄒ며 말이 중지에 무사이 도라오믈 쳔만
당부하시니 원수 사은 하직하고 발힝ᄒ여 원수을 조차간이라
○각셜 장원수 션척을 준비ᄒ야 여러 날만에 군사을 거나려
교지국에 드러간이라 잇씩 션우 본국에 드러와 남만 오국에
쳥병 픽문을 보닉고 군스을 다시 졍졔ᄒ던 차에 뜻박계 명국
딕원수 딕병 팔십만을 거나려 드러오거날 션우 군을 거나려
막다가

P.21

당치 못하믹 항셔와 예단을 가초와 셩 밧게 나와 항복하거날
원수 딕질 왈 네 죄상을 논지ᄒ며 죽여 맛당ᄒ되 항자난 불사라
ᄒ기로 십분 용사ᄒ논이 차후난 범람한 뜻실 두지 말고 쳔즈을

섬기라 ᄒ고 항셔와 예단을 밧고 션우 셩중에 드러가 우양을
자바 군사을 호귀ᄒ고 중군에 분부하야 장졸 편이 쉬라 ᄒ시고
원수도 갑주을 벗고 수일 유련하신 후에 일일은 원수 션우를
불너 늬 이졔 남만을 쳐 멸할 거시니 그ᄃᆡ난 늬의 격셔을 남만
오국에 젼ᄒ라 하신이 션우 쳥영ᄒ고 직시 장수 이 원을 불너
오국에 보늬니라 잇ᄯᅥ 남만 오국이 션우에 픽문을 보고 유에
미결하던 차에 명국 ᄃᆡ원수 교지국에 드러와 션우를 항복 밧고
격셔을 보늬거날 기틱ᄒᆞᆫ이 ᄒᆞ여쓰되 젼조졍할임 겸 이부시랑
ᄃᆡ원수 병마도총독 상장군은 황명을 바

P.22

다 반젹 션우을 항복 밧고 남만을 힝한이 만일 항복하야 쳔명을
순종치 안이ᄒ면 직시 팔십만 ᄃᆡ병을 거나러 거병 공지할 거시
니 직시 답보하라 하엿거날 오국 왕이 견필의 션우을 원망ᄒ고
각각 진공예단을 갓추고 항셔을 쎠 사신을 교지국으로 보늬여
항복ᄒ거날 원수 군위을 빈셜ᄒ고 군사을 나열ᄒ야 늬외음양진
을 치고 의갑을 션명하겨 ᄒ고 졔장은 오방기치 아ᄅᆡ 각각 말을
타고 창검을 노피 드러 나는 다시 세우고 진문을 크게 열고
오국 사신을 입례ᄒ야 젼후사을 문목하고 항셔와 예단을 바드
며 후ᄃᆡᄒ여 보늬니 오국 사신이 각가 그 위엄을 각각 져으
왕계 주달ᄒ고 항복ᄒ물 다힝이 알더라 잇ᄯᅥ 장원수 사오 ᄉᆡᆨ만
에 교지국을 쎠나 힝군ᄒ야 여러 날 만에 남희의 이르러 평사에
진을 치고 근읍 수령을 불너 우양을 자바 군

사을 호귀ᄒ라 하시니 거힝이 서리갓더라 잇ᄯ 원수난 말이 박게 가 공을 세워시되 황성 소식을 엇지 알이요 쳔ᄌ 되란 만난 졸은 모르고 션우 남만 오국 항복 바든 승젼쳡셔을 장문ᄒ고 쉬더니 일일은 싱각ᄒ이 이제 닉 되공을 이루고 도라간들 무삼 질검이 잇시리요 부모 구몰하시고 ᄯᅩ 시부모와 낭군이 죽어시니 속졀 업시 유졍ᄒ 세월을 무졍이 보닉리로다 닉 이제 올나가 원수 왕회와 굴양관 진틱열을 죽여 원수을 갑고 벼살을 갈고 심규에 드러 후싱에 부모와 낭군을 만나 보리라 ᄒ고 싱각ᄒ이 낭군이 분명 수중고혼이 되야도다 ᄒ고 닉 이 고되셔 시부와 낭군의 혼빅을 위로하리라 ᄒ고 싱각ᄒ이 소연 한심 졀노난다 우의로 황상이 나을 여잔 쥴 모르시고 제장 군졸도 모르거던 무삼 비게로ᄊ 남이 아지

못하계 가군의 혼빅을 위로하리요 ᄒ고 심독히 싱각하더니 흔 쐬을 싱각ᄒ고 중군에 분부 왈 닉 간밤에 흔 ᄭᅮᆷ을 어더 젼싱사을 아라노라 닉 몸이 젼싱의 여ᄌ로셔 낭군을 졍흔 바 그 부모 나라에 직긴디가 소인의 참소을 맛ᄂ 젹소로 갓다가 희상의 풍파을 맛나 부자이 다이 물에서 ᄶᅢ져 죽어난지라 닉 셩취도 못ᄒ고 심규에 늘거 죽어씬이 간밤에 ᄭᅮᆷ을 ᄭᅮ더니 그 낭군이 와셔 젼싱에 미혼지졍을 원수난 수고롭게 싱각지 말고 여복으로 수륙제을 지닉여 싱젼 사후 밋친 원혼을 풀러달나 ᄒ이 닉

엇지 무심하리요 수륙제을 지닉여 비단 그 혼빅샌 안이라 모든 충혼이 만흐믜 닉 친이 여복을 입고 영위을 빅셜흐야 젼싱 셔름을 풀라 흐이 제장 군졸이 다 신기이 여겨 원수을 칭찬흐고 직시 틱수을 불너 제물을 젱비흐라

하야 강가에 나어가 심이 사장의 빅포장 둘너치고 영위을 빅셜할 제 좌편의난 시랑 영위을 빅셜흐고 우편에난 낭군 영위라 두 영위을 빅셜흐이 모든 제장이 다 젼고에 쳐음 보난 제사라 흐고 우리 원수난 젼세슈을 아르시고 젼싱 시부와 젼싱 낭군을 싱각흐시니 만고 쳐음이라 원수에 신기흔 지조을 뉘 능히 알이요 흐며 일군이 다 두려흐더라 차시 원수 제젼을 갓초와 진셜할 시 어동육셔 호동빅셔 좌포우혜 방위 차려 진셜흐고 지방으로 혼빅을 삼고 친이 축관이 되야 제셕에 나어갈시 제장을 분발흐야 오방기치을 션명케 흐고 좌우익장과 션봉 후군장을 불너 사방 장막 삼십보 닉에난 제장 군졸을 드지 못하게 흐라 흐고 규갑주 버셔 노코 여복을 차려 소의소복으로 낭자흐고 축문을 손에 들

고 시랑 영위에 드러가 분향 직빅흐고 예곡 후에 괴자 독축할시 유세츠 기축 삼월 무진삭 십오일 신사의 효부 이황은 제젼을 갓초와 희상 고혼을 위로흐온이 흠양흐옵소셔 헌고예이부시랑

이모는 일월불거 소심외기 이모불영 불타기신 근이 쳥작셔수
이쳔우신사 상향 ᄒ고 물너나와 낭군 영위에 드러가 분향 직빈
ᄒ고 괴자 독축할ᄉᆡ 유셰차 기축 삼월 무진삭 십오일 신사에
실인 장씨난 제견을 갓초와 낭군에 희상 고혼을 위로ᄒ온이
흠향ᄒ옵소셔 근이 쳥작셔수 이쳔우상사 상향ᄒ고 축문을 일근
후에 원수 자연이 비창ᄒ야 옥수로 가삼을 쑤다리며 방셩통곡
왈 인싱이여 사직음이요 싱직양야라 음양이 달나 유현이 노수
고로 왕불왕 거불거을 능이 아지 못ᄒ이 가삼이 답다ᄒ고 졍곡
을 싱각ᄒ니 졍신이 비월

P.27

이라 옛일을 사모ᄒ이 엇지 통분치 안이 하리요 부유갓탄 이
세상의 평초갓탄 인싱이라 인싱부귀난 일시에 변화라 젼후사을
싱각ᄒ이 부귀도 쓸시 업고 영귀함도 귀치 안코 삼싱가약 중한
밍세 조물이 시기ᄒ고 귀신이 작희ᄒ야 흔졍신셩 못 이루고
쳔연이 쓴어지고 유언이 허사된이 한심ᄒ다 이황이난 종사무후
실푸도다 봉황딕상의 봉황유터니 봉거딕공강자류라 쳔상에 노
던 봉황 금세에 날어와 봉은 날고 황은 쳐져 일신부귀 극중한들
무삼 직미 잇다 하리 창히에 돗는 날은 무한졍이 안일넌가 명졍
월식은 삼경에 촉불 되야 안진 수심 직발 되고 안젼의 보이난게
모도 다 수심이라 우리 황상 치국 조졍 사직 충신 뉘길넌고
조졍의 모든 빅관 직신은 원찬ᄒ고 소인은 조졍 되야

P.28

국사 가장 위팅ᄒ더니 쳔시 불힝ᄒ미 남난을 평정ᄒ고 황상젼
의 드러간들 일히일비ᄲᆫ일지라 퍼ᄒ젼에 주달ᄒ고 우승상 왕회
을 자바니여 젼후 수죄흔 연후 칠쳑검 드난 칼노 왕회놈에 간을
니여 씨분 후에 육신은 포육 쎠셔 츙혼당을 비셜ᄒ고 셕젼제을
지닌 후에 가련흔 이니 신세 젼후사을 황상젼의 주달ᄒ고 옛
의복을 갓촌 후에 부귀영춍 다 비리고 고향에 도라가셔 여년을
보닐 젹의 일심으로 졍셩드려 싱젼 사후 밋친 원혼을 후싱에나
다시 맛나 평싱동낙ᄒ오리다 일심졍염ᄒ거드면 후싱길을 닥그
리라 이러타시 통곡ᄒ니 좌우 제장과 만군즁이 낙누하며 ᄒ는
마리 우리 원수 장한 위풍 부인으로 환칙한이 연연흔 거동과
이연흔 모양이 진실노 요조숙여라

P.29

이원흔 곡셩이 쳥쳔도 늑기우고 강신ᄒ빅도 시려ᄒ며 초목금수
도 다 실어ᄒ는 듯ᄒ더라 잇쎠 원수 제을 파하고 장디에 드러가
즁군에 분부하야 군졸을 호군하라 ᄒ시며 제물을 만이 싸셔
히즁에 넛코 힝군을 지쵹ᄒ야 발힝할시 잇쎠 원수 하수에 수륙
제을 지닌단 소식이 낭자ᄒ야 근읍 빅셩더리 닷토와 보더니
쏘 봉명암 즁드리 귀경 차로 사오 명이 작반ᄒ야 제사ᄒ는 귀경
을 ᄒ더니 이원이 원수에 거동과 곡셩을 드른이 자연 비창ᄒ고
망즈도 쏘흔 비창ᄒ야 자연 통곡흔이 슬푼 이원셩이 강쳔에
낭즈하거날 원수 드르시고 즁군장을 불너 왈 져엇더흔 사람이

우난지 자상이 아라 드리라 곡성이 장차 오린지라 ᄒ신이 중군
장이 청영ᄒ고 직시 나어가 사실ᄒ니 이는 봉명암 여승 등이라
문 왈 너히는 무삼 소회로

P.30

와셔 군중을 요란케 ᄒ고 우난다 승 등이 답 왈 소승 등은 본ᄃᆡ
중드리 안이라 소승은 기주 장미동의 사옵던이 금번 난중에
피란ᄒ와 중노에셔 기주 모란동 이시랑ᄃᆡᆨ 부인을 맛나 서로
으지하와 광ᄃᆡᄒᆫ 쳔지에 으탁이 무로하와 셩명을 갈고 부인
셩명은 망ᄌᆞ라 ᄒ고 소비 셩명은 이원이라 ᄒᆞ옵고 젼할임학사
장모ᄃᆡᆨ 시비 난향이로소이다 중군장이 드러와 사연을 자상이
고한이 원수 보션발노 장ᄃᆡ에 ᄲᅱ여나려 진문을 열고 망자 이원
을 들나ᄒ니 진중이 요란ᄒ며 드러오니 과연 난향이 삭발ᄒ고
흑포장삼에 송낙을 쓰고 칠포바랑을 얼메우고 ᄉᆡ승을 모시고
드려오거날 원수 난향에 손을 잡고 방셩ᄃᆡ곡ᄒ시니 난향도 기
졀통곡ᄒ고 망ᄌᆞ도 낙누하고 일군이 ᄯᅩ한 시러하더라 부인과
난향을 위로

P.31

하야 장ᄃᆡ에 드려가 예필좌졍 후에 ᄃᆡ강 말을 설화하고 직시
분부하야 교자을 갓초와 부인과 난향을 틱우고 직시 힝군ᄒᆞ야
수삭 만에 형주에 다달나 군사 오십 기을 명ᄒᆞ야 부인과 난향을
기주 장미동으로 모셔 두고 오라 ᄒ시며 난향을 불너 왈 수이

만나볼 거시니 부인을 착시리 모시라 ᄒ시고 연연이 보ᄂ시니
제장이 문 왈 그게 다 뉘라 하신잇가 원수 왈 ᄋ원는 우리집
시비요 그 부인은 니시랑집 부인이라 금번 난중에 피화ᄒ야
산중에 드러가 중을 맛나 삭발위승ᄒ엿다 그 집과 ᄂ 집은 세ᄃ
유젼지친이라 엇지 모시기을 벼면이 하리요 ᄒ신ᄃ 제장 군졸
이 다 원수가 기주 사난 졸 알고 문별을 짐작ᄒ이 무삼 으심이
잇시리요 차차 발힝ᄒ야 황셩으로 힝군ᄒ더라 ㅇ각셜 잇ᄶ 황
제 두 원수 소식이 돈졀ᄒ야 주야 침

P.32
식이 불안ᄒ시던이 일일은 장원수 장계을 올이거날 기틱ᄒ시니
승젼쳡셔며 션우에 항셔와 오국왕에 항셔을 동봉ᄒ고 바든 예
단 금뷕을 드리거날 쳔ᄌ 딕찬 왈 원수 한변 가ᄆ 적병을 파ᄒ고
션우을 사로 잡고 ᄯ 남만 오국을 항복 바다 승젼ᄒ고 온다
ᄒ엿쓰니 원수에 공을 엇지 다 말하리요 ᄒ시고 수이 도라오물
지다리며 ᄯ 니원수 호국에 드러간 후 소식 업씨물 더욱 근심하
시더라 잇ᄶ 이원수 흉노을 조차 셔릉 ᄯ애 득달한이 흉노 원수
오물 보고 빅을 타고 셔릉도로 드러가거날 원수도 빅을 타고
바로 조차 셔릉에 드러가 일셩호통에 쳥용도을 노피 드러 흉노
목을 친이 머리 마ᄒ에 나려지거날 적군을 호령ᄒ이 일졔리
항복하거날 원수 적군을 ᄂ입 수죄ᄒ고 장수난 결곤 삼십 도

에 방출흔이 적진 제장이 원수에 인후한 덕틱을 송덕흐며 물너 가거날 이 날 원수 직시 발힝흐야 황성으로 힝할시 딕강 중유에 다달른이 딕풍이 이러나며 벽파가 뒤눕고 풍낭이 도도하야 원 수에 탄 비 발람을 조차 졍쳐 업시 가더니 수일 만에 흔 고셜 당도흔이 조고만흔 셤이여날 자셔이 살펴보니 고이한 물건이 잇난딕 왼몸의 털이 나셔 젼신을 덥퍼쓰니 귀신도 안이요 사람 도 안이라 무어신 졸 아지 못할네라 원수 비에 나려 어덕에 오른이 그거시 졈졈 각가이 와 졋틱 안지며 말을 흐난딕 셩음을 드른이 사람이라 원수짜러 문 왈 상공은 무삼 일노 험지에 오신 잇가 원수 답 왈 나난 중원의 살며 흉노의 난을 맛나 도적을 조차 셔룽도의 와 잡고 도라가는 길에 강상에셔 풍낭

을 맛나 이 고딕 왓건이와 노인은 본딕 이 고딕 겨신잇가 그 노인이 원수에 음셩을 듯고 빅수에 눈물이 비오 듯흐며 왈 나도 본딕 중원 사람으로 우연이 이 고딕 드러와 젹연고상흐옵더니 이 고슨 무인지경이라 사고무인 젹막한딕 비금 주수도 업난지 라 고국 음셩을 드른이 엇지 바갑지 안이 하리요 일히일비로소 이다 흐며 통곡흐거날 원수 쏘한 비창흐야 낙누 딕 왈 중원의 사옵시면 언닉 짜에 사라쓰며 셩명은 뉘라 흐신잇가 노인이 딕 왈 나난 기주 짜 모란동에 스든 이익일넌이 나라에 직간흐다 가 소인의 참소을 맛나 말이젹소에 부자 동힝하다가 딕히 중에

셔 사공놈의 히을 보와 우리 부자 물에 싸져썬이 천힝으로 나는 용왕으 구하물 심이버 사라나셔 이 고듸 와 산과목실을 주셔 먹고 죽은 고기을 건져 먹으며 장차 팔연을 잇난이

P.35

다 ᄒ거날 원수 다시 문 왈 일자을 두워짜 ᄒ시니 일홈이 무엇신 잇가 자식 일홈은 듸봉이라 십삼세에 이별ᄒ엿씨니 금에 이십일세로소이다 듸봉이 그제야 부친인 줄 정영이 알고 복지통곡 왈 과연 소자가 듸봉이옵늬다 부친은 자식을 모로시난잇가 시랑이 쏘흔 듸봉이란 말을 듯고 듸경실싴ᄒ며 달여드러 듸봉에 목을 안고 궁글며 통곡 왈 듸봉아 네가 죽어 영혼인냐 사라 육신이냐 이겨 쑴이냐 싱시냐 쑴이거던 씨지 말고 혼이라도 함끼 가자 이러타시 셔로 붓들고 통곡ᄒ다가 부친을 위로ᄒ고 자싱이 살펴본이 부친에 얼골이 터럭 속에 은은ᄒ고 익원흔 인정이 셩음의 나타느니 이 안이 쳘윤인가 원수도 수중에 싸져 용왕에 구하물 입어 사라느셔 빅운암 드러가셔 공부하고 도사에 지위듸로ᄒ야 중원의 드러가 흉노군을

P.36

파ᄒ고 벼살흔 말과 흉노을 조차 셔릉의 드러가 흉노을 잡고 가는 길에 명천이 도으시사 우리 부자 상봉흔이 쳔위신조로소이다 ᄒ며 부자 셔로 젼후사을 셜화ᄒ고 시랑과 원수 부인 ᄉ싱을 몰나 자탄ᄒ고 장소제 출가 여부을 몰나 탄식ᄒ더라 잇씌

원수 부친을 위로하야 모시고 빅을 지촉ᄒ야 중원으로 힝ᄒ던
이 문듯 강상으로셔 청의동자 ᄒᆫ 쌍이 이렵편주를 져어 오던이
시랑과 원수계 읍ᄒ거날 자상이 살펴보니 ᄒᆫ 아히는 시랑을
구하던 동자요 한나는 공자을 구하던 동자라 젼이을 다 셜화ᄒ
며 은혜을 못닉 치ᄉᄒ야 무수이 사례ᄒᆫ디 두 동자가 빅사ᄒ고
가로디 소동 등이 우리 디왕에 명을 밧자와 장군을 모시려 왓사
오니 복원 장군은 수고을 싱각지 마옵시고 함끠 가시기을 바리
오니 집피 싱각ᄒ옵소셔 원수 디 왈 용왕에

덕틱과 동자 은혜 빅골난망이라 우리 부자 죽을 목숨이 용왕에
너브신 덕을 입어 사라거날 엇지 수고라 하시리요 ᄒ고 부친을
모시고 그 빅에 올나 한 고셜 당도ᄒ이 일월이 조림ᄒ고 쳔지
명낭ᄒ야 벼류쳔지비인간이라 쳔공지활ᄒᆫ디 화각단청 고류거
각이 질비ᄒᆫ디 황금디ᄌ로 셔희용궁이라 두려시 쩌 부쳐거날
궐문에 당ᄒ니 용왕이 통쳔관을 씨고 용포을 입고 마조나와
마질시 수중 빅관 빅만인갑이며 쳥상홍상 신여 등이 옹위ᄒ고
나와 시랑과 원수을 마자 옥탑에 모시고 예필 후에 용왕이 왈
과인이 안즈 장군을 쳥ᄒ엿씨니 허물을 용셔ᄒ소셔 원수 왈
소장에 부자 잔명이 디왕에 은덕을 입사와 보존하온이 은혜
빅골난망이라 만분지일이나 엇지 갑기을 바리던 츠에 이디지
관디ᄒ신

이 도로혀 감사하여이다 용왕이 딕 왈 과인이 박지 못하야 덕이
젹사와 늠희왕이 강병을 거나리고 지경을 범ᄒᆞᆼ얏싸오니 원컨딕
장군은 한번 수고을 악기지 마옵고 용밍을 썰쳐 세궁역진ᄒᆞᆫ
과인을 싱각ᄒᆞᆼ실가 바리난이다 원수 딕 왈 진세 인싱이 비록
용역이 잇다ᄒᆞᆫ들 엇지 무궁조화 가진 남희 용왕을 당하리요만
은 심을 다ᄒᆞᆼ야 딕왕에 은덕을 만분지일이나 갑사오리다 용왕
이 딕히ᄒᆞᆼ야 직시 원수로 딕사마 딕장군을 봉ᄒᆞᆼ야 딕장 졀월을
주거날 원수 직시 월각 투고에 용인갑을 입고 오추말을 빗겨
타고 청용도을 놉피 들고 수궁 졍병 팔십만을 거나려 젼장에
나어갈ᄉᆡ 고각함셩은 천지진동ᄒᆞᆼ고 기치창검은 일월을 히롱ᄒᆞᆼ
더라 셔희 군사을 거나리고 남희지경

에 다달른이 남왕이 임에 진을 첫거날 격셔을 젼한이 싸홈을
청ᄒᆞᆼ거날 남진을 살펴보니 금사진을 첫거날 원수난 어관진 쳐
승부을 결단할ᄉᆡ 용왕이 쌍용 투고에 운문갑을 입고 천사검을
들고 교용말을 타고 진문에 나셔며 위여 왈 딕명 딕봉아 네
무삼 직조을 밋고 감이 늬에 딕병을 항거코자 ᄒᆞᆫ다 ᄒᆞ며 풍운
을 부려 원수을 외워 싸거날 원수 육졍 육갑을 베푸러 남희
진을 헤쳐 금사진을 파ᄒᆞ고 어관진을 드러 ᄒᆞᆫ번 북 쳐 남희
용왕의 군사을 물이치고 우릭갓탄 소릭을 쳔동갓치 지르고 월
각 투고 용인갑은 조화 속에 빗쳐 잇고 청용도 오추마는 운무

즁에 살난흔이 남히왕이 젼듸지 못하야 진문을 열고 나와 항복
ᄒ거날 원수 항셔을 바다

P.40

가지고 승전고을 울이며 셔희로 도라오니 용왕이 마조나와 원
수을 치사ᄒ며 원수 공을 사례ᄒ야 층송을 마지 안이 ᄒ고 쏘
시랑도 못늬 질거ᄒ시더라 잇튼날 용왕이 틱평연을 비셜ᄒ고
사자을 명ᄒ야 션관션여을 쳥흔이 션관션여와 모든 츙신열사
일시에 드러와 동서에 분좌ᄒ고 용왕 주셕으로 좌졍 후에 원수
에 공을 자랑ᄒ거날 원수 쏘흔 리러나 예필 후에 용왕게 듸
왈 소장은 세상 사람으로 존셕의 참예ᄒ니 감격ᄒ건이와 감이
뭇잡난이 존셕에 모든 션싱의 존호을 아러지이다 용왕이 왈
동편의 모든 션싱은 안기싱 젹송자 왕자진 굴원이요 셔편에
모든 셔여난 항아 직여 셔황모 능옥이요 만고츙신 오자셔 모든
츙신이요 져 편에 안진 손임이 이틱빅 여동빈과 장건이요 이
편의 안진

P.41

손임은 마구션여 낙포션여 아황 여영 모와쏘다 다 빅옥병을
기우러 술을 부어 셔로 권ᄒ며 풍유을 비셜할싀 왕자진의 봉피
레며 성현자의 거문고와 젹타고 옥용젹과 능파사 보혀사와 우
의곡 치련곡을 셧드러 노릐흔이 풍유도 장할씨고 오자셔는 칼
츔을 추며 국사 의논ᄒ고 이틱빅은 술을 반취ᄒ야 졉어관을

모로 씨고 좌중에 쑬어안자 자칭 주즁선이라흔이 좌중이 디소
흐더라 아황 여영은 남풍시을 히롱한이 소상강 져문 날에 빅학
이 우지진난 듯 무산에 잔늬비난 츙풍에 우난 듯하더라 잔치을
파흐고 각각 도라갈식 빅노 탄 여동빈과 고릭 탄 이젹션 사자
탄 갈션옹 젹송자 구름 타고 청학 탄 장여난 비상쳔흐난구나
모든 션관션여 다 각기 원수으계 졍푀할 제 젹송자는 오실

주고 안기싱은 디초을 주며 왈 이 과실이 비록 져그나 먹으면
낙치가 부싱흐난이 가져가소셔 흐고 왕자진은 단져을 주고 굴
원이난 칙을 주고 용여난 연젹을 주고 오자셔는 병셔을 주고
능옥이난 옥픠을 주고 이틱빅은 술을 주며 이 병이 비록 져그나
일일 삼빅비 먹으도 마르지 안이 하리라 흐고 항아는 겨화 일지
을 주고 직여는 수건 흔 치을 주고 아황 여영은 반죽 한 가지을
주고 다 각각 젹별흐고 원수도 또흔 나어가기을 쳥흔디 용왕이
말유치 못하야 젼송할식 황금 오빅 양을 주거날 구지 상양흐고
밧지 안이한이 야광주 두 기을 주거날 바다 힝장에 간수흐고
부친을 모시고 용궁을 써나 궐문에 나온이 용왕이 빅관을 거나
려 반경의 나와 연연이 젼별한이 그 졍이 비할 디 업더라 차차
발힝흐야 황셩으로

올나 오더라 ○각셜 잇써 장원수 군사을 직촉흐야 수삭 만에

황성에 득달ᄒᆞ이 상이 친이 ᄇᆡᆨ관을 거나려 반정의 영졉ᄒᆞ니 원수 말게 나려 복지ᄒᆞᄃᆡ 황졔 원수에 손을 잡고 원졍의 ᄃᆡ공을 셰우고 무사이 도라오니 다힝ᄒᆞ도다 ᄒᆞ며 ᄯᅩ 졔장 군졸을 위로 ᄒᆞ시고 궐ᄂᆡ로 드러갈 졔 위으도 장할씨오 원수난 에갑을 굿겨 ᄒᆞ고 봉에 눈을 반만 ᄯᅳ고 칠쳑 참사검 빗게 들고 졔장은 차례로 시위ᄒᆞ고 기치창검 삼쳔 병마 젼후에 작ᄃᆡ하고 십장홍모 ᄉᆞ명 기ᄂᆞᆫ 한가온ᄃᆡ 셰워오고 승젼고와 힝군고는 원근에 진동한이 셩외셩ᄂᆡ ᄇᆡᆨ셩더리 다토와 귀경ᄒᆞ며 친쳑 차ᄌᆞ 부르며셔 나오 니 진기 장관일네라 궐문에 드러갈 졔 군사을 유진ᄒᆞ고 궐ᄂᆡ에 드러간이 황졔 원수을 위로하야 ᄐᆡ평연을 ᄇᆡ셜ᄒᆞ고 졍셔문

P.44

에 황졔 친이 좌졍ᄒᆞ시고 만군즁을 위로 왈 너으 등이 말이원졍 의 원수와 동고하엿시니 참아 엇지 무심하리요 시며 주육을 만이 상사ᄒᆞ시며 어악을 갓초와 ᄐᆡ평곡을 부르며 원수을 송덕 ᄒᆞ며 삼일을 연낙ᄒᆞ시더니 잇ᄯᅥ 이원수 부친을 모시고 여러 날 만에 셩ᄒᆞ에 이르난지라 만조 ᄇᆡᆨ관과 일군이 놀ᄂᆡ여 바ᄅᆡ보 니 월각 투고의 용인갑을 입고 오추마상 놉피 안져 쳥용도을 빗겨 들고 포연이 드러오니 위염이 엄숙ᄒᆞ고 거동이 웅장ᄒᆞᆫ지 라 피마단창으로 오추마 날ᄂᆡᆫ 거럼 순식간에 도셩에 이르거날 황졔와 ᄇᆡᆨ관이 ᄃᆡ경ᄃᆡ히하야 일시에 영졉ᄒᆞ이 연셕이 분주하고 졔장 군졸이 두려워ᄒᆞ더라 상이 친이 나어가시니 이원수 마하 에 나려 복지 쳥죄 왈 신이 범남이 무인졀도에 죽게 된 ᄋᆞ비

P.45

을 봉명 업시 다리고 왓사오니 죄사무셕이로소이다 상이 원수
으 손을 자부시고 위로 왈 원수난 진정ㅎ라 짐에 불명을 과도이
실어 말고 그 부친을 함끠 모셔 짐의 무류함을 덜나 ㅎ시니
잇쩌 이시랑이 드러와 복지 통곡 왈 소신이 츙심이 부족하와
황상을 지리 모셔 환난상구을 못ㅎ오니 엇지 신자 도례라 ㅎ오
며 무삼 면목으로 황상을 딕면하오릿가 상이 시랑으 손을 자부
시고 위로ㅎ시며 연셕에 드러가 상이 전교하사 두 원수을 찬성
ㅎ시고 문무제장을 봉작하실ᄉᆡ 시랑으로 우승상을 봉하시고
가라사딕 흔국의 소무난 북희상에 졀기을 직켜더니 십연 만에
고힝에 도라와셔 한무제을 보와스니 이제 승상도 그와갓도다
ㅎ시고 짐이 박지 못하야 츙신을 원찬ㅎ고 국변을 맛나 사직이

P.46

위팀ㅎ겨 되엿더니 원수을 맛ᄂᆞ 사직을 안보ㅎ고 호적을 파ㅎ
고 짐을 환궁ㅎ고 쏘 호국을 드러가셔 흉노을 자바 평정ㅎ고
짐으 근심을 업게 흔이 만고에 이른 츙신은 드물지라 ㅎ시며
쏘 두 원수을 봉작하실ᄉᆡ 딕봉으로 병부상셔 겸 딕사마 딕장군
을 삼아 초왕을 봉ㅎ시고 장원수로 이부상셔 겸 연국공 연왕을
봉ㅎ야 두 원수와 승상은 쳥향궁에 아직 거쳐하게 ㅎ시고 출젼
제장으로 각각 봉작을 하사 원망을 업게 ㅎ고 군사딜도 다 각기
쳡지을 ᄂᆞ리시고 연호잡벽을 물침하시니 승상과 두 왕이 쳔은
을 츅사ㅎ고 쳔양궁에 물너 나와 제장 군졸을 불너 귀가하라

ᄒ실시 셩은을 축사ᄒ며 원수에 공덕을 일갈고 상호 만세을 부르고 각기 도라간 후에 싱이 딕연을 비

설ᄒ고 만조빅관을 모와 종일 질긴 후에 황제 가라사딕 짐이 두 공주를 두워씨되 하ᄂᄂ는 화양공주니 연이 십팔세요 또 하ᄂ는 화정공주이 연이 십육세라 부마을 정코자 ᄒ야 주야 근심ᄒ던이 잇씩을 당ᄒ야 두 왕에 사정 보니 미혼젼이라 화양공주로 초왕의 비을 정ᄒ고 화정공주로 연왕의 비을 정ᄒ야 짐에 뜻실 이루고자 한이 경등 소위가 엇드ᄒᄂ뇨 조졍이 다 질거ᄒ고 승상과 초왕은 천은을 사례ᄒ야 왈 소신이 무삼 공덕으로 봉작왕명도 지즁ᄒ옵거날 겸ᄒ와 공주 부마을 퇴졍하시니 황공 감사ᄒ여이다 ᄒ며 셩은을 몬닉 사례ᄒ고 연왕은 복지 주 왈 신은 물너가와 황상계 아일 사졍이 잇사오니 아직 용사ᄒ옵소셔 ᄒ고 쳐소로 물너나와 싱각ᄒ이 분기창쳔ᄒ야 울기을 참지 못ᄒ고 칼

을 쎅여 셔안을 쳐 문 밧게 닉치고 젼후사을 싱각ᄒ이 조졍 딕신이 일반풍월이요 닉 쏘한 벼살이 과도하믹 몸으 불가ᄒ야 벼살을 갈고 고힝에 도라가 심규을 직켜 힝화을 밧들고 웬수 왕회을 죽여 분을 풀고자 ᄒ엿더니 쳔만의외예 공주 부마을 의논ᄒ시나 닉의 사졍 졀박ᄒ다 닉 싱각건딕 승상과 초왕이

시부와 가군인 졸을 딕강 짐작은 잇서써니 금일노 볼진딕 졍영
흔 줄 아러쓰되 왕회 진틱열을 늬 칼노 죽인 후에 사졍을 알월가
흐엿더니 늬 안이고도 죽일 임자 잇도다 흐고 직시 상소을 지여
탑젼의 올인이 그 상소의 흐엿시되 할임 겸 예이부상셔 연국공
연왕은 근돈수빅비흐옵고 일장 글월노쎠 상언우펴흐젼흐노이
다 신이 본딕 원한이 집사와 예화위람흐와 우으로 황상을 쇠기
고 아릭로 빅관을 쇠

겨 쳔은이 망극하와 할임에 쳐흐옵더니 쯧박게 외젹이 강셩흐
와 조졍 물망으로 외람이 상장군 졀월과 딕원수 인신을 밧자와
젼장에 나어가 반젹을 잡고 빅셩을 진무하와 도라오옵기난 황
상에 너부신 덕틱이압건와 신쳡에 본졍을 일젹 주달흐와 벼살
을 갈고 고향에 도라가 심구을 직켜 셰상 맛치는 날까지 힁화을
밧들자 흐되 우승상 왕회을 죽여 웬수을 갑고자 하문 이시랑
부자 죽은 웬수와 신쳡에 부모 구몰하물 한탄흐엿쌉던니 금일
노 볼진딕 명쳔이 도우실사 승상 부자 사라싸온이 신쳡에 평싱
소원을 풀가하오니 복원 황상은 신쳡에 사졍을 살피사 초왕
딕봉과 신쳡으로 하여곰 평싱 소원을 풀고 무궁진낙을 이루게
흐시물 쳔만 복축하오이다 흐엿거날 상이 견필에 딕경딕찬 왈
만고

에 드무도다 시 즁에 봉황시요 여즁에 호결이로다 여자 몸이
되야 남복을 환칙ᄒ고 입신양명ᄒ야 주석으로 짐을 셤기다가
남난을 쇠멸ᄒ고 딕공을 이루고 도라오믹 그 공으로 봉작을
악기지 안이 하엿던이 금일 상소을 보니 츙호을 겸젼ᄒ엿쏘다
ᄒ시고 직시 초왕 딕봉을 입시ᄒ야 연왕으 상소을 보라 ᄒ시니
싱상과 초왕이 견필에 딕경딕히 왈 젼할임 장화와 졍의비말ᄒ
옵더니 피차 자여을 나어믹 장셩ᄒ거던 셩예ᄒ자하엿더니 죄
즁하와 황명을 밧자와 사기지차ᄒ오믹 그간 사싱을 아지 못ᄒ
온 즁에 엇지 또 이갓치 장셩ᄒ물 아오릿가 금일노 볼진딕 이
모다 황상에 너뷰신 덕틱인가 ᄒ난이다 싱이 가라사딕 초왕의
일홈은 딕봉이요 연왕에 일홈은 익황이라 흔이 이난 반다시
옥제 짐에 사직을 밧들

게 ᄒ사 봉황을 주시미라 ᄒ시고 예관을 명ᄒ야 연왕에 쳡지와
예부상셔 쳡지난 거두고 다른 벼살은 윤혀하시고 상이 친이
신여을 명ᄒ야 믹픽을 삼고 틱사관으로 틱일ᄒ야 어젼의셔 주
혼ᄒ사 딕봉 익황의 혼사을 일우실식 위의도 찰난ᄒ다 침힝궁
을 수리하고 구름갓튼 칙일은 반공에 노피 치고 궁닉에 교빅셕
을 비셜ᄒ고 삼쳔 궁여 시위ᄒ고 만조 빅관 어거흔이 니러한
위염은 쳔고의 쳐음이로다 초왕이 교빅셕의 ᄂ오난데 몸에는
청용일월광용포을 입고 봉의 학딕요 머리예난 금관을 쓰고 요

하에난 원수 인신과 상장군 절월이며 병마틱원후 인수을 차고
교빅셕에 나오시니 또 신부가 나오난듸 칠보단장의 명월픠을
차고 머리에난 금화관을 쓰고 요상으로 틱원수 인신과 병마상
장군 절월을 씌

고 치에궁여는 좌우로 모셔쓰니 남희 관음이 히즁에 돗난 듯
두렷흔 일윤명월이 부상에 돗난 듯 월틱화용이 사람에 정신을
비치는지라 실낭 신부 치연할식 환금현을 드러 상음흔이 비취
공작이 열이지의 질듸인 듯하고 원앙이 녹수을 맛난 형상으로
다 틱레을 맛친 후에 일모하믹 제위 틱신이 다 각기 쳐소로
도라가고 실낭 신부는 동방으로 드러갈식 수빅 궁여로 밤이
맛도록 시위하고 동방화쵹 쳔날밤에 실낭 신부 평싱 한을 풀틴
인 이 사랑옵고 길겁고 신기하물 엇지 다 셩언하리요 원앙비취
지낙을 일우고 밤이 지니믹 초왕이 직시 조복을 갓초고 궐뇌에
드러가 황제게 숙빅흔듸 상이 질거하시고 가라사듸 짐이 경의
소회을 푸러주어쓰니 경도 짐에 바리는 바을 저바리지 말ᄂ
하시고 석일 요여순쳐도 그 형계 하나를

섬겨쓰니 이제 짐도 그와갓치 하리라 하시고 초왕으로 부마을
정하시니 초왕이 사양치 못하고 물너나와 부인게 연유을 고하
니 승상이 황은을 못닉 사레하시고 또 장부인이 시부게 예빅하

니 승상이 못닉 사랑ᄒ야 젼사을 설화하실식 장부인이 고 왈
젼일 황주회셔 수륙제 지닉던 말이며 시모임을 모셔다가 장미
동 시비 난향과 함끠 계시계 흔 사연을 알왼되 승상이 되경되히
왈 이러흔 일은 고금에 업난지라 ᄒ시고 직시 초왕을 불너 사연
을 말삼하시니 초왕이 부인게 사례ᄒ고 직일노 금등옥교을 갓
초와 침향궁 노비을 직촉ᄒ며 탑젼의 드러가 차에을 주달ᄒ고
초왕 닉외 기주 장미동으로 발힝ᄒ야 수일 만에 득달ᄒ여 사당
에 빅알ᄒ고 모친을 모셔 셔로 기루던 말이며 권권ᄒ는 졍을
엇지 다 셩언하며 장부인은 못닉 시

P.54

러ᄒ시믈 엇지 기록하리요 장할임되 사당을 모시고 가졍을 거
나려 황셩의 올ᄂ와 승상계 베올식 부인이 싱상을 살펴본이
터럭이 수션ᄒ야 아라 보기 어렵쏘다 승상은 부인이 머리을
싹가쓰니 아라보기 어렵쏘다 ᄒ며 피츠 일히일비ᄒ난 양은 일
구로 난셜이라 잇찍 황제 이 사연을 드르시고 승상으로 초국
틱상왕을 봉하시고 그 부인으로 졍열왕비을 봉ᄒ시고 예물을
만이 상사ᄒ시니 셩은을 감사ᄒ야 고두사례ᄒ고 물너 나오니
각기 처소을 졍하시되 틱상황과 졍열왕비난 슝예궁에 거쳐하라
ᄒ시고 초왕과 충열왕후난 침향궁에 거쳐ᄒ되 신여 빅 명으로
시위하라 ᄒ시고 만종녹을 주시고 부친 틱상왕은 쏘 친국문후
을 봉ᄒ사 만종녹을 맛겨ᄒ시니 초왕 부자 부귀 쳔ᄒ에 웃듬일
네라 잇찍 우승상 왕회을 초왕이 호국에 갈 식

에 젼옥에 수금ᄒᆞ엿쎠니 그간 일이 번거ᄒᆞ믹 수죄치 못하엿난
지라 초왕과 틱상왕이 졍셔문에 젼좌ᄒᆞ시고 왕회을 자바ᄂᆡ여
젼후죄목 무른 후에 사공 십여 명을 자바드려 낫낫치 수죄ᄒᆞ고
장안 틱도상에 위여 왈 소인 왕회 충신을 모히ᄒᆞ야 젹소로 보닐
진틱 황명으로 가난 몸을 사공놈으로 동모하야 금은을 만이
주고 만경창파 집푼 물에 부자 한틔 결박ᄒᆞ야 수중에 너흐난이
무지ᄒᆞᆫ 필부더리 금은만 싱각ᄒᆞ고 인의을 몰나씨니 살기을 바
릴소냐 쳔명이 완젼키로 초왕 부자 사라나셔 만종녹을 바다거
니와 무지ᄒᆞᆫ 션인놈에 용납지 못할 죄을 조조이 싱각ᄒᆞ면 시각
을 지쳬ᄒᆞ라 자긱을 호령하야 장안 틱도상에 쳐참ᄒᆞ고 왕회을
계ᄒᆞ에 다시 ᄭᅮᆯ이고 초왕이 쳥용도을 드러 왕회 목을 젼우여
원수 왕회놈

을 틱칼에 벼힐 거시로딕 우리 부자 쳔힝으로 사라나셔 국은이
망극한지라 황상의 너부신 셩덕을 싱각하여 너도 우리 부자와
갓치 원찬ᄒᆞ이 황상의 은덕을 죽은 귀신이라도 잇지 말나 ᄒᆞ시
고 차의을 황졔게 고ᄒᆞ이 상이 초왕에 인션ᄒᆞ물 칭찬ᄒᆞ시더라
왕회 부자을 졀도로 우리안치ᄒᆞ고 쏘 장원수 출젼시에 병부상
셔 진틱열노 굴양관을 삼아더니 자지기죄ᄒᆞ고 병셕의 눕고 이
지 안이 하거날 군졸을 호령ᄒᆞ야 틱열을 ᄂᆡ입ᄒᆞ야 수죄 왈 네
젼일에 병부상셔의 쳐ᄒᆞ야 우승상 왕회놈으로 동유 되여 국사

을 살난케 ᄒᆞ고 튱신을 원찬ᄒᆞ고 소인에 환시가 되야 이간으로
써 황상의 셩덕을 가리고 포악으로써 튱신을 모함하야 죽이고
난세을 당ᄒᆞ미 사직을 안보치 못하니 네 젼일 튱심 다 어듸로
갓난다 ᄒᆞ니 튁열이 되

왈 소신은 젼일 지은 죄가 적지 안이 ᄒᆞ오나 장원수을 모시고
말이원졍에 근고ᄒᆞᆫ 졍곡이 잇사온이 복원 초왕은 용셔ᄒᆞ소셔
초왕이 되질 왈 너외 진가놈을 조졍의 두지 못하리라 ᄒᆞ시며
왈 젼일 활ᄂᆞᆫ지시에 네 ᄉᆞᆷ촌 병부사랑 진여놈도 황상을 직촉ᄒᆞ
야 흉노의게 항셔을 올이라 ᄒᆞ엿쓰니 차역 반젹지유라 하시고
너히을 일병쳐참할 거시로되 황상에 너부신 셩덕을 싱각ᄒᆞ야
원악지 졍비ᄒᆞ니 쌀이 도라가 젹소로 가라 하시며 진여을 나입
ᄒᆞ야 튁열과 일체로 졍비흔이 조졍 빅관이며 인민이 다 초왕에
셩덕을 칭송 안이ᄒᆞ 리 업더라 잇쩌 상이 초왕에 졍사을 보니
엇지 아롬답지 안이 하리요 하시고 두 공주로써 부마을 졍할ᄉᆡ
일관으로 튁일흔이 춘삼월 망일이라 궁늬에 되연을 비셜ᄒᆞ고
초왕으로 더부려 셩예ᄒᆞ

신흔이 장후 못늬 질거ᄒᆞ시더라 길일이 당ᄒᆞ미 초왕은 금포옥
듸에 용문포을 두루고 금관조복으로 교빅셕에 나어가고 두 공
주는 녹에홍상에 칙복단장의 명월옥픠을 차고 삼쳔 궁여 옹위

ᄒ야 ᄂ오난 거동은 북두칠셩에 좌우 보필이 갈나셧난 듯 금의
화복은 일광을 히롱ᄒ고 두 공주 화용월틴는 원근의 쏘이난구
나 황금현을 두러 닌레을 맛친 후에 일낙함지 황혼 되고 숙조는
투림 시의 동방화촉에 원앙비취지낙을 이루어쓰니 이도 역시
쳔졍인가 ᄒ노라 잇썬 황제 초왕을 입시ᄒ사 가라사틴 경이
니제ᄂ 짐으 부마요 쏘흔 초왕이 된 제 오리라 엇지 남에 나라
인군이 되여 장구이 짐에 실ᄒ을 써나지 안이 하리요 하시고
직시 치힝 차려 초국에 드러가 민졍을 살펴 만셰유젼 하라 ᄒ시
고 직일에 두 공

주을 치힝할신 화영공주로 숙열왕비을 봉ᄒ시고 화평공주로
졍안왕비을 봉하사 금빅칀단을 만이 상사ᄒ시고 황제와 황후
못닌 연연하시며 십니 박게 나와 젼송ᄒ시며 춘추로 조회ᄒ라
ᄒ신이 초왕과 틴상왕이 고두사은ᄒ고 초국으로 힝할신 기주에
나러가 양가 션산의 소분ᄒ고 써날신 충열왕후 초왕게 고 왈
젼일 신쳡이 피화ᄒ야 여남 최어사집 부인을 맛나 삼연을 의흉
ᄒ시며 사랑ᄒ시던 졍곡과 소졔로 더부려 이논ᄒ시던 말삼을
낫낫치 고흔틴 초왕이 듯고 못닌 사랑ᄒ시여 최어사틴으로 션
문 놋코 부인과 한가지로 드러가니 황황분주한 중에 못닌 반겨
ᄒ시더라 젼후사을 셜화ᄒ고 초왕이 최소졔로 더부려 길일을
갈려 셩예한이 니도 쏘흔 쳔졍이라 원앙지낙을 이룬 후에 수일

을 유하야 그 선산에 소분 하직ᄒ고 어사ᄃᆡ 가정을 수십ᄒ야 여러 날 만에 초국에 득달ᄒ니 조졍 ᄇᆡᆨ관이며 제장 군졸이 반졍 의 ᄂᆞ와 영졉ᄒ야 궁즁에 드러가 각기 쳐소을 졍ᄒ고 최씨 ᄐᆡ상 왕과 ᄐᆡ상왕비계 뵈온ᄃᆡ 못ᄂᆡ 사랑ᄒ시고 두 공주계 뵈온ᄃᆡ ᄯᅩ흔 사랑ᄒ시더라 초왕이 젼좌ᄒ시고 군신 조회을 바든 후에 국사을 이논하실ᄉᆡ 도총장을 불너 왈 군병이 얼마나 ᄒᆞ뇨 주 왈 ᄃᆡ갑이 삼십만이요 졍병이 사십만이요 쳘기가 삼십만이요 궁뇌군이 니십만이오니 합ᄒ오면 일ᄇᆡᆨ이십만이나 ᄒᆞ는이다 ᄯᅩ 문 왈 굴양과 염초난 엇더ᄒᆞ뇨 ᄇᆡᆨ미는 팔ᄇᆡᆨ만 셕이요 ᄇᆡᆨ염이 오ᄇᆡᆨ만 셕이오 마초난 젹여구산이로소이다 ᄯᅩ 문 왈 초국지형 이 얼마나 ᄒᆞ요 ᄒᆞ남이 삼십여 셩이요 하북이 삼십여 셩이요 하셔가 오십여

셩이요 강동이 사십여 셩이오니 합ᄒ오면 일ᄇᆡᆨ오십여 셩이로소 이다 장수난 얼마ᄂᆞ 잇난요 지혜유여ᄒ고 용ᄆᆡᆼ과인 ᄌᆡ ᄇᆡᆨ여 인이옵고 그 나문 ᄌᆡ 수ᄇᆡᆨ 인이로소이다 셩명을 올이라 직시 명녹을 드리거날 보니 종형 종수 한션 ᄇᆡᆨ기 오인 등 십여 원이요 이졍 곽회 졍순 장달 왕주 등 이십여 원이요 그 남운 장수 ᄇᆡᆨ여 원이라 다 각기 군사을 거나려 조련을 연십ᄒ라 하시고 군호을 엄숙키 ᄒᆞ신이 두려 안이 하 리 업더라 치민치졍을 덕화로ᄡᅥ ᄒᆞ니 일국이 무사ᄒᆞ야 방곡에 ᄇᆡᆨ셩은 격양가을 부르며 상호

만세을 부르고 연연풍연 드러 우순풍조ᄒ니 시사로 부국강병지
권을 가져씨며 국닉가 틱평ᄒ야 만민이 층송ᄒ더라 잇씌 츙열
왕후 전ᄒ게 주 왈 난향의 공이 적지 안이 ᄒ

P.62

오니 틱왕은 집피 싱각ᄒ옵소셔 ᄒ시니 왕이 씌닷고 후궁을
삼아 츙열왕비와 거쳐 ᄒ가지로 하계 ᄒ신이 사쳐 일첩을 거쳐
ᄒ시니 츙열왕비ᄂ 아직 셜틱 업고 두 공주 각각 이남씩 나으시
고 최부인도 일남을 나은지라 츙열왕후 셜틱 업시물 초왕이
ᄒ탄ᄒ시고 틱상틱후도 면망ᄒ시더라 ○각셜 잇씌ᄂ 틱명 성화
임진 춘정월 망일이라 쳔자 제신을 모와 질기고 틱평을 싱각ᄒ
니 초왕 부부에 큰 공이 여쳔여ᄒ라 ᄒ시며 종일 잔취ᄒ시더니
문듯 정남졀도사 정비 상소을 올여거날 기틱ᄒ이 ᄒ엿쓰되 남
션우 쏘ᄒ 분을 이기지 못하야 남만 오국을 합세ᄒ야 장수 빅여
원과 정병 쳘기 오빅만을 조발ᄒ야 지경을 범ᄒ와 빅셩을 무수
이 죽이고 물미 듯 드러오니 복원 펴ᄒᄂ 급

P.63

피 방적ᄒ소셔 하엿거날 견필에 틱경ᄒ야 제신을 도라보신틱
제신이 합주 왈 사세 위급ᄒ온이 급피 초왕 틱봉을 픽초ᄒ소셔
상이 직시 픽초하실시 쏘 ᄒ북졀도사 최션이 장문을 드리거날
기틱ᄒ시니 하엿시되 북흉노 죽은 후로 그 자식 삼형제가 군사
을 조련ᄒ야 주야 연십ᄒ고 토번 가달과 흉노 묵특으로 동심동

모흐야 장수 쳔 명과 군사 팔십만이라 흐온이 그 수을 아지
못하난이다 하엿거날 상이 견필에 디경실식흐여 왈 이 일을
엇지 하리요 남북젹병이 다시 깅기흐니 젼일은 장희운을 쎠건
이와 이졔는 심규에 드러시니 흔편은 디봉을 보니련이와 쏘
한편은 뉘로 하여곰 막으리요 짐으 덕이 업셔 도젹이 자로 깅기
흐니 초왕 디봉이 셩공흐고 도라오면 금번은 젼위을 디봉의게
젼하리라 흐시며 낙누하신이 졔신이 간 왈 용

P.64

누남지흐오면 고흔 삼연이라 흐오니 과도이 실어 마옵소셔 직
시 초왕만 픽초흐오면 그 초왕후난 본디 츙효지지라 안자지
안이 흐오리다 상이 직시 픽초하시니 초왕이 젼교을 보고 디경
흐야 일국이 손동하며 국사을 티상왕게 미루고 용포을 볏고
월각 투고의 용인갑을 다시리고 쳥용도을 밧겨 들고 오추말을
칭질흐야 직일 황셩에 득달흐야 겨흐의 복지흔디 상이 초왕의
손을 잡고 국가 위티흐물 말삼흐신디 초왕이 주 왈 졔 비록
남북강병이 억만이나 조금도 근심치 마옵소셔 흐고 직시 사자
을 명흐야 츙열왕후계 사연을 통한이 장후 사연을 보고 디경흐
야 화복을 벗고 젼일 입던 갑쥬을 갓초와 참사검을 들고 쳘이쥰
총을 타고 티상 티후와 두 공주며 최부인 후궁을 다 하직흐고
쥰총을 치

P.65

질ᄒ야 황성에 득달한이 황제와 초왕이 성외의 나와 맛거날 말게 나려 복지 주 왈 초왕 부부 정성이 부족하와 ᄌ로 외적이 강성ᄒ난가 하옵ᄂ다 상이 그 충성을 못ᄂ 칭찬ᄒ시고 방적을 ᄂ논ᄒ시니 장후 주 왈 황상에 덕틱이 유독 초왕 부부게 미쳐사오니 불힝하와 젼장에 나가 죽사온들 엇지 무심ᄒ오릿가 복원 황상은 근심치 마옵소셔 ᄒ고 군병을 조발할ᄉ 장후로 ᄃ원수 ᄃ사마 ᄃ장군 겸 병마도총독 상장군을 봉하시고 인겸과 졀월을 주시며 군즁에 만일 틱만ᄌ 잇거든 직참ᄒ라 하시고 초왕으로 ᄃ원수 겸 상장군을 봉하시고 군병을 조발할ᄉ 장원수난 황성군을 조발ᄒ고 이원수ᄂ 초국군을 조발할ᄉ 두 원수 각각 군병 팔십만식 거나려 힝군할

P.66

ᄉ ᄃ봉은 북홍노을 치려 가고 이황은 남션우을 치려 간이라 잇써 이황이 잉틱ᄒ 지 칠삭이라 각각 말을 타고 ᄃ봉이 이황에 손을 잡고 왈 원수 잉틱한 제 칠삭이라 복즁에 기친 혈륙 보젼키 엇지 바리리요 부ᄃ 몸을 안보하야 무사이 도라와 다시 상면하물 쳔만 바리노라 ᄒ며 연연ᄒ 졍을 이기지 못하더라 쏘 이황이 왈 원수ᄂ 첩을 싱각지 마르시고 ᄃ군을 거나려 한번 북쳐 도적을 파ᄒ고 수이 도라와 황상의 근심을 덜고 틱상 틱후의 근심을 덜게 ᄒ소셔 마상에셔 셔로 분수 상별ᄒ고 ᄃ봉은 북으로 힝ᄒ고 이황은 남으로 힝하야 힝군한이라 ㅇ각셜 잇써 남션우 ᄃ병

을 거나려 진남관의 웅거ㅎ야 황셩 딕진을 지다리더니 장원수 수십일 만에 진남에 득달흔이 진남관 수문

장이 고 왈 젹병이 엄장흔이 원수ᄂᆞᆫ 경젹지 마옵소셔 하거날 원수 진남관 오 리에 진을 치고 격셔을 보닉여 싸홈을 도두더라 션우 션봉장 골통을 명ㅎ야 원수을 딕젹ㅎ라 한이 골통이 쳥영 ㅎ고 졉응할시 원수 젼일 출젼 졔장을 거나려 갓스믹 그딕로 군호을 삼고 웅셩 츌마 나갈시 빅금 투고에 흑운포을 입고 칠쳑 참사검을 놉피 들고 철이준총 빗겨 타고 젹진에 달여들며 남쥬작 북현무와 쳥용 빅호을 호령ㅎ야 젹진 휴군을 엄살ㅎ고 원수 난 션봉장 골통을 마즈 싸와 반 합이 못하야 원수에 칼이 공즁에 빗ᄂᆞ며 골통에 머리을 벼여 들고 좌츙우돌ㅎ니 젼일에 쓰던 용밍이 오늘날 시험흔이 용역이 빅승이라 딕젼 삽십여 합에 팔십만 딕병을 모라치고 션우 쏘한 당치 못할 줄 알고 군

사을 거나려 닷고자 ㅎ거날 젹군을 무른 풀 치 듯흔이 군사 숙엄이 묘갓고 피 흘너 닉가 딕니 뉘 아이 겁하리요 젹진 장졸이 원수에 용밍을 보고 물결 헤여지 듯하더라 션우 죽기로셔 닷던이 원수 일고셩의 검광이 번듯하더니 션우 번신낙마하거날 션우 목을 함에 봉ㅎ여 남만 오국에 보닉고 남은 젹진 장졸은 졔장을 호령ㅎ야 씨업시 다 죽이고 빅셩을 진무하더니 잇쩍

오국 왕이 션우에 목을 보고 금빅 치단을 수리의 실고 항셔을
올이며 죽기로쎠 사죄ᄒ거날 원수 오국 왕을 나입하야 수죄ᄒ
고 항셔와 예단을 밧고 이 뒤에 만일 반심을 두면 너 오국 인종
을 업셸 거시니 물너가 동지 조공을 지체 말나 한이 기기이
익결ᄒ고 허물을 션우으계 도라보닉고 고두사례ᄒ며 도라가더
라 원수 군ᄉ을 수십하야 관상에 군사

P.69

을 호군ᄒ고 예단을 실고 차차 발힝하야 황성으로 올나오더니
하양에 드러 원수 몸이 곤핍ᄒ야 영치을 세우고 쉬던 차에 원수
복통이 심ᄒ더니 혼미 즁에 탄싱ᄒ니 활달흔 기남자라 삼일
조리ᄒ고 말을 못타민 수리을 타고 힝군ᄒ더라 ㅇ각셜 잇쎠에
딕봉이 힝군 팔십 일 만의 북지에 득달흔이 흉노 딕병이 틱산을
등져 진을 쳣거날 원수 빅이 평사에 진을 치고 필마단검으로
호진을 달여드러 우리갓탄 소릭을 쳔동갓치 지르며 동에 번듯
셔장을 벼히고 남의 번듯 북장을 벼히고 셔으로 가난 듯 동장을
벼히고 동으로 가난 듯 셔장을 벼히고 션진에 번듯 중장을 벼히
고 좌충우돌 횡힝흔이 군사와 장수 넉실 이러 분주할 제 셔로
발펴 쥭난 지 틱반이라 오츄마 닷는 압푸 청용

P.70

도 번듯하며 순식간에 뭇지르고 일홈 업난 장수 팔십여 원을
벼히고 초국 딕병을 모라 엄살흔이 원수에 용밍은 쳔신갓고

닷는 말은 비롱이라 흉노에 빅만 딕병이 일시의 헛터지니 흉노
제 당치 못하야 군사을 거나려 닷고자 하던이 좌우 복병이 멀이
듯흐야 갈 고시 업ᄂ지라 황황급급ᄒ던 차에 일성 호통에 청용
도 번듯하며 흉노에 머리을 벼여 들고 적군을 호령한이 밍풍분
괴ᄒ야 일시에 항복ᄒ는지라 장수난 절곤 삼십도에 이믜 우에
다 픽군장이라 싀겨 방츌ᄒ고 군사는 낫낫치 곤장 삼십도슥
밍장ᄒ야 물이치니 원수에 은덕을 축사ᄒ여 사라 도라가믈 사
레ᄒ더라 원수 흉노에 목을 토변 가달국으로 보닉여 왈 너히가
천시을 모로고 천위을 범ᄒ엿시니 만일 항복지 안이 하면

P.71

이갓치 죽여 천ᄒ을 평정할 거시니 쌜이 회보ᄒ라 격셔와 동봉
ᄒ야 보닉거날 토변 가다리 원수의 용밍을 포문하고 황겁ᄒ야
일시의 항복ᄒ고 항셔와 예단을 갓초오고 사신을 보닉여 사죄
ᄒ거날 진공 예단을 수릭에 실고 항셔을 바드며 사신을 나입ᄒ
야 수죄 후에 만일 다시 범죄ᄒ면 토변 가달 인종을 멸할 거시니
연연 조공을 동지 사신으로 밧치라 만일 틱만ᄒ면 죄을 면치
못하리라 ᄒ고 방출흔이 청영ᄒ고 도라가더라 창곡을 훗터 빅
성을 귤휼ᄒ고 도라오더니 원수 마음이 심난ᄒ야 군사을 호귀
ᄒ고 제장을 불너 왈 군사을 거나려 오라 ᄒ고 나난 급피 가
장후에 존망을 알이라 하며 말을 직촉ᄒ야 주야빅도ᄒ여 황성
으로 힝ᄒ더라 팔십일에 갓던 길을 사오일에 득달ᄒ야 황

P.72

상계 뵈온딕 상이 딕경딕히ㅎ사 원수 독힝이 무삼 연고뇨 딕봉
이 복지 쥬 왈 젼후 사졍을 주달ㅎ고 직시 발힝ㅎ야 남주로
힝ㅎ더니 수일 만에 남주 짜에 이른이 장원수 군을 거나려 회군
ㅎ거날 진젼에 나어가 두 원수 셔로 공을 치사ㅎ고 못닉 반기며
아기을 살펴보니 영웅준걸지상이라 초왕과 장원수 딕히ㅎ며
힝군을 진촉하야 황셩에 득달흔이 쏘한 초국 병마도 당도ㅎ거
날 합셰ㅎ야 진을 치고 두 원수 한가지 드러갈식 쳔자 만조
빅관을 거나려 영졉ㅎ며 원수와 제장 군졸을 위로ㅎ고 두 원수
궐닉에 드러간이 황후 두 원수에 손을 잡고 칭찬을 마지 안이
ㅎ시며 황제와 황후며 만조 빅관이 장후 히복ㅎ믈 보고 더옥
칭찬 왈 자만고이후로 이런 츙셩은 업ᄂ지라 두 원수 한 변
가민

P.73

흉젹을 파ㅎ고 도라와 짐의 근심과 사힉을 평졍케 한이 두 원수
에 공덕은 여쳔여히라 ㅎ시고 장후 군즁에셔 나흔 아히 일홈을
출젼이라 ㅎ시고 금은을 만이 상사하시고 틱평연을 비셜ㅎ야
초왕 닉외 공덕을 일카르고 만셰을 부르며 제장은 베살을 도두
고 군사는 상급을 만이 ㅎ시니 ㅎ나도 원망이 업고 쳔은을 축사
ㅎ며 각기 귀가ㅎ더라 잇ᄯ 초왕과 장원수 쳔자젼의 하직ㅎ고
군사을 거나리고 초국에 득달흔이 틱상왕과 왕비드리 반졍에
나와 왕을 도라보며 장후을 치사ㅎ야 아기을 밧들고 그 츙셩과

공덕이며 용밍을 일국이 칭송ᄒᆞ더라 궐니에 디연을 비셜ᄒᆞ고 수일을 질긴 후에 제장 군졸을 다 각각 귀가ᄒᆞ라 흔이 셩은을 축수하고 도라가더라 초왕에 덕과 장후으 덕

P.74

화 사ᄒᆡ에 덥퍼스니 쳔ᄒᆞ가 퇴평ᄒᆞ고 셩자셩손은 계계승승하야 만세유견할ᄉᆡ 장후 삼남이녀을 나흔이 모다 풍치 영웅이 그 부모을 달만난지라 차자 형제을 황제계 주들ᄒᆞ고 장씨로 사셩 ᄒᆞ야 장씨 향화을 밧들게 ᄒᆞ고 황셩의 여환ᄒᆞ야 공후장녹으로 만종녹을 먹고 ᄃᆡᄃᆡ로 장녹이 써ᄂᆞ지 안이 하더라

병진 졍월 이십사일에 필이라

칙주난 염소제라 글씨가 누츄한이 그ᄃᆡ로 눌너보시압

■ 〈김광순 소장 필사본 고소설 100선〉 간행 ■

□ 제1차 역주자 및 작품 (14편)

직위	역주자	소속	학위	작품
책임연구원	김광순	경북대학교	문학박사	진성운전
연구원	김동협	동국대학교	문학박사	왕낭전 · 황월선전
연구원	정병호	경북대학교	문학박사	서옥설 · 명배신전
연구원	신태수	영남대학교	문학박사	남계연담
연구원	권영호	영남대학교	문학박사	윤선옥전 · 춘매전 · 취연전
연구원	강영숙	경북대학교	문학박사	수륙문답 · 주봉전
연구원	백운용	경북대학교	박사수료	강릉추월전
연구원	박진아	경북대학교	박사수료	송부인전 · 금방울전

□ 제2차 역주자 및 작품 (15편)

직위	역주자	소속	학위	작품
책임연구원	김광순	경북대학교	문학박사	숙영낭자전 · 홍백화전
연구원	김동협	동국대학교	문학박사	사대기
연구원	정병호	경북대학교	문학박사	임진록 · 유생전 · 승호상송기
연구원	신태수	영남대학교	문학박사	이태경전 · 양추밀전
연구원	권영호	경북대학교	문학박사	낙성비룡
연구원	강영숙	경북대학교	문학박사	권익중실기 · 두껍전
연구원	백운용	경북대학교	박사수료	조한림전 · 서해무릉기
연구원	박진아	경북대학교	박사수료	설낭자전 · 김인향전

□ 제3차 역주자 및 작품 (11편)

직위	역주자	소속	학위	작품
책임연구원	김광순	경북대학교	문학박사	월봉기록
연구원	김동협	동국대학교	문학박사	천군기
연구원	정병호	경북대학교	문학박사	사씨남정기
연구원	신태수	영남대학교	문학박사	어룡전 · 사명당행록
연구원	권영호	경북대학교	문학박사	꿩의자치가 · 박부인전
연구원	강영숙	경북대학교	문학박사	정진사전 · 안락국전
연구원	백운용	경북대학교	박사수료	이대봉전
연구원	박진아	경북대학교	박사수료	최현전